梁光正的 光

The Light
of Liang
Guangzheng

梁鸿

著

人民文学出版社

图书在版编目（CIP）数据

梁光正的光/梁鸿著.—北京：人民文学出版社，2017
ISBN 978-7-02-013399-4

Ⅰ.①梁… Ⅱ.①梁… Ⅲ.①长篇小说—中国—当代 Ⅳ.①I247.5

中国版本图书馆 CIP 数据核字（2017）第 239892 号

责任编辑　文　珍
责任印制　苏文强

出版发行　人民文学出版社
社　　址　北京市朝内大街 166 号
邮政编码　100705
网　　址　http://www.rw-cn.com

印　　刷　三河市鑫金马印装有限公司
经　　销　全国新华书店等

字　　数　177 千字
开　　本　880 毫米×1230 毫米　1/32
印　　张　10
印　　数　1—30000
版　　次　2017 年 11 月北京第 1 版
印　　次　2017 年 11 月第 1 次印刷

书　　号　978-7-02-013399-4
定　　价　38.00 元

如有印装质量问题,请与本社图书销售中心调换。电话:010-65233595

目录

- ·001· 开始
- ·029· 麦冬麦冬
- ·056· 蛮子
- ·098· 豆角豆角
- ·134· 小峰来了
- ·162· 妈妈
- ·191· 油菜油菜
- ·228· 呓语
- ·264· 爱情
- ·284· 葬礼

- ·313· 后记

开始

风是突然来的。

勇智记得很清楚,他正用力往上提卷闸门,那闸门被轨道里的陈年老灰吸着,很难拉起。突然,他感觉胳膊上的肱二头肌鼓起的地方被什么轻扫了一下,里面的青筋一阵猛烈弹动,像一排细针轻轻扎下,又迅速拔起,点点烧灼般的疼。紧接着,门左边的大盆针叶松微微动了几动,密密的针叶相互碰撞,搅在一起,右边的芍药大绿叶也晃了一下,一片腐烂的黄叶飘到大花盆的边缘。

起风了。勇智抬头往远处看,门前路上,风卷着地上的垃圾,塑料袋麦秸秆干菜叶脏布条，跳着转着，卷过对面的百货店烟酒店热干面店，梭成一个个小三角堆，堆在春天新栽的小树根部。勇智感觉积攒了整夜的汗液瞬间消失，垂到胯部的肚子减轻了一点分量，呼吸也畅通起来。

这是一条"工"字形路，勇智家在那条竖"1"上，上边的横"一"是繁忙的省道，通向全国各地，"一"外是平展展的田野，一直延伸到视野尽头。下边的横"一"是吴镇内部的一条街道，镇政府邮政所电信营业厅和各种小商店都在这条街道上，是吴镇年头最久也最繁忙的老街道。风从上边的横"一"方向浩荡着吹过来，把一辆辆大卡车卷起的灰尘扬到空中，弥天盖地。从勇智这边看，声势很大的样子。

是要下雨啊。

话说不及，从上面横竖"一"交叉的大路转弯处传来了声音，"嗯——"，音调微微上扬，拖长着，运行到鼻腔最后部，把那里的黏稠物质紧紧吸住，然后，再从鼻腔后部往前运行，"咔——呸——"，中间一气呵成，无一丝停顿。父亲来了。在勇智脑子里，一口浓痰正从父亲口中飞出，滑出优美的足有几米长的抛物线，准确地落在路边的垃圾堆旁，拖车边，树根下，院子外的粪堆上，客厅的墙角里。反正，从来不会在垃圾桶里。

父亲穿着他的白短袖衬衫、黑短裤、白袜子和黑色千层底布鞋,迈着八字步,挺着腰,于灰色小旋风中浮现,施施然朝勇智走过来。

勇智朝父亲后面张望。

"没人送你回来?"

"谁送我?都忙呢。我有手有脚,自己回不来了?"

父亲沉着脸,没看勇智,只管往院子里走。勇智感觉那龙卷风从头顶呼啸而过。他翻了父亲一眼,没有接话,开始了每天早晨的章程:打扫,浇花,扩胸,举哑铃。一套下来需要四十分钟。此时,勇智对面那家著名的"热干面店"才刚开门,就有赶早集的人骑着车叮当着往街里面走。勇智和那家店是这条街上最早起来的,勇智患有少睡症(他老婆雪丽骂他时给他起的病名),那家店因为生意太好名声传播太远也不得不少睡,一再提前开门的时间,以供应那些远远近近慕名而来的客人。最早一批客人是那些连夜开车到此处的大卡车司机们。他们在这里要上半斤面条和半斤鲜切羊肉,那羊肉和面条上浇上滚烫的芝麻酱五香辣椒油,下面垫着细细的嫩绿豆芽,拿筷子上下搅拌,待喷香的芝麻酱均匀涂在每一根面条上,筷子挑起,大口吞入,再喝口热腾腾飘着碧绿香菜的羊肉汤,那鲜香滋味,真是人间少有。勇智感觉喉咙里面已经渗出口水,溢满整个口腔,他赶紧吞咽下去。他每天早晨都要望着热干面店遥想一番,那是他的最爱,可因为肥胖,他已经好久没吃了。

父亲坐在院子的石凳边,喝着茶。他不说话,只是唉声叹气,一副心事重重、欲言又止的样子。勇智也不说话。长期的斗争经验告诉他,父亲肯定又在憋大招了。这时候,谁先说话谁先接茬,谁准输。

勇智偷偷看了父亲几眼,发现老头儿最近又瘦了些。脸上的肌肉一缕一缕下垂,刀刻一般,颧骨突起,那两条偏执的法令纹向下括得更远了,直延到下巴和脖颈上,向人们昭示他不屈不挠的决心。他的腰有点佝偻,一贯梳理整齐的头发也有些凌乱,白衬衫的前襟上溅几点黄色油斑,眉眼之间就莫名有点可怜相了。自十年前胃被切除三分之一后,父亲就从一个宽胖子变为一个窄瘦子,吃饭成了大问题。不能吃蒜吃辣椒吃任何刺激性食物,不能喝太滚的汤吃太多的肉,不能喝酒喝茶,可是,父亲哪样都做不到。眼看着父亲舀一大勺红辣椒放进碗里,红汤汤的,眼看着一盅盅酒下去,三两四两的样子了,谁要说一句,父亲眼一瞪筷子一摔,不吃了,茶不让喝,辣椒不让吃,连酒也不让喝了,活着还有啥意思?你干脆让我死算了!你要是和他争辩,说这样是糟践自己身体,他会说,人早晚都是死,不吃不喝也是个死,费那劲儿干啥。他看不起那些每天早晚在公园、河边又蹦又跳又舞又晃的人,说都是些懦夫,为了不死累得要死,没劲透了。

勇智看了看父亲茶杯里的茶叶，密密实实塞着，几乎看不到水，怒气就升了上来，"你都不会少放点儿茶叶？"

"我都快死的人了，喝多喝少，还有啥区别？"父亲吸一口气，眼睛眨巴几下，长叹一声。

"又咋了？好端端的说啥啊？"

"也活不长了，脖子开始疼了，喝水都咽不下去了。"父亲看了勇智一眼，声音带着点悲切。

骗人。刚才喝茶还咕咚咕咚的。父亲说的是食道癌病症，在穰县这里，被称为噎食病，大部分人都因为此病而死。

"我这手术都十年了，气数也该到了，胃癌活这些年，也算到头了。"

瞎说。上个月复查，医生还说他的胃再撑个十年八年没问题。

"你们姊妹们都长大了，成家立业了，我也可以放心走了。"

哈，真能胡扯。说的好像真管过我们似的。

"我也没啥想法，就是想你们都好好的。"父亲的声音从悲切稍微上升一点，带着些悲苦的味道。

这把戏，已经唬不住人了。成年以后，在明白了父亲给他们玩弄的诸多把戏后，勇智就对父亲这一招充满鄙视。想起十五岁第一次看到父亲哭哭啼啼上吊时的害怕和恐惧，勇智仍有一种被羞辱的感觉，他的气就还没消。

父亲停顿了片刻，看勇智一直不接话，低声说："我想去寻寻蛮子。"

他的声音模模糊糊，但又清晰无比，脸上是全然的可怜和无辜，"就看看她过得咋样。我也快死了，这也算是我最后心愿。"

蛮子？勇智打了个冷颤，闻到一股黑色的、腐败的气息，有股气从腹部下方冲上来，"嗖"地窜过心肝脾肺脏，冲向头部，在脑壳里爆炸开来。勇智眼前一黑，感觉头像一个炸开了的大西瓜，瓜子瓜瓤瓜皮在空中粉碎，喷向四面八方。

风也不是无缘无故来的。他居然还想着蛮子。他一直都在想蛮子。父亲这几年的行为突然间都得到了解释，所有的事情都是在为这句话、这件事做铺垫。勇智姊妹几个都被他骗了。

勇智呆在那里，强忍着愤怒和声音里的颤抖，看着仍在装可怜的父亲：

"你给她们几个都说了吗？"

"我给她们说干啥？我给你说就行了。"

又是骗人。他明知道他必须过城里三个女儿的关，尤其是冬雪。他知道他肯定过不去。

"我不管，你只要能给你大女儿说通。"勇智缓了一口气。冬雪？那就别想了。但凡觉得在冬雪那儿有一丝可能性，父亲不会屈尊来此。

"冬雪最听你的,你去和她说。"

冬雪听我的?事实上,勇智和冬雪已经快半年没有说话了。阵阵旋风从院子上面的大玻璃罩上空掠过,发出类似于打雷的声音,"砰砰"敲着勇智的头。

父亲一直不看勇智,但他肯定看到了正在空中喷溅的粉红色的西瓜雨,他的声音降为更加柔软的恳求和痛苦的自语,试图把"蛮子"二字带给勇智的爆炸效果降到最低。

那天晚上,勇智照例坐在客厅里抄《金刚经》,"须菩提。若善男子。善女人。以三千大千世界。碎为微尘。于意云何。是微尘众。宁为多不。"抄着抄着,勇智的思维又飘走了,忍不住在本子上写下几句话,"微尘微尘,就是宇宙碎了,变成灰尘了,好折腾的人还在折腾。不然,梁光正又怎么对得起'事烦儿'这个光荣称号呢?"

六十五岁以后,父亲热衷于寻亲。

先是寻他的外婆和舅舅们。自然,他的外婆和舅舅早已经死了,所以,他的主要寻亲对象是众多散落于各地的表兄弟姐妹们。十堰、武汉、汉口、广州、新疆,父亲顺藤摸瓜,寻到了认识的不认识的,亲热的不亲热的,远的近的,一堆堆的亲戚。

从小到大,勇智无数次听父亲讲他少年时代寻亲的故事。"那年我十五岁,去郧阳寻你老外婆家",这是父亲的固定开头,后面的内容视心情好坏和听众成分而不断变化。那个十五岁的少年,潇洒俊秀,聪明机灵,着白衣草鞋,挑一担棉布,和邻居的拐子算命先儿,去湖北郧阳山里的一个村庄寻找从未谋过面的外婆和舅舅。勇智奶奶逃荒要饭到梁庄,被勇智爷爷娶后,生下三个孩子,生前从来没有回过娘家。父亲十五岁时,眼看自己的哥哥窝囊胆小,就主动挑起大梁,去找勇智奶奶的娘家人。那次寻亲,父亲经历了什么,勇智始终没搞清楚。父亲的版本太多,难分真伪。一开始说舅舅们人极好,热情地招待了这个从未谋过面的外甥,又说大家都相互推托,不太情愿接待这个陌生外甥,舅舅们彼此间也有矛盾,对他外婆并不好,又遮遮掩掩说他离开时没有一分钱,那担布也不知哪里去了。不过,父亲解释道,那时候人都穷。这些破碎的信息,经过几十年的磨损、遗忘、篡改和任意增删,早已不知道哪些是真哪些是假。父亲讲起这些时,真假互渗,虚实交织,他更津津乐道的还是自己少年时代的聪明能干。

寻亲工程浩大。要联系那些不知道在哪儿的所谓亲戚们,要寻找散落在平原上的一个个无名村庄,要根据这些无名村庄再寻找另外一些无名村庄,简直就像要面对一连串任意打乱的谜团。更重要的是,早在上个世纪 50 年代末,奶奶娘家的那个村庄,杨旗铺,就因南水北调工程被整体搬迁,现在,它早已成为丹江水库下的淤泥。

那是父亲第一次寻亲。大家的好奇心战胜了寻亲过程中不期而至的种种困难。一路上说说笑笑，彼此打趣，一遍又一遍追问父亲少年时代的经历，还原奶奶和爷爷的形象。勇智这才知道，奶奶原来有过丈夫和孩子，因为荒灾贫穷，丈夫又经常打她，奶奶夜半逃跑，一路讨饭到河南，遇见爷爷，一口气又生了三个孩子。1951年夏天，奶奶到镇上大操场去看戏，戏开始之前照例要枪毙反革命犯罪分子，奶奶不小心和那被枪毙的人对视了一眼，被附上身了，回家后，发烧昏迷，浑身又冷又热，很快就死了。

从穰县过西峡，经淅川，过郧阳县城，再往丹江口水库方向走，勇智沿水库周边的村庄道路开车，每隔一段，就下车打听"杨旗铺"，他感觉自己就像来到一个子虚乌有的地方打听子虚乌有的人，非常可笑。在许多偏僻角落，一个山角，某片荒地，悬崖般的沟渠旁，或极近水边的滩涂上，零星散着一些房屋，破烂简陋，就像原始人一样。那些往往是私自回迁的人家，他们从青藏高原、湖北荆州等地的移民区一次次返回家乡，回来后却没有了土地和户籍，只好寻找没有明确归属的荒山僻岭重又盖房起院。这些人眼神空洞，充满着被长期隔离之后的绝望、孤寂和偏执。哪怕成为流民、子女无法上学、没有生存来源，也要留下来，以和湖底那个早已消失的家遥遥相望。在某一段路上，丹江水库突然扑面而来,浩渺无边,烟波荡漾。勇智想象着那下面有无数树木、房屋,各式各样的家具、物品,就好像下面还有个完整的世界,那里面还有人在活动。至少,在父亲的故事中,他们还在这里。

那些已经掉了牙中了风说话不清不楚的老人以为勇智一行是来调查移民的事情,拉着勇智的手,急切又凌乱地讲自己的故事。他们的一生都在失散之中,在自己的土地上失去自己的家,失去自己的身份,儿女长大以后,都迫不及待地离开这里再不回来,从此,他们又和儿女失散。

勇智开过去很多村庄,问了很多人,又到当地派出所去查,在十堰某一个山沟沟里,终于寻到了父亲三舅舅家的女儿。按辈分,勇智要叫表姑。那表姑眼睛细长,眼梢微向上挑,下眼睑宽而厚,像是特意割出来的,又因为没割好,而留下清晰的一道伤痕。父亲姊妹三个是这样的眼型,勇智姊妹也是这样,勇智姊妹的后代又大多继承了这一基因,每个人都带着深深的眼痕,只有眼珠的颜色昭示着更细微的差异。勇智惊诧于自己的震动。他第一次意识到自己还是一个有来源的人,他的血脉里流动着自己不知道的神秘因子,只有回到某一特定的地方,到更遥远的地方更多的人中去寻找,才可能找到一点更长远的联系。

勇智这一群人受到了最大程度的欢迎。那些表亲们又呼朋唤友,把一些更远的亲戚找来,彼此相认,握手,感叹,吃饭,喝酒,拥抱着痛哭。父亲坐在酒席的上座,一个个认过去,把带来的礼物分发出去。大家喊着二哥、二表叔、二表爷,过来给他敬酒,他枯瘦的脸红光满面,露出发自内心的、幸福的笑容。

父亲寻亲寻上了瘾,寻完表叔寻表哥,寻完表哥寻表妹,几乎把郧阳、十堰、武汉几个城市和周边的村庄翻了个遍,又跑到广州和新疆去寻那些搬到天边儿的亲戚。那纸一样薄的、没有任何基础的亲情,怎禁得住这没完没了的寻。哭也哭完了,高兴也高兴完了,该聊的那一点陈年往事早已如渣滓一般再也嚼不出任何味道,大家累得做不出更多的表情来了,谁和谁长得像的话题也不好意思再扯起了。

父亲还没有满足,他一直打听一个叫春莲的远房表妹。他少年时代去郧阳寻亲时,那表妹十二三岁,也在同一个村庄的舅舅家走亲戚。父亲只说他们认识,可他那不达目的不罢休的劲头很让人怀疑。

有一天,十堰的表姑父打来电话,说找到父亲的春莲表妹了。父亲逼着冬雪和勇智立刻带他去找。正是一年最热的天。沥青路几乎被烤化,车行驶在上面,轮子吱吱响,像是走在热腾腾的沼泽地上。勇智开了将近三百公里,问了无数人,最后,在依山傍田的路的尽头,找到了那个叫王李营的村庄。父亲的表妹独自住在一个破烂歪斜的两层楼里。她丈夫已经去世,两个儿子在南方打工多年，把自己的子女也带走了。

那头发花白的表妹听说失散已久的表哥来找她，激动得放声痛哭，拧着鼻涕、抖着手去摸父亲。她的眼睛半瞎了。父亲却说什么也不下车。任谁劝说，眼睛下垂，一动不动。整个村庄的人闻讯赶来，围着车，听表妹说她车里的表哥，说她可怜的姑妈（勇智的奶奶）如何逃荒到河南，如何早死，留下几个可怜的孩子，他们如何在杨旗铺见到，如今表哥又如何千辛万苦寻来。听的人无不流下感动的泪水。

父亲坐在车里，不为所动。他的眼睛半闭，脸上肌肉紧绷，汗珠子啪啪啪往下掉，像是在忍受巨大的厌恶和痛苦。勇智和冬雪满脸羞愧，又无话可说，只好扔下礼物，仓皇离开，留下车后一群目瞪口呆的人们。

父亲被直接送进了医院。胃疼、呕吐、高烧，连续几天不吃不喝。这也是例行程序了：一次大型的寻亲之旅总是以医院为终点。送医院好啊。父亲终于可以安静地躺上几天，休养一下，暂时不再折腾大家。

几天过去，病床上的父亲又开始哼戏了："胡凤莲站舟船表家言，悲哀悲叹……"声音清亮、高亢，悲切中带着点喜气洋洋的味道。

父亲返醒过来了。

冬雪、冬玉坐在父亲的病床前，嘲弄地看着他。

冬雪扑哧扑哧地笑着，"老爹啊，你也不能太无情，看人家变难看了，坐都不坐一下就跑了，回来还生一场大病？"

冬玉笑得语不成腔，说："老爹这是气下病了，一辈子看脸，没成想初恋情人是这般模样？"

冬雪说："那可是，连巧艳她妈恁傻的女人你都能看上，还不是因为人家长得好看？"

冬雪说的巧艳她妈就是勇智姊妹现在的后娘。父亲总说那就是个傻娘们儿，不用管她。可是真有什么事情，父亲就不是这腔调了。

父亲撩开眼皮，朝墙角吐一口蜡黄黏稠、苍劲有力的浓痰，笑着骂道："爬一边儿去，就看你老子的笑话，人家小时候可不是这样。"

就这样，父亲的寻亲戚之旅结束了。

每当有不明就里的亲戚怀着上次见面时的热情来到禳县，并期待有同样的回报时，勇智充满了怜悯。父亲连见都不见。不管我们姊妹几个如何指责他，甚至求他，他就是不见。但是，当勇智姊妹招待得不太周到或不太热情时，父亲又愤怒地指责，说勇智姊妹薄情寡义，不懂感情。

父亲早已开辟了新的战场。他要去寻早年帮助过他和勇智一家的那些人。用冬雪的话说，这叫寻报恩亲。

譬如，寻西峡城郊乡的许大法家。每年春节，一到大年初二，父亲就在家门口边喊边骂，让我们赶紧回家去许大法家走亲戚，骂我们忘恩负义，要不是当年许大法给半车红薯干和苞谷面，不但那个年过不去，一家人也早都死到日南雕枝国了。勇智说死也不愿意去许大法家。那家人的眼神太奇怪，就好像我们姊妹几个是从小人国垃圾堆里出来，没吃过饭没穿过衣服没见过任何世面，单等到他们家来占便宜吃第一口饭，勇智一想到许大法把盛得冒尖的饺子推到他面前的眼神，想到许大法儿子远远看着他的表情，就气不打一处来。每年，为这事儿，勇智要挨父亲一次打。冬玉为这事，又要挨勇智一次打。勇智每被打一次，一定要在冬玉身上还回来。

许大法于十年前寿终正寝。父亲闻听，捶胸跺足，嚎啕大哭。当然，这时候，周边一定得有观众。他把我们姊妹几个叫过来，第一千零一次地给大家讲大年三十夜里如何空荡，勇智如何饥饿地嚎哭，他如何拉着板车带着勇智去讨饭，到了许大法家，许大法如何慷慨善良，把自家的红薯干、苞谷面分给他们，等等。

"为啥总是说我哭？难道冬雪冬玉她们都不哭？"那时候，勇智刚刚三十岁，婚姻艰难、工作不顺，做生意又连续失败，这些压得他抬不起头来，他非常不高兴父亲这样年复一年地翻旧账。

他觉得，正是父亲的这些陈芝麻烂谷子使他一生都没有办法挺起腰杆。他总是太快意识到自己的软弱无能，做什么事情都是虎头蛇尾，乘兴而去，败兴而归。那饥饿的嚎哭就像一个让人羞耻的尾巴，勇智但愿能把它藏起来，所有人都忘记，谁也不知道。可是，随着年龄的增长，父亲的叙说越来越详细，越来越栩栩如生。

冬雪毫无例外又心软了，和着父亲一起流下泪水，开始张罗着去许大法家吊孝。父亲说就让勇智披麻戴孝过去吧，虽没有机会报恩，但至少也没有忘恩。

"披麻戴孝？凭啥？"勇智断然拒绝。父亲总是这样，答应他第一件事，立马就有第二件事出来，得寸进尺。勇智说，你不能给我一碗饭，就一辈子让我给你做牛做马丧失尊严，那他许大法当年做的好事还算不算好事？一个人做点好事，老想着让人报恩，那也不是什么好人。再说了，如果许大法不是村支书，他从哪儿来那么多粮食？那年月，家家的缸底都锃明瓦亮，许大法家的粮食是怎么来的？这是勇智多年来留在嘴边不敢说的话。许大法是村支书，那是当年和许大法儿子打架时知道的。他少年懵懂的心像突然开了条缝，那一次打架，他对许大法的儿子毫不留情，大获全胜。

父亲暴跳如雷，"村支书咋了？要是全天下的村支书个个都有许大法那样的好心，哪还来那么多没吃没喝的人？"

这时候，冬雪往往是父亲最坚定的支持者和同盟军。所以，当然，勇智说了不算。勇智披麻戴孝，低着头从许大法的村庄穿过去，他看到两旁的人们指指点点，听到有人问这是哪儿的客人，啥关系，然后，就有人啧啧赞叹起来："看看，看人家许大法多有福气！""一次行善，终身得回报！""看，这家人真是有良心，还让儿子披麻戴孝！"冬雪和父亲跟在勇智后面，挺头昂胸，边抹眼泪，边大声回答人们的疑问，一次次停下来，对围观的人详细描述当年的状况。勇智又听到父亲说他的嚎哭，他羞得恨不得有个地洞钻进去。当时他想，好在这是最后一次了，以后打死也不来这里了。

父亲说："这都十年了，许大法一死，咱就不去了，太薄情了。现在，咱家过得好了，有义务去帮助许大法家。"

勇智说："人家也不是穷得过不去，不见得愿认咱，当年咱都不愿去人家家里，现在人家不行了，肯定也不愿意跟咱来往。更何况，你又行到哪儿去？"

父亲大骂："爬一边儿去，都像你那么没良心，这世界还不坏透了？"

勇智撇撇嘴，到一边儿去了。

这是一次无比尴尬的寻亲。许大法的儿子并不认识眼前这一行人。冬雪反复提醒，就是每年大年初二到他们家的那群人，就是给他父亲披麻戴孝送葬的那群人，勇智甚至说出了小时候的打架事件，许大法的儿子还是没想起来。最后，父亲只好又讲述一遍大年三十他带着勇智去他家讨饭他父亲给了他半车红薯干苞谷面让他们过年他为了感激年年让孩子们来走亲戚现在来看看你们过得怎么样，等等。许大法的儿子终于明白了这群人是谁，露出勉强的笑容，招呼我们在屋里坐下，倒上茶水，就又冷场了。许大法儿子的脖子上挂着小拇指那么粗的金链子，上穿紧身黑衣，脚踏大红运动鞋，在勇智们来之前，正准备开车到镇上，他在周边几个镇上的超市内开设皮鞋专卖，雇专人营业，自己每天下午开车转一圈，只管收钱。勇智瞅了瞅父亲，父亲脸上是一种无家可归的表情，是那种准备好了去救人结果人家不但不需要救反而过得比谁都好的没着没落的表情。

又譬如，去寻内蒙的方清生。

方清生是谁？谁也没见过。却听说过无数次。这是一个传说中的人物。和妈结婚的第三年，也就是1960年春天，眼看饥荒越来越严重，父亲和同村的国合大爷一起到内蒙去找活干，干了半年，没挣到多少钱，在想要离开时，不知为何，却被作为"流窜犯"关押起来，且要遣送到郊区的一个什么厂干活。据说，去那里的人都有去无回，死无全尸。在就要把他们押走的关键时刻，一个叫方清生的人救了他们，他说他可以保证这两个人人品没问题，不是流窜惯犯。

无数个冬天夜晚，父亲和国合大爷坐在堂屋墙角，围着树桩烤火的时候，总会意味深长地谈起这个人，并感叹命运的机巧和偶然。

父亲说当年他们在内蒙的飞机场干活，方清生是飞机场的职工，肯定会在那里退休。只要能找到他们的人事部门，就可以找到方清生。可是，方清生究竟还在不在人世？当年能救他们于虎口之中，如果不是干部，最起码也应该是一个能说上话的老职工，依此来算，现在的方清生至少也九十岁以上。再说，这一救人事件于父亲和国合大爷是大事，但于方清生，也许只是举手之劳，在那个年代，发生过无数荒唐古怪事，谁还会记得两个年轻的"流审犯"？父亲言之凿凿，说回来后还写过感谢信，虽然没有得到回信，但也没被退回来（那时候，无主的信都会被退回来，上面盖着大红公章"查无此人"），这说明至少这个人还在。勇智很怀疑父亲是否真的写过信，萍水相逢的恩情，大多都只会记在心里，很少在现实中延续，即使真的延续，就像每年去许大法家，剩下的只是尴尬和难堪。

还是去了。只要父亲想做的，没有做不到的。因为他所要求的从来都是充满正义感的、关乎大是大非的、涉及根本善恶的事情。

一群人浩浩荡荡去往呼和浩特。经过两天的寻找，终于，在呼和浩特郊区的一个城中村里找到方清生已经退休的儿子。一群人七嘴八舌向那儿子解释自己的来历、原因和目的,那儿子从害怕、吃惊,到严肃、敬重,再到热情万分,最后,一定要请这群人吃饭,要请父亲再详细讲讲当年他父亲英勇救人的故事。父亲以一贯的夸张语气重又讲述当年的危急时刻,一边意味深长地挨个儿把我们姊妹四个瞅一遍,脸上绽放着神一样纯洁灿烂、洞悉一切的笑容。

再譬如,寻父亲青年时代早逝的一个好朋友的遗孀和孩子。

虽然打听时颇费了些周折,但其实那家人就在离穰县县城并不远的地方。当年的年轻遗孀早已改嫁,成为一个头发枯白的老妇人。她的头微微颤着,好像身体支撑不起来头的重量,走路脚尖踮着,一点点往前挪。父亲说这是1960年饿下的毛病。那是一个什么样的家庭?猪在泥里拱窝,鸡在拉着稀屎,各种杂物在院子里凌乱地堆着,一个两三岁的小男孩在猪屎鸡屎和杂物间磕磕绊绊地走着。正屋的门口,一个年青女人正往外扔东西,眼睛露着凶光,嘴里不断发出尖利的长啸。这女人是老人的儿媳。她那智商略有问题的儿子要寸步不离地看着精神上很有问题的儿媳,根本无法劳动。这个家要依靠将近七十岁的老两口支撑,他们租了十几亩地,勉强维持日常生活。老妇人拨拉着头发,让勇智看她头上凹陷的深窝,让我们看她那呼吸孱弱、醉醺醺的丈夫左肩上的伤疤,这都是儿媳扔东西时被砸到的,她又让把自己儿子的上衣掀起来,让我们看她儿子身上纵横交织的抓痕,那是夜间他试图靠近自己的老婆得来的。现在，儿媳又怀孕了。

没有父亲的示意，我们都拿出钱，塞给这个老妇人，并在心里暗暗发誓，再也不来这个鬼地方了。

站在院门口告别的时候，那个小男孩拽住勇智的衣角，仰着头，睁着一双圆圆亮亮的眼睛，笑嘻嘻地看着勇智。这是一个聪明漂亮的小男孩。勇智和他对视了一会儿，又掏出钱包，把剩余的钱拿出来，塞给了老人。

就这样，父亲把一顶顶大帽子扣在四个已然中年的子女头上，牵着我们，东奔西忙，把我们挣得并不多的钱尽可能撒出去，把刚刚品尝到的一点幸福感毫不留情地收回，向我们发放着内疚、羞愧和针刺般的痛苦，好像我们在童年少年时期经历的一切还不够似的。

"行将暮年的梁光正，在这世间，又起了无数个线头，留给他的子女们，是遗产，还是麻烦？是控制欲，还是不朽的生命动力所致？"勇智在摘抄本上划拉下这些话时，仍然百思不得其解。

即使如此，他仍然没有想到父亲要去寻蛮子。

二十几年过去了，全家人好像密谋过一样，不约而同地忘记了蛮子，谁也不提她的名字，包括当年还只十二岁的冬玉。大家都自动跳过蛮子这一章，好像从来没有过蛮子，也从来没有发生过任何事情。在讲到那几年的时候，大家连洞悉彼此的对视都没有，就自动把有关蛮子的场景给删减了。但是，又怎能删减得掉呢？如果人生的过程可以用相片一帧帧来展示的话，那么，我们一家的相片在那几年肯定是支离破碎、不成形状的。所有的生活都因蛮子的到来而改变，但是，大家又执意不肯显示她的色彩和位置，于是，相片就像被虫蛀过，被水洗过，被沙子磨过，总有个模糊不清的、黑洞一样的头像顽强地站在那里，朝着看它的人张望。谁也不想正视它，可是，谁都知道，它一直在那儿，蛰伏在记忆的最深处，等待着机会，朝大家反扑过来。

勇智拖延着进城的时间。想象着城里的三姐妹头碰头讨论时的热烈和激愤，他脑子里模糊一片，不知道该如何处理自己的情绪。"蛮子"这个词就像一个发音，在他脑子里撞来碰去，不断回响，他却拒绝回应。那里面结着厚厚的冰，年月深久，已经冻实了，结得透透了。

冬雪经常抱怨勇智对家庭的事情漠不关心，和姊妹们没有感情。这实在错怪他了。他只是不知道该怎么办，因为不知道怎么办，反而索性就慢下来，任凭着事情往前走（虽然他也知道，这是懒惰的托词）。他看着冬雪强烈的情感，突然的暴怒，没来由的情感冲动，实在没法和她产生共鸣。但是，置身其中，听我们对他和父亲的抱怨，看我们哭哭笑笑互相表白感情，他又浑身懒洋洋怪舒服的。

父亲和巧艳她妈一家租住在县城里最老的一个小区，破旧，肮脏，但却安静自在，是城里越来越稀少的独栋房。几排红砖两层小楼，楼前一个小院子，每户人家都在院墙边种上葡萄，一到夏天，葡萄秧沿着架子往路中央攀爬，浓密稠茂的叶子几乎遮住全部阳光，绿色泛紫的葡萄一串串挂下来，伸手就能够着。整条路上静得连光掉到地上的声音都能听到。

刚到门口，勇智就听见父亲高声感叹，连续急转、得意的声音："哎呀呀，这牌，啥牌啊？这把肯定要输啊。"

哈，父亲肯定起了一把好牌，毫不留情地打击着他的三个女儿。父亲生病以后，几乎每天下午，他的三个女儿都要来陪父亲斗地主。父亲斗地主的爱好，和他生病的时间，和穰县风行"斗地主"的时间，几乎同步。有时候，勇智觉得"斗地主"简直就是专为父亲发明的，它顺便把他的三个女儿给绑在他周边，十年如一日地陪他，哄他，和他吵架。

冬雪半躺在长沙发上，高高举着牌，有一搭没一搭地出着。她的整个身体附在沙发上，轻薄，没有重量，从内到外都散发着疲惫的气息，就好像生命的能量过早被耗尽，她只能靠燃烧肉体来存活。她神情恍惚的态度经常引来抗议。不过，她人到场就好，她不来，所有的开心、笑闹和俏皮话都黯然失色。冬雪眼睛和父亲最像，闪着光，笑的时候那光聚在一起，形成能量强大的光束，能把冬天最顽固、最阴冷的乌云驱散。但是，她变起脸来，能量同样巨大，那被驱散的乌云又被召唤回来，瞬间摧毁一切幸福欢乐。

若要说忙，真忙的是冬玉。冬玉的百货店临南北出城要道，是城里最繁华的地方之一，生意越好，她越忙，每天单单进货点货往门口摆货晚上再往店里搬货就足以累得她头疼欲裂，逢到节气周末，连午饭都吃不上。她又有失眠、心慌和头疼的毛病，一点小动静，一个小坎儿，或哪个地方没有按照她的想法实现，都会让她忧心忡忡，心跳加速，彻夜失眠。她还长期负责父亲的所有事务，医药、复检、报销、联络、采购、营养，她就像一个不停旋转的陀螺一样，从来没有停下来休息过，但冬玉风雨无阻，只要父亲召唤，她排除万难，雷打不动地来。为此，冬玉把性格极其古怪的婆婆接到店里帮忙，好吃好喝伺候。父亲对冬玉婆婆嗤之以鼻，常讥笑冬玉请了一尊大神。这个长期被忽略的、不爱说话的、只会哭哭啼啼的小妹，似乎铆足了劲儿要在我们这个家庭里占据一席之地。勇智总觉得她有些不对头。她投入和周全得有点过分了，像一个警觉的小动物，对原生家庭的任何事情都有些反应过度。

"哟，可舍得来了？"冬雪眼睛斜着看勇智，"快当上副镇长了？成人物了？翅膀硬了？不让说了？几个月不打个电话，也不蹦个脚尖？"

"他忙成啥，屁股不沾五级土。"父亲仍紧紧地盯着牌，长长的指甲在牌面上划来数去。

"可是忙，你看他那些哥儿们去了，那些不知道在哪儿当个破烂小官儿的去了，那忙成啥样？又是炒又是买，屁股一吊一吊，走得可快，"冬雪说，"咱们回去了，也就一锅面条。"

冬玉说："姐你可别那样说，前几年回家，我哥稀罕你，每次都炒一桌子菜，还买来老张头家的猪头脸老王家的羊头脸，你吵着说我哥太浪费不会过日子不心疼别人，还差点把桌子掀了。"

冬雪说："稀罕？我咋没看出来。说他一下，就几个月不搭理我，他那是稀罕我？还猪头脸羊头脸？狗头不如。你要是自己能挣也算了，天天一帮狐朋狗友吃吃喝喝，你有难时他们在哪儿，谁帮过你？"

冬雪从沙发上坐起来，把手中的牌"哗"一下扔到桌子上。

勇智心想，你那只是"说一下"？你骂我算了，你用鞋扔我也算了，你当那么多人的面你指着鼻子骂人家说人家良心坏透说人家不是正经生意人不好好做生意坑蒙拐骗还把我带坏又赶人家走，人家也是有头有脸的人，你那样是不是太过分了？在路上想象的懒洋洋的金色气泡没有了，一个个砖头样的冰雹朝勇智劈头盖脸砸了过来，只砸得勇智张口结舌，一个字也说不出来。冬雪说的每句话里面都包含着一场战争，包含着几十年来姐弟两个相互纠缠彼此伤害的场景。这些场景到最后都化为一把把语言的利剑，随时冲过来，厮杀一番。

一直专心看牌的父亲"嚯"地探身出来，把冬雪的牌推回去，"收起来，该说我不知道，肯定是牌不好，"他朝着墙角吐口唾沫，"说那些闲话有啥意思？都给我好好出牌。"

大家都笑起来。谁要是在父亲打牌时不专心，谁准会遭殃。

打了几把，冬雪又把手中的牌扔了。

冬雪说："你为啥要去寻蛮子？"

终于要奔主题了。勇智听到这个名字，颤抖了一下，像是从最深处的地壳中心传上来的。

父亲不说话。他仍然看着手中的牌。

"蛮子是咋走的，你不是不知道？我们姊妹受的啥罪，你也知道。这几年，你说上哪儿，我就带着姊妹们上哪儿，花钱费时间陪感情，这都不说，只要你高兴。"

冬玉说："其实也不是只陪爹，咱们也有收获。"

冬雪说："你别乱插话，你懂得啥？你说寻亲戚，咱们去寻亲戚，你说寻恩人，咱们寻恩人，你说寻梅菊，行，咱们去寻梅菊。"

父亲说："梅菊不是我要去寻的。"

冬雪说："是，不是你说的，大家都知道你心里想。"

父亲说："谁说我想寻她了？"

冬雪说:"那你说你就想寻蛮子?"

父亲没有回答冬雪的话,头微低着别了过去。在冬雪面前,他扮演的是一个做错事的小孩子的角色,勉强替自己辩解,却总是被捏住嘴角,但又总是屡教不改,以弱示强。

冬雪说:"我这一生最恨的就是蛮子。"

父亲说:"你最恨人家?蛮子咋就招惹住你了?人家没干活?没给冬竹勇智他们做饭?"

冬雪说:"我就是恨她最恨她她害死了我妈她毁了咱们家你名声也全被她败坏了咱们全家的名声都被她败坏了你知道不知道?"

冬雪站起来,朝门口走去,又站住,门外的阳光正好打在她身上,她浑身透亮,瘦得不忍直视,像个憔悴又苦苦支撑着的稻草人,但是,这稻草人身上的每根草都在发光,在向外喷射火焰,她回过头来看着父亲,说:"你为她都受了多少罪你差点都被打死回不来了你忘了那时候蛮子在哪儿你看看你鼻子上的黑瘤还有头上的疤你都忘了?"

大家都转过头去看父亲。父亲闲时有一个习惯性的动作,拿小拇指的长指甲去抠那个黑瘤,一点点地抠,有时抠出一些干痂,有时候抠出些黄色的脓来,然后,指甲一弹,那小小物质就飞得无影无踪,不知所向。但是,没有人注意到那个黑瘤何时出现,更不知道因何出现。

冬雪看着大家，说："爹后来去寻过蛮子，被人家打得半死，躺在派出所里没人管，差点死了，派出所把电话打到我单位里，我去接的人。"

父亲说："你们走，都走，赶紧走，别在我跟前呆着。"

冬雪说："就不走，还没说完呢。"

冬雪说："你别想着你是在干啥好事。你去寻人家，是坑人家。人家好不容易安生下来，你去了，算啥意思？人家丈夫咋想？"

冬雪紧紧盯着父亲。勇智知道，她脑子里肯定有一个跑马场，一瞬间跑过一千句一万句话，她说出的只是那跑过去的万分之一，"你知道冬玉为啥心老慌她是吓的啊你知道冬竹为啥胆小怕事为啥成天说不了一句完整话为啥天天像梦游一样她是吓的啊她自卑她害怕她担心过了今天没了明天你知道我成天半夜惊醒害怕又出事了又吵架了又要出人命了你又叫人打了你现在老了就服服老安生几天大家也过几天安生日子……"

父亲把牌掼到地上，说："别说了，别吵了，算我有罪，好吧？我对不起你们，以后都别管我。就权当没有你们这个爹。"

智勇垂着眼睛，我和冬玉也垂着眼睛，没有一丝表情。

冬雪刹住了嘴巴，喉咙里传出急刹车时车轮和公路摩擦而出的裂帛般的声音。她盯着父亲。此时的老父亲，就像一尊被天下所有人误解又委曲又悲伤又愤怒的神，准备好了与人间决裂。她看了好一会儿,说:"也不是不让你去,你说,你到哪儿寻亲没带你去?"

我们都松了一口气。

勇智在想什么?他自己说不清楚。但有一点他很清楚,过不了多久,他们就要去寻蛮子了,即使他们不愿意去。许多年来,这样的场景周而复始,循环往复,流泪、哭泣、感动、羞愧、保证,然后,生活又恢复原样,每个人仍然依照自己的轨迹前行。他有点厌倦,或者也说不上是厌倦,只是无感,在这样的场景里面,他很涣散,没法投入。从表面看来,他坐卧不宁,心不在焉,这当然又成为他新的罪证。

妈去世的前一年,蛮子带着她五岁的儿子小峰,住到我们家。父亲说,她是从山里逃出来的,一个可怜人,先住咱们家,等找到个好人家,就走。蛮子叫什么名字,勇智不知道。当时父亲说了一个名字,大家没有认真听。所有人都只叫她蛮子。我们这边把从偏远地方过来的、说话听不懂的人都叫蛮子,有点取笑的意思,但并没有恶意。她从村里走过去,人们总是逗她说话。她说话像唱歌一样,带着鸟类的婉转和清脆,长长的尾音,很好听。可是着急生气的时候,那清脆就变成了能刺破人耳朵的尖利。

妈去世后的那年春节,一天中午,父亲坐在圈椅上,指着蛮子和她的孩子对我们说:"以后,你们要叫她娘,"又指着那孩子,说,"小峰就是你们亲弟弟。"

麦冬麦冬

汽车总也不来。父亲坐在那个破行李袋上,垂头缩肩,一动不动。冬玉只看见他的头发,头顶部分是红色的,耳朵周边红绿相间,还夹杂着草一样的枯黄色。他染发了。早上他洗头的时候,冬玉看见盆子里酱汤一样的颜色,洗完就变成这样了。

勇智远远站着,不停往公路中间踢石子,嘴里嘟囔着,他新剃的光头在阳光下发出青色的光圈,真像一头被困的野兽。冬玉尽可能离他远点儿,他的拳头随时会落在她身上。

父亲又要出去打工了。变卖了秋天的全部庄稼,玉米、红薯、黄豆、绿豆，共150元，当作路费，要出门了。夏天他也出门打过工。那时候还不是这样。他带着蛮子一起去，说要到北京给我们挣钱，要还种麦冬欠下的高利贷要还妈去世时借下的钱要还数不清的陈年债，他们要走的前一天晚上，蛮子偷偷告诉冬玉说她会给冬玉买一条蓝裙子。夏天还没过完，他们就被叫回来了。家里出事了。后来，蛮子和小峰走了。秋天没过完，父亲又要走了。他没有告诉我们他要到哪儿去。他不说。

日头照在身上，暖和极了。地里的苞谷棵子像被打败的部队一样，仍然排着队，挺直着身体，可是，玉米穗儿没有了，叶秧耷拉在地上。一阵风吹过来，父亲的红绿头发被吹起来，往上扬着，又垂下去。车一直不来。碎石子铺成的老公路快被两旁的荒草淹没，留下中间一条窄道，蛇一样往远处爬。冬玉只想哭。没有一个人影，没有一点儿声音。这三个人，就像被谁抛弃了，孤零零地站在这儿。

等了很久很久，车来了。父亲提着包上去，一车的人都看着我们，他不看。冬玉看不清他身上穿的衣服，看不清眼前通向不知何方的汽车，她竭力忍住越来越大的哭声，她不能哭出来，要是勇智听到，又该打她了。

好像从那以后，父亲就离冬玉越来越远了。之后的他，都是断断续续的。

父亲走后,我们如何度过那个冬天,冬玉一点儿也想不起来了。家里的秋粮全卖了,父亲把钱拿走了,我们吃什么,怎么上学,父亲什么时候又回来,冬玉一点儿也想不起来了。只有这个场景,刀刻一样留在她心里:公路通向远方,父亲坐在路边,秋风吹着他滑稽的红绿头发。冬玉记得这个场景,是因为那是父亲最后一次完整地出现在她的记忆里。

春天还在欢乐。

那欢乐太强大,掩盖了很多漏洞。

整个四月都是紫色的。一平原的紫色铺天盖地,堆满每一个角落。淡紫细小的花、淡紫细小的茎,摇摇摆摆从绿叶中探出来,闪着诱人的光。

天被照亮了,云开了,雾散了,喜洋洋,喜洋洋。

父亲又唱起来了。坐在堂屋的圈椅上,哼着小曲儿,爽朗地笑着,接受来自各方的朝拜,讨论各种事务,或者,和他的老朋友国合大爷,站在地头,看着那一望无边的紫色,畅想着金光闪闪的未来。

很小的时候,冬玉就知道,父亲喜欢帮助别人。家里总是人来人往,父子吵架、朋友失和、宅基地纷争、告状打官司,凡与嘴有关的事情,父亲都能插上一杠子。那段时间,他忙的是邻村一家状告村支书的官司。那一家姐姐和弟弟在我们家已经住将近一个月了。

那家姐姐长一双圆圆的杏眼,看人的时候,能把人烧掉。她紧紧盯着父亲,目光随着父亲转动,好像要把父亲吃进去。父亲总是正和她讨论的时候,突然站起来,转几圈儿,仿佛屁股下面坐着一团火。

他坐在圈椅上,高声发表着看法。和村支书作斗争,他太有实战经验。

"想当年梁正义夜打院墙,封我出路,以为想欺负我就可以欺负我。他想错了。'文化大革命'他都没把我整死,以后门儿都没有。有理走遍天下,无理寸步难行。欺压老百姓,唬弄老百姓,那是最坏的良心!"父亲的声音坚决有力,遥想当年的斗争往事,不觉间意气风发。那姐姐仰望着父亲,无限崇拜,像看到了自己家的未来。

"凭啥起个院墙把我路封了?你可以修院墙,我也可以砸院墙!你不能欺人太甚。梁正义到公社告我毁坏个人财产,我也告他,说他欺压百姓。告了一年多,谁也没告赢谁。后来,公社书记来梁庄,我前后不离跟着他,让他解决。那狗日书记说,你给梁正义道个歉,这个事算完了。凭啥?我又没错,道歉也应该是他给我道歉,让我道歉,你把我杀了算了。最后,他梁正义也没有把我给咋着了。"

村支书梁正义家就与我们家一墙之隔，不知道有没有听到父亲的豪言壮语。

父亲从冬玉作业本上撕下几张纸，开始写状词。他语调铿锵地告诉那家姐姐，"只要坚持到底，肯定能赢。"父亲脸色亢奋，激动万分。每当有人有求于他的时候，他总是由内到外散发出活力，洋溢着快乐。

此刻的父亲就非常快乐。

田地里，麦冬正在成熟，紫色小花、绿色韭叶下面肥沃的黑土里，埋着一个个肥肥白白的、珍珠梭似的果实，它们充满躁动，等待着见到天日。

父亲四处雇人。五月份麦冬成熟，要一棵棵挖，一棵棵摘。人并不好雇，因为全镇全县的人都在雇人，都要在这季节收获果实。于是，那告状的姐姐把她村庄的好姐妹都叫来了。西屋的地上，铺着干燥的白白的麦秸秆，十来个女孩子，晚上一溜儿睡在上面，时不时发出莫名其妙的哄笑声。

父亲坐在那张圈椅上，往墙角淋漓尽致地吐了一口唾沫，开始为我们想象美好蓝图：

"麦冬一卖，咱们家的好日子就来了。咱们来算算，总共种了八亩麦冬，按最差的收成（那绝对不可能），一亩地200斤，八亩就是1600斤。那广州佬说一斤麦冬至少能卖到三块钱，算下来就是4800块钱。刨去人工钱1500块，再刨去其他杂七杂八，至少能收入2000块。咱们能把家欠的外债还了，还能把欠大队的麦子钱还了。这下咱们可算彻底脱贫了。"

他说的"麦子钱"是人民公社时期我们家欠生产队的粮食，一笔极久远的账。一系列数字在父亲脑子里翻飞，灿烂图景在大家面前展开，肯定要过上好日子，就要过上好日子了。父亲笑得眼睛眯在了一起，嘴唇两旁的法令纹往两颊扩展，深不见底。没有人不被这样的父亲感染，父亲那确定无疑、欢快爽朗的声音和乐观闪亮的眼睛，都在告诉大家，他说的肯定会实现。

冬玉也被父亲迷住了。这是父亲的神奇时刻。点石成金，口舌生灿，希望、幸福、无忧无虑、大口吃肉大口喝酒等等，各种各样的光明排成队飞过来，在每个人头上盘旋。这一时刻的魔力足以支撑到父亲失败，并重新规划新的蓝图的那一天。

"再过五年，咱们家的日子就好过了。咱们来算算……"一个个"五年计划"过去了，算来算去，父亲不止原地踏步，还经常陷入更大的困境，可是他仍然痴心不改，逮住机会就要"咱们来算算"。

全镇的空气都在躁动，动物发情一样。空气上扬，人心浮动。那些种麦冬的人，神情严肃，又全身抖动着快乐，终日忙忙碌碌。

他们去赶集买挖麦冬用的小耙子小凳子,去砖瓦场拉砖找泥,在家里的某个角落砌炕麦冬用的大炕,吃罢晚饭,会不约而同踱到地头,议论着麦冬的成熟状况,行情,那广州佬什么时候来,等等。那些说过千百遍的话,每次都像第一次说,相互之间一问一答,充满着好奇和新鲜。

"那广州佬",父亲曾在家里高规格招待过他。他坐在我们家唯一的圈椅上,脸白得起腻,偏分头梳得锃亮,脸微微涨红,手不时大幅度地挥舞着。父亲坐在旁边的矮凳上,头仰得很高,谦卑而认真地听着。冬玉立刻就意识到这个人的重要性。那段时间,父亲经常去乡政府的传达室,传达室的老安头是他"革命时期"的老伙计,父亲到镇上赶集的时候,会去他那里翻翻被丢弃的报纸,拿回一些无人看的杂志。父亲看了很多天,捉摸了很多天,终于决定种麦冬了。父亲不是那种头脑发热拍脑袋做决定的人。

那一年,冬玉经常碰到"那广州佬",村尾田头、公路边集市上,餐馆里茶馆外,印象中那个人一直滔滔不绝唾沫飞溅。前一年的夏天,那广州佬不知从什么地方冒出来,走乡串户收麦冬,一斤高达两块钱。那广州佬在各个村庄宣扬,在南方,广州,他来的那座城市,麦冬是最抢手的药材,有多少都能卖掉,两块钱不是最高行情,还可以卖出更高。那偶然种麦冬的几家,像天上掉了大馅饼,平白捡几百元,激动万分,卖力地为那广州佬充当义务宣传员。

麦冬麦冬,麦冬跳着舞,闪着珍珠的光,朝人们眨着眼。

广州佬说,你们种,我来收,有多少收多少,到时白花花的银子你到手,我只赚你个辛苦钱。人们在别人家听一遍,觉得不真实,把那广州佬请到自己家来听,在家里觉得话没说到底,又把他请到镇上的羊肉馆听。广州佬一天天吃下来,把白脸吃成一张胖黑脸,直到寒风刮过大地,把每个屋子的热气都刮跑,实在受不了这天地上下房屋内外一样的冰冷,才依依不舍地离开。

广州佬走的时候,麦冬正在地里抽着枝条,漫天散出绿叶。田地里没有了玉米苗红薯秧,没有了黄豆绿豆辣椒,只有矮矮的、附在地面上的麦冬苗。那绿色的秧苗一簇簇向外散开,像一个个绿色的小花篮。一整个平原都是平绒般的绿色,向人们洒着希望的绿色。冬玉不知道这绿色到底有多远有多大,反正冬玉走多远,它就跟多远。她看到有人把已经出苗的玉米、芝麻、黄豆,又都毁掉,种上麦冬。那人的眼睛像父亲一样,闪闪发亮。

蛮子在哪儿?很奇怪,在冬玉的记忆里,她总是不在,但仔细回想,她又一直都在。她总是紧闭嘴巴,瘦小的身体略弯着,急匆匆地走来忙去,她把山里的家常手艺带了出来,不管是红薯、绿豆还是玉米,她都可以做出来晶莹剔透的凉粉。傍晚时,她在那狭窄的小厨房里烧火,父亲站在锅边搅拌,然后,一盆盆端出来晾在地上，第二天上午，父亲推着自行车，两边挂着桶，桶里装着一块块白白的凉粉，沿着村庄去卖。雨天的时候，凉粉卖不出去，就用大蒜煎着吃，香极了。

战争早已打响。从父亲把她领进家门，从父亲开始让我们叫她"娘"，逼着我们给她端饭那一刻起，战争就开始了。冬玉看见勇智眼睛里的凶狠，他黑黑的宽肩膀里有一股蛮力，在黑洞洞的房间里四处窜着，到哪里都带着一团火。

有一天，勇智剃个光头回来了。他四处棱角的脑袋发着光，谁也不看，也不说话，只是拳头紧握着。蛮子来回走路的脚步声就格外重了。家里静极了，静得吓人。越是在这个时候，父亲越要指派勇智为蛮子做一件事情，好像想用这件事来证明勇智不是对蛮子有意见，他也不是只偏心自己的儿子。

"勇智，吃饭了，去把小峰找回来。"父亲在堂屋里喊站在院子里的勇智。

没有回音。

"冬玉，去看看你哥在干啥？"父亲悄声对冬玉说。

勇智靠在院子里那棵苦楝树下，身体一下一下，往后扛着苦楝树细细的树干，树上的小紫花不断往下掉，落在他的青头皮上。

"哥，爹让你去找小峰。"冬玉站得远远的，声音像只蚊子叫。

勇智朝冬玉扬了扬拳头。

蛮子从厨房往院子的石桌上端饭，看到勇智还站在楝树下，把饭重重地放到桌子上。粗瓷碗碰住石桌面，发出清脆的响声。

父亲从堂屋窜到院子里，声音又提高了些，"勇智，快去叫你弟回来。"

小峰喜欢在村庄里的坑塘边玩，他看见水就像看见家，一天到晚长在水边。每次吃饭，都是冬玉去叫小峰回来，可是，这个时候，父亲偏要叫勇智去。

勇智瞪了父亲一眼，转身出去了，还不到两分钟，就回来了，坐在石凳上，端起碗吃饭。

"小峰呢？"

"不知道。"

父亲看着勇智，勇智回瞪着，脖子往前挺着。父亲的腰有点弯，勇智的腰挺得笔直，直直迎上去。父亲扬起手，作势要打勇智，勇智一脚踢飞凳子，又把桌子上的馒头扫落。矮小的蛮子站起来，逼向勇智，嘴巴大张着，向他喊，勇智挺着头，迎向蛮子。父亲的手又垂了下去，站在那里，什么也没说，什么也没做。

冬玉伸手去拉勇智。勇智转过身，给了她一巴掌。冬玉的手还没有离开勇智的衣角，他的巴掌又上来了，一下两下，冬玉的耳朵发出一阵阵的鸣叫。冬玉看着勇智，不明白这是为什么。那是勇智第一次打她。疼极了。

父亲跳了起来,在院子里来回窜着,说:"你想造反啊?"

勇智坐回去,又开始吃饭。父亲伸手去抢勇智手里的碗,勇智的手往外伸,伸到父亲够不着的地方,手一松,碗掉到地上,汤洒了一地。

"你要做甚?你要做甚?"蛮子在院子的另一端,远远地叫着。尖利的声音吸引了周边正在家里、饭场里吃饭的人。人们端着碗,慢慢聚了过来,一边看,一边吃。

父亲回到东屋。一会儿,从东屋发出悠长痛苦的呻吟,那呻吟带着夸张的苦难,带着古老的豫剧腔调,一声声传到众人的耳朵里。蛮子站在院子中央,一长串一长串叽里咕噜的话从她嘴里跳出,憋得她太阳穴上的青筋往外迸,人们听不懂她在说什么,只能看出她的愤怒。她朝向人群,热烈地控诉,眼泪滔滔地流。她和勇智对峙着,声音尖利,一个个滚动的音节扫过来,像一把尖刀一样,旋过空气,割在大家脸上。勇智的声音盖不过蛮子,就由刚放学回来的冬竹怯懦地补充着,三个人呈三角形,紧张的气流在他们之间来回旋着。

"我辛辛苦苦给你们做饭,让你们上学,你们这样待我啊。"

"那是你愿意。"冬竹嘴里嘟囔着,只有旁边的冬玉能听清楚。

"我每天下地干活拼命挣钱,叫你们上学,你们就这样待我啊。"蛮子的声音从尖利高亢慢慢变为呻吟控诉,带着模糊发颤的尾音,增强了她哭诉的悲情效果。

"谁叫你害死我妈呢。"冬玉听见冬竹说,她只是嘴动了动,但是冬玉听见了。

"你不愿意你走啊,没人叫你在这儿。"勇智对蛮子吼。

"要不是我,谁管你们?你们这样待我啊。"

"反正不要你管。"冬竹说。

东屋里,父亲的声音更大了,他用脚踢着床,用手捶墙,发出"咚咚咚"的响声。

父亲把我们都给惯坏了。冬玉还记得父亲第一次对她发脾气。下雨天,冬玉把家里唯一的伞忘学校了,她要回去拿,父亲让她顺便买点盐回来,结果,回来的时候,伞也忘了,盐也忘了。父亲冲着冬玉高声叫嚷,说她是傻瓜废物败家子,什么都干不好,说她嫁都嫁不出去。蛮子站在旁边,一言不发。父亲从来没有吵过冬玉,不管是因为他根本没有关注到她,还是他没有心情懒得管她,冬玉长到十二岁,丢三落四,没有眼色,父亲从来没有说过,他最多就是打趣一下。那一刻,冬玉知道事情发生了变化。父亲不再是那个父亲,家不再是那个家了。

父亲更拙劣的做法就是吵完架后让勇智去给蛮子端饭。他把碗塞给勇智,朝他挤眉弄眼,意思是糊弄一下蛮子算了。父亲的表情谄媚,可怜,他在哀求勇智答应。勇智双手去接碗,却又没有接，碗"啪"的一声摔到地上。里屋的蛮子"哇"一声哭了。

冬玉站在蛮子面前，一手拉着小峰，一手托着碗。蛮子那瘦小的脸，仿佛正在遭遇世上最大的不公和委屈，她不明白自己为什么会有如此待遇，她一个年轻女人，不但要遭受贫穷打击，要为这三个陌生的孩子挣钱、做饭、洗衣，还要受到这般威胁和羞辱。

麦冬任务艰巨，担负着挽救一家人命运的责任。父亲并没有意识到这一点，他已经被他的计算冲昏了头脑，正头晕目眩地享受着快乐。那些吵架，对他来说，是可以完全忽略不计的东西。

笑声滚滚。地都被震裂了。

村庄的人们都出动了。田野里，一群群的人，蹲在地上，俯身向下，挥动着小耙子，把一簇簇的麦冬苗拔出，一团黑褐色的土也被拔出，一排排白色的圆滚滚的珍珠在土里面探头探脑，肉肉的，可爱极了。抖一抖挂在上面的土，那珍珠全露出来，在长长的根须下端坠着，像一个个珍珠耳坠。

那个大乳房噘嘴巴黑脸庞的姑娘特别爱笑。她笑的时候满屋都有回音，满地的麦冬都在打滚，连冷酷的勇智都不好意思绷着脸。她是一个老姑娘，三十岁了，还没有找到对象，冬玉听见有人议论说她的乳房太大，太不体面，以至于无人要她。可她似乎一点儿也不着急，她唯一做的就是把乳房用布条紧紧勒住。她和那打官司的姐姐一起，在冬玉家里就像在自己家，打扫卫生，帮忙做饭，洗衣服，安安稳稳。而父亲，他一生最伟大的地方就是能和任何年轻人相处得很好，尤其是年轻女人。他总能找到合适的话题，这些话题能够充分地展示他的幽默、智慧和趣味。即使到了老年，他的思维仍然保持着足够的敏锐和开放，任何人到我们家，都宾至如归，如沐春风。

这么多年轻的女孩子，足够父亲发挥了。吃饭时是父亲的最佳表演时刻，那些坐着蹲着的，屋里屋外的，美的丑的姑娘，都被父亲的话笑喷。严肃紧张的蛮子也露着微微的笑意，坐在父亲身旁，不动声色地宣示着主权。在田地里，父亲不仅向这些女孩子们提供笑料，卖弄机智，也常常偷偷观察苦大仇深般一丝不苟干活的邻居，看他们有没有反应。父亲会千方百计让所有人响应他的俏皮话。把生活过成一个舞台，是他的终极目标。

那黑脸姐姐爱搂着冬玉睡。夜晚的她，巨大的乳房终于从紧裹着的布条中解放出来，堆满在胸前，她把冬玉埋在她的乳房里，那乳房软得让人发晕，冬玉飘飘忽忽地做着梦，舒服极了。她悄声向冬玉打听父亲和蛮子，冬玉一五一十地告诉了她。后来，冬玉发现，她不太爱笑了，当父亲在她身边时，她的脸红红的，只是埋头干活。有时候她有意站在蛮子面前，挺着腰，往外扛着她的大乳房。瘦小的蛮子在她面前显得干瘪可怜。

父亲和那打官司的姐姐说话时，黑脸姐姐也凑过去，假装认真地听。她盯着父亲，看到父亲游移不定的眼神，又看到打官司姐姐大眼睛里热烈而脆弱的光芒，突然捂住脸，跑开了。她跑到西屋，扑倒在麦秸秆上，偷偷哭。

冬玉远远看着她们，看着父亲慌乱但又享受的眼睛，看他那只大手在黑脸姐姐背上轻轻的揉搓，看到黑脸姐姐微微的颤抖，看到蛮子忠诚而无知的忙碌。冬玉还看到勇智背着人在写东西，看到他一个人偷偷地把眼泪抹下去，冬玉看到父亲也在写信。十二岁的冬玉看见了一切。

可还是抵挡不住那欢乐的感染。冬玉笑啊笑啊，笑得掉到了坑塘里，笑得老师追着打她，笑得站到了课堂外面，她笑得泪眼模糊，什么也看不见。

麦冬收到院子里了，铺满整个地面。一地珍珠，微微闪着亮光，微黄的白，最纯正的颜色。

打官司姐姐、黑脸姐姐和那群女孩子都走了。屋子里的声音单薄了好多，父亲彻夜不睡，不断翻搅着火炕上的麦冬。他整个人瘦了下去，只有眼睛仍然发亮。

冬玉想念黑脸姐姐的乳房，想念她无所顾虑的笑声，想念她在家里走动时的安稳感。冬玉需要她远远胜过需要蛮子。

火炕上的麦冬散发着一股淡淡的咸味儿和刺鼻的尿骚味儿，

父亲享受地吸着这味道,不时拿起一颗,用牙咬开,看里面是否干透。整整一个月,我们都闻着那股尿骚味儿听着父亲咬麦冬的声音。终于,一麻袋一麻袋干蹦蹦的麦冬垛在墙角,里面支棱棱的无数小小的棱角,父亲一遍遍地数着,嘴里喃喃地说着数字,他又开始计算了。

麦冬大丰收。我们家的八亩地收了至少2000斤麦冬,远超过父亲的预算。父亲走路生风,四处溜达,到各个村庄或镇上,去和熟悉的不熟悉的讨论即将到来的收入。全村、全镇各家各户都丰收了。人们去割肉买酒,耐心地等待那广州佬再次光临。

蛮子也到镇上赶集,割肉包饺子,打一锅最好的玉米凉粉,炒出金黄金黄的蒜香碎凉粉。父亲好像有话要说,好几次,他举起酒杯,想说什么,又把酒一口喝下。蛮子在旁边,给他夹一口菜,满怀期待地看着他。

父亲把酒杯放下,不看我们中的任何一个,说:

"我想给你们再生个弟弟。"

父亲的头低了一点,好像这句话带着某种罪过,一点点羞耻,他准备低下头认罪,实际上,又是在告诉大家不管怎样我都要这样。蛮子搂住小峰,头也微微低了下去。勇智"腾"地站起来,把正吃了一半的饺子吐到桌子上,转身走了。

勇智在院子发出野兽般的嗥叫,他的青皮头上冒出一层矮矮黑黑的发茬,毛茸茸的,这使得他的凶狠显得有点脆弱。冬玉跑出去拉着勇智,想让他带她一起走,却被勇智一拳挥了过来。他打中了冬玉的背,然后是胳膊,头。冬玉没有叫,她不想让父亲听见她求饶的声音。

父亲和蛮子低着头,一动不动地坐在那里,像一对罪人,却是甜蜜的罪人。他们心里鼓荡着秘密,有什么气息在他们之间飘来飘去,像是在传递他们的话,他们默不作声,端坐不语,却你来我往眉来眼去热烈万分。冬玉看见蛮子盛一碗饺子,塞到父亲的手里,父亲吧嗒吧嗒,很香地吃起来。

冬玉站在院子里。勇智不知道跑到哪儿去了。她想回去吃饺子,可又不想背叛勇智。

麦冬整装待发。可广州佬还没有来。

笑声凝固了。人们四处打听,到和广州佬打得最热火的几户人家里去问情况,那几家人也急得上蹿下跳,拿着广州佬留的电话到镇上去打,却怎么也打不通。有人到乡政府去找那个经常和广州佬一起下乡混吃混喝的干部,那个干部苦着脸,说你们找他,我还找他呢,我自己也种了十几亩麦冬。

我们家又坐满了人。关键时刻,他们都会来找父亲。

父亲高声笑着,安慰大家,说:"国家不可能不管,原先割资本主义尾巴，发现有问题后，不也改了吗？"

有人说："这与国家啥关系，是咱自己种麦冬的啊。"

父亲说："我研究过报纸了，国家鼓励经商，鼓励种经济作物。"

有人说："光正你啥时候开始信国家的话了？"

父亲"呸"了一声，说："我啥时候都不信，我信它我年都过岔。不过经济大形势是真变了，我研究过报纸了。"

有人说："变啥？先说咱这麦冬往哪儿卖？"

父亲说："你们不知道吧？现在那边活跃得很，叫倒买倒卖，啥都能卖，啥都能买。不怕你没渠道，只怕你没物资。"

有人说："啥叫物资？不就是咱闲时卖的鸡蛋烟叶粮食。"

父亲说："那你可说错了，那都不算啥，电视冰箱洗衣机，你见过没？见过吧。你用过没？没有吧。那都是少数人用的。现在，谁都可以买了。广州佬为啥敢收麦冬？因为药材也可以私人买卖了。"

有人说："那咱这物资算有了，可渠道在哪儿？广州佬也不知死哪儿了。"

讨论不下去了。大家都干坐着，闷头吸烟。蛮子仍然默默干着活。只是，他们不午睡了。冬玉们放学回家时，也没有金黄的玉米凉粉扣在锅里了。

镇上开食堂的一家人,把食堂卖给别人,开始大规模收麦冬了。

这家人是方圆几十里最早的万元户。在人们还不习惯到饭馆吃饭,还不明白私有承包是怎么回事时,这家人承包了镇上的一家国有食堂,卖胡辣汤、油条、羊肉汤。据说他们家席子下面铺了厚厚一层钱,据说他们家不只是千元户、万元户,还可能是十万元户(这个数字大大超出了人们的想象边界),而那家儿子走在镇上,左手举一罐橘红色健力宝,右手捏绛红色一元钱的阵势,似乎印证了这些传言。

麦冬价被这家男人压得很低。广州佬当时说至少收三块钱一斤,而这家人只收两块钱一斤。人们嗤之以鼻,觉得这价钱简直是笑话,他们不相信广州佬就这样一去不回。那家男人手拿着一叠厚厚的钱,站在院子的大磅秤前,豪迈地说:"你爱来不来,麦冬到我这儿,你还有钱收,不到我这儿,你就烂在家里。"

六月来临,天气炎热,往常这个时候,麦子收割完毕,大家把地犁好翻好,站在地头,琢磨着是种辣椒青菜,还是点玉米黄豆绿豆。现在,地里却没有一个人。人们开始烦躁了。有绝望的人就把自己辛辛苦苦种的麦冬贱卖给这家了,也有几家人联合,装着满满一拉车麦冬,往湖北方向去贩卖。

冬玉看到那家男人坐在家里的圈椅上抽烟,父亲在他面前来回踱着,神情严肃,她还看到有人在夜晚时悄悄把整袋的麦冬拉到家里,父亲按一斤两块二的价格称重收购。

一天晚上,一辆两拖的大卡车,轰隆隆开到我们家院子里。几十麻袋的麦冬被装上去,用帆布盖好,开走了。随行的,除了那家男主人,还有刚放暑假的勇智。

人们都说,那家人吃了独食,一个人去找广州佬了。那些没有卖自己家麦冬的人,既忧心异常,又暗自侥幸,等待转机到来。

父亲也在等。在蛮子的带领下,我们平整麦冬地,重又种上玉米、辣椒、黄豆,父亲踏踏实实地浇水、锄地、撒种。

冬玉的任务是带小峰。活泼的、黑眼珠的小峰,一天到晚,高一声低一声地叫,"玉姐玉姐姐""玉姐玉姐姐",冬玉才刚离开一分钟,他就到处叫,边叫边笑,好像"玉姐玉姐姐"这五个字带有魔法,他不笑都不行。静悄悄的中午,父亲和蛮子进了东屋,冬玉带着小峰,去河坡边,躺在树荫下,听树上一长一短的蝉叫。太阳快落了,热气消散一些,河面上的热蒸气少了,小峰叫着"玉姐你快看",一路斜冲,蜻蜓沾水似的,脚尖点着,蹦过仍然烫脚的沙滩,小胳膊快速地摆着,"嗵"一声跳到河里,不见了。冬玉赶紧往河里冲,刚到水边,他却从水里钻出来,头发上的水珠闪着亮,黑眼睛眯在一起,嘎嘎嘎脆笑。他在捉弄她。他的肚皮圆滚滚,他的眼睛黑黝黝,他蹦跳的样子,整个空气都有弹性,他是个结实的小家伙。他一天到晚赖着冬玉,他不和蛮子睡,他要和冬玉一起,他抱着她胳膊,睁大眼睛看她,他不睡觉。其实他看一眼就睡过去了。

冬玉很少想起勇智。广州太远了,超出了她的想象。

冬玉带着小峰从河里回来,她在河坡里挖了水芹菜捡了地皮菜,小峰喜欢吃地皮菜,他喜欢听嚼地皮菜时咯吱咯吱的声音。冬玉走进院子,空气不对,一切都不对,她挣开紧紧拉着她的小峰,贴着墙根,悄悄往屋里看。勇智回来了。他两手空空,黑得像干粪一样,左胳膊上还有一条长长的伤疤。父亲一言不发。

天陡然热起来。空气吸到嘴里,就像一个空包炸弹撑在里面,咽不下去,也吐不出来。人就像发汗机,汗没来由地往外流,怎么也流不完。房子低了院子矮了枣树枝倒在石桌上了。勇智回来了,家里的空间又变小了。

那家男主人跑了。两车麦冬扔在广州的街头,自己跑了。消息传开,人们像疯了一般,跑去那家,堵在门口,哭喊着要债。那家人收了80吨左右的麦冬,一部分是现金交易,两元钱一斤。另外一部分,先给货,不要现金,回来按照两元五角作价收钱,这样,收入高一些,但也要承担风险(当然,所有人都对这风险忽略不计)。这些人,钱货两空。

债主围着他们家。那个家还是几间土坯房。在收麦冬之前,那家男主人已经看好地,买好砖,准备在镇上盖一排上下七间的两层楼房,那将是镇上最宏伟的私人楼房。那家女主人白白净净,一双细长的丹凤眼,闪闪的,见人轻笑,说话轻轻柔柔,还带一点点撒娇的尾音。镇上的人都受不了她。可是,她一站在她家的食堂柜台后,大家又都着了迷似的想去喝一碗胡辣汤称几两油条。所有人都知道,那家男主人最大的使命就是给他美丽的老婆盖一幢房子。在那幢房子里,女主人可以养她最爱的花,养她最爱的狗,可以满足她对动物植物永无节制的爱。男主人被他自己的宏伟目标激励着。他就快要成功了。他想要更大成功。他拿出家里所有的钱收购麦冬,他又借朋友的钱,当更多的麦冬汇集到他这儿时,他又去借五万元的高利贷,他准备把他的财富再翻一倍,这样,他就可以在这幢楼的后院再加盖一排全玻璃的透明花房,再买一套红木家具摆在花房里。他美丽的老婆一心向往南方浓烈娇艳的花,她喜欢,她也要种。

女人被围在中间,哭喊着,那些围着她的人也哭。夏天的暴雨来了,冲刷着一场又一场的哭闹,那美丽的女人在泥地里打着滚,透过眼前的泥水,她突然看清了现实。她把准备盖房的砖卖了,把引无数人羡慕的十四寸电视机卖了,把给两个女儿做嫁妆用的立柜、斗橱卖了,把家里能卖的都卖了,钱还没到手,就被抢走了。人们眼瞅着那女人一夜之间白了头发。

可是,仍然填不满害怕。春天的饥饿被欢乐支撑着,没有露出残酷的尾巴,夏天的幸福被麦冬预支着,但这预支却露了馅。面缸开始见底,往年积贮的玉米红薯在慢慢减少,没有什么可以填充。

那去往湖北、陕西的人们又拉着麦冬回来了,麦冬一点儿也没卖出去。整个世界都是麦冬,那圆圆的珍珠般的小果实早就堆满了中药铺的小匣子,医院的药房,药厂的仓库,再没有任何地方可以装了。人们把麦冬堆在墙角,任它们风吹雨淋。一辈子就当这一次家做这一次主的建忠伯把十几麻袋的麦冬撒回到麦冬地里,用锄头把它们翻回到地下,他说,既然哪儿都不要,就还让它们做肥料吧。那些没种麦冬的人在背后偷偷笑,说,建忠被他妈吓迷瞪了,那麦冬是熟的,烂都烂不了,哪能做肥料。建忠伯的老母亲,威严地坐在堂屋大桌子的旁边,六十岁的建忠伯跪在地上,哭着承认自己的错误,建忠婶子默默地把首饰盒的钥匙还给了婆婆,她终于当家的这半年,首饰盒里的钱不但从五百元回到零,还塞满了各种颜色样式的欠条。建忠伯一生中唯——次对母亲的反抗以惨败而告终。

冬天的时候,冬玉看见那家女主人顶着河沿的大风,弯着腰,推着自行车走在高坡上,自行车后面垛着高高的做沙发的原材料。她和两个辍学的女儿在做沙发套,彻夜不休,一点点偿还那惊人的债务。那家男主人再也没有出现过。

冬玉并不关心这一切。她有小峰要带。她给小峰讲故事，教他识字，给他唱歌。冬玉提水的时候，小峰捏着她的衣角，她洗衣服的时候，小峰乖乖地坐在她旁边。冬玉避开勇智的眼神。他比去广州之前更暴躁了，他和父亲吵，和蛮子吵，对冬玉，他总有理由挥起拳头。冬玉怕他，可是又总想往他身边凑。

断断续续有人来家里。

父亲客客气气地赔着笑，让蛮子炒一盘凉粉，从小青缸里掏出红红绿绿的酸菜，拿瓶兰秀亭酒，有人吃完喝完，闷不做声走了，第二天又来。有人把第一瓶酒喝完，抹着眼泪又要第二瓶，说，光正，我也难啊。父亲还是赔着笑，说，是，是都难，再容我一段时间。隔一段时间，就有那人的老婆，哭丧着脸坐在院子里，也不吃也不喝，说小孩子生病婆婆住院要买化肥要买砖盖房，父亲不知从哪儿找出几张钱，交给那女人，那女人嘟囔着走了。

冬玉总听见东屋里蛮子的哭声和父亲低低的声音，他们两个待在东屋很长很长时间。

有一天，冬玉从学校回去，院子里围满了人。父亲正朝着勇智大喊大叫，他头上的青筋乱跳，手指着勇智，大骂：

"你啊，你这个不知羞耻的东西，你都不知道啥叫个羞。"

勇智直直地盯着西屋的墙，像是要一头撞过去，急切地辩白着："没有，没有，我没有。"

蛮子躺在里屋，以从未有过的声音凄惨地哭着。冬玉第一次看到勇智流泪。他满脸通红，像是做错了什么事，但又不是他的过错。

父亲浑身颤抖，却又有点奇怪的夸张，好像是在做给别人看，做给那些围观的人看，嘴里不断重复说："羞死先人了，羞死先人了。"

勇智的脸红着，也不断重复着说："不是不是不是啊。"

他着急万分，想要说很多话，恨不得把心掏给父亲看。冬玉不明白发生了什么事，她从未见过这样的父亲和勇智。他们两个都有奇怪的羞愧，谁也不看谁，却激烈地吵着架。

蛮子从东屋冲了出来，冲到勇智面前，仰着脸，"你没有？你没有？那我看见的是谁？屋子里就咱两个。"

她转向父亲，更加凄厉地哭起来，"咱们走，咱们走，这日子过不成了，过不成了啊。"

勇智扯开衣服，捶打自己的胸口，喊着："我没有，就是没有啊。"

父亲对蛮子说："你看，他都说他没有了，看来是真没有。"

蛮子指着勇智，对父亲说："那你问他中午他在哪儿？"

父亲扭过头去，问勇智："你中午在哪儿？"

勇智的声音低了一些，带点虚弱，说："反正不在家。"

冬玉知道,勇智肯定也不在学校。也许他根本就没上学,他独占着家里的自行车,满世界跑,谁也找不到他。

蛮子看着父亲,说:"就是他,那就是他。"

勇智喊道:"我没有,我没有。"

父亲低声安慰蛮子:"他一个十几岁的孩子,他懂啥?"

勇智恨恨地说:"我啥都看见了,我啥都知道,别以为我不知道。"

蛮子朝勇智叫着:"你说你看见啥?你知道啥?你说啊,你说啊。"

勇智说:"我就是知道,我早就知道。"

父亲扬起手,狠狠打了勇智一巴掌,接着,又是一巴掌。那巴掌清脆响亮,带着回音。我们都愣住了。过了很长时间,也许很短,勇智跑出了院子。

围观的人们发出一阵阵的哄笑声,热烈地议论着,指点着。

蛮子昂着头,在屋里通通地走,来回找东西,她把她的衣物使劲往她来时的那个小包里塞,怎么也塞不下。父亲要带蛮子和小峰走了。冬玉和勇智坐在西屋里,听他们收拾东西的声音。勇智的拳头握了又放,放了又握。他拿出自己的日记本,又开始写着什么。

他不要我们了,不要我们了。冬玉的眼泪哗哗流着,什么也看不清,什么也看不见。

小峰在外面哭闹着找玉姐,冬玉听见蛮子"啪啪"打他的声音。小峰跑过来,跳到冬玉怀里,不肯离开。勇智站起来,想把他拖出去,小峰更紧地抱住冬玉。勇智不再阻拦。他并不真的去拉。

蛮子跑进来,用力扯小峰,可他像条小章鱼,四肢紧紧吸附着冬玉。蛮子在小峰头上狠狠敲几下,小峰哇哇哭起来。

父亲看着紧紧盘在冬玉身上的小峰,对蛮子说:"不如就让小峰在家吧,冬玉能照顾好他,勇智和冬竹也都在家,再说,咱们出去也顾不上他。"

蛮子刚想反驳,父亲又说:"又不是不回来了,出去谁知道遇见啥,再说,带着孩子也没法干活啊。"他好像在对蛮子说,也是在对我们说。冬玉紧紧搂住小峰,看到勇智一直紧张的脊背往下放了一些。

走之前的晚上,父亲一遍遍交代勇智,要是有外地人来村里边,要是听到他们四处打听咱家,就先把小峰藏起来,别让他们看见,你就说,他们走了,到很远的地方去了,你也没有联系方式。父亲又说,要是有人来要债,你也说你什么都不知道,你只知道我们出门打工,不知道我们具体在哪儿。勇智别着头,一句话不说,眼睛通红通红。

我们还在睡觉的时候,父亲和蛮子走了。

蛮子

父亲坐在河堤边的一块大石头上,一眼不眨地盯着小区的大门。

七点半,冬雪出来了。冬雪看着父亲:

"爹,你在这儿干啥?"

"不干啥。"

"那你坐这儿干啥?"

"不干啥啊。我散步散到这儿,累了。"

"你几点起来的?"

"五点多。"

"你起恁早干吗?医生说让你注意休息啊。"

"成天睡,都睡死了,我睡不着。"

"转转也行,吸吸新鲜空气。别太累了啊,我上班了,要迟到了。"

冬雪匆匆忙忙地走了。

八点半钟,冬竹出来了。冬竹一早出来就看见父亲,赶紧转回家去,等着冬雪先出来。他心里想什么,谁都清楚。冬竹很想帮他,可这件事不行。冬玉给冬竹打电话说这件事时,冬竹差点背过气去。冬竹研究了一辈子,还是研究不透父亲。其实,她谁也没研究透。每次都是刚以为理解一件事了,马上就有相反的事情发生。

冬竹假装刚出来,惊喜地看着父亲,说:"爹,你咋在这儿?"

"我咋在这儿?成天找不到你们。"

"咋是成天找不着,前晚上不还在你那儿打牌吗?"

"你问问你姐,啥时候去那儿?"

"你没有看见我姐?"

"没有。"

"那我上午给她打个电话问一下。"

九点半钟,冬玉出来了。

父亲迎上去。

"玉啊,你咋不再多睡会儿?夜晚上又睡不着了?"

这时候,由于长时间盯着一个地方,父亲的眼睛已经有些发红了。他看他的小女儿就像看见了大救星。

"没事,老毛病。熬过夏就好了。"

"这两天生意咋样?"

"就那样,一般吧。"

"那咱们过两天去那儿吧。"

冬玉马上警觉了。

"你和我姐说好了?"

"没有。"

父亲老老实实承认。在他小女儿面前,他不用使花招。

冬玉也走了。

冬竹远远看着父亲。他又坐回到那块大石头上。堤岸下面的河水带着蛮横的决心往下游奔腾,很有万古长流的劲头。在河滩湿地上开出小块地的人,扛着锄头,喜洋洋地从他身边走过,早晨散步的人,提着在早市上买的红红绿绿的蔬菜,边说边笑着走过,那些在河堤上锻炼身体的人,一圈圈大汗淋漓着从父亲身边经过,那白色的鸟似乎也来凑热闹,从橡胶坝上一次次飞起,从父亲身边快速掠过。父亲垂着头,风吹着他空荡荡的衣服,从远处看,可怜极了。

父亲已经连续好多天坐在那块大石头上，逮他的三个女儿。

父亲在大门口守了多日，冬雪最先撑不住了，她召集大家到歌德咖啡馆集合。

冬雪说："要说去蛮子那儿，也没啥。二三十年没见了，见见也没啥。你看爹找奶奶娘家人，找恁带劲，说不去就不去，说不见就不见了，也只是了了心愿。"

冬雪看着勇智，说："蛮子走那天，我没在家，你也不知跑哪儿了，没见她最后一面。去看看倒也可以，这么多年，不知道都成啥样了。要说，也没啥深仇大恨。"

没有人回答她。没有深仇大恨？冬竹不相信冬雪相信自己说出的这句话。要真是追根溯源的话，冬竹觉得她这辈子就是从蛮子来开始倒霉的。因为她来，冬竹失去了妈，失去了父亲，失去了考大学的时机，失去了一切。冬竹感到一阵反胃，中午吃的一大碗臊子面搁在心里，沉甸甸的，想要吐出来。

"冬玉，你都不想见见小峰？不想看看他啥样？你俩可最亲，当年他可是浑身裹着纱布走的。"

冬玉没有吭声，脸上保持着呆板的平静。

"要说妈也生病恁些年了，就是没有蛮子，妈其实也不行了。"冬雪说，她的语气平静，听起来有点过于通情达理了。

"谁说的？你当时可不是这样说的。"冬竹一点儿也不信她，冬竹不信这是她的心里话。冬竹记得她看到妈浑身肿胀时的愤怒，记得她看蛮子时的疯狂。这么多年，那愤怒的哭骂声一直在冬竹耳边，也因为她的愤怒和疯狂，冬竹才确信了那些模模糊糊的怀疑。可是，为了迎合父亲，她这么轻易就变了。

勇智说："要去你们去，我不去。"

"为啥？"冬雪问，她逼视着勇智，眼里像在喷火。空气里开始有些微的火药味了。

"不为啥。就是不想去。"

"你不想去，谁想去？！你就当个小站长，架子可摆起来了？那你要是当个局长，我们就见不着你了？你从来就不想负责，一心只想当你那破官儿？谁想去？还不是爹的一个心愿？我就该倒霉，该操这心？"

"谁叫你是老大呢？"冬玉在一旁赔笑着插了句话。

"爹就这一个心愿？他心愿多着呢！这个还没完他又出来一个，没完没了。"勇智说。

"那又咋了？你给爹操多少心？就陪他走一趟算啥贡献？爹养活咱们容易吗？妈生病那么多年，要是旁人，早就不叫咱们上学了。你们有没有算算，妈生病的时候，爹才不到三十七八岁，他也是个人。后来又找了蛮子那也无话可说。那时候你们小，不懂事,天天和人家吵,现在你们还不懂事?"

"这会儿你又不恨蛮子了?"勇智反驳她。

"恨,到死都恨她。都是她害死了妈。可是,我这是为爹。是了爹的心愿。"

"你能把他的心愿了完?"

"了不完也得了。能了多少是多少。"

"我去不了。我还要上班,要弄材料,下周县里就要开农机大会。"

"谁不上班?就你那个班重要?把你那个小领导身份看多重啊。你们别想推托,这次谁都得去。"

你。你们。冬雪说的不只是勇智了,她也在说冬竹和冬玉。一从"你"到"你们",冬雪的打击面就扩大了,她所要总结和控诉的不只是这一件事,而是漫长的前半生中所有的事情,这可不是一两分钟能结束的。我们低下头,搓着手,做好持久战的准备。

我。我们。有多久没有想过"我们"了?冬竹好像又看见勇智绕着堂屋的大桌子,他让冬竹追他,笑啊笑啊,眼睛化不开的黑色淡了一些,看着真是开心极了。冬玉躺在枣树下的竹椅上,哭啊哭啊,一点点事儿她都哭。她的哮喘又犯了,她的脸憋得通红,呼吸不上来,她还要哭。冬竹和勇智去韩义生的诊所去买药,土霉素安茶碱非那根，冬竹都背过来了。天黑极了，冬竹和勇智深一脚浅一脚走在通往韩家的那条窄路上，两边都是坑塘，一不留神就会滑下去。冬竹和勇智站在韩义生家的大门口，敲着门，怯生生地喊着，韩叔开门，韩叔开门。回答他们的是门里面凶恶的狗叫声。隔着门，冬竹和勇智吓得扭头就跑，可想着冬玉张着嘴巴喘气的样子，又转回来，手拉手，高一脚低一脚，心惊胆战地再次敲门。韩义生披着衣服出来，带着很深的睡意，语音含糊地问，谁啊。我啊。冬竹小声说。谁啊。我啊。韩义生打开门，看到冬竹和勇智两个，不耐烦地说，又是你们啊。冬竹记得韩义生含混不清的冷冷的语音，它加重了夜晚的寒气。冬竹握着冬玉的手，给她喂药，吃了药，呼吸顺了，她的哭声却更大了。父亲说，冬玉啊，别哭了，你藏在墙缝里的五分钱找到了。冬玉接过那圆圆的硬币，认真研究一番，看那钱是不是她的。她把它藏到被窝里，接着哭起来。

"谁都得去。去也得去，不去也得去。我找个七人座的车，大家都去。还能陪他几次？等他走了，想去，你又上哪儿去？"

"等他走了？"冬竹不由得想笑，说得也太玄乎了，谁走父亲也不会走。用他自己的话说，他就是一个摔不烂砸不破的铜豌豆，阎土爷都不愿意收。

可即使是父亲真的重病，这和他执意要去寻蛮子又有什么关系呢?

勇智、冬玉的头更低了,像要被绑上刑场。

"你们谁真稀罕他?"这是冬雪压在心里的话。冬竹想,如果说这世界上的"稀罕"分等级的话,冬雪一定觉得只有她对父亲的"稀罕"等级最高。

冬竹看见冬雪站在病床前。

冬雪满头大汗,两眼发直,手里捏着几张钱。她把那几张钱扔到父亲和蛮子身上。她说她到处借钱借单位同事借前男友借前前男友借正在追求她的男孩的钱她不喜欢人家可这会儿她需要钱,她求医生一定要治好那孩子她问医生那孩子还有没有性功能还能不能生孩子千万要治好千万别留后遗症千万别留千千万万别留需要多少钱她都去借只要能治好他。冬竹看见冬雪不断发抖的嘴巴,看到她正在垮掉的那一部分,从那以后,那部分就永远垮掉了,她说话的声音永远变了。就像一个破了的风箱,她急速地猛拉它,可拉出的永远是难听的毫无用处的噪音。

冬竹看见蛮子哭得已经昏过去了,她张着手不知道从哪儿下手去摸她那裹满纱布的儿子,父亲垂着头,他的笑声不见了,他含着眼泪,他听着冬雪的话像听见了又像没听见。冬竹看见冬玉缩在家里的那张大床上,那是妈躺了很多年的床,她在哭,眼泪顺着她的脸不断往下流。她吓傻了。冬竹看见自己坐在枣树下的那个石凳上，呆呆坐着。她没有哭，她想不清楚发生了什么，自己做了什么，她坐在那儿一个劲儿地想。她找不到勇智。谁也找不到他。冬雪的声音像个紧箍咒，嗡嗡嗡，带着巨大的共鸣，震得人心里疼。

你跑啊你带着人家跑啊你跑到天涯海角跑到北京跑到天津跑到西藏你欣赏祖国大好河山吃香的喝辣的你高高兴兴说说笑笑你哪儿来的钱你麦冬都赔了你贷那么多钱你不管了你带着人跑了你不管我们你谁都不管你只管你自己你不管她们你还怪她们你让他们三个孩子管一个更小的孩子他们那么小他们没有妈了就已经够可怜了他们有爹可也失去爹他们爹不但不管他们还让他们管一个小孩子天下有这样的爹吗你天天说你稀罕我们你哪儿稀罕我们你稀罕我们的啥你要是稀罕我们你会拍拍屁股起来走了你会不管不顾走了你会带着别的女人走了你知道你走后他们吃啥穿啥面缸空了盐没了菜没了苞谷没了红薯没了家里啥也没了空空的空空的啥也没有你问过没有问过没啊他们在家里挨饿你带着那女人吃喝玩乐你到底还是不是爹啊我从哪儿来钱啊医院见天催我交钱他们不催你来催我他们啥意思是你的儿不是我的弟我凭啥管他凭啥来找我凭啥啊我从哪儿来钱我一个月就几十块钱这一天都得几十块我不是造钱机器我不会偷不会抢你是想让我卖身是吧你早就想让我卖身是吧我卖身了才能交上医院的钱才能还上你的高利贷才能

让你带着人家出去游山玩水我卖身了你就可以拿到一笔钱你就可以带着他们走了就可以到另外一个地方过好日子了你们就可以清净了就再也不用管这四张嘴了反正有我你是吃定我了你吃定我你知道我不会不管你知道我不会让他们饿死哪怕卖身卖血我都会让他们有口饭吃是不是你吃定我了我这一辈子就被你吃定了当你大闺女真是倒霉啊我是命该有多不好才当你大闺女你有啥事都能给我打电话给我写信你是他们的爹我不是我只是他们的姐你是他们的爹你是啊我不是我不是。

你哭啥你还有脸在这儿哭这都是报应都是报应啊你害死我妈你儿子也被害死你心地不善良你想占着我爹你看中我爹是个好人你看中他不会打你不会骂你你就变着法儿的跟着他你给我妈下药你毒死我妈你好上位你不想管我们你不想有拖累你只想让我爹管你和你儿子你狠心你太狠心了你变着法儿让我爹骂勇智让我爹吵冬玉你变着法儿说智勇坏话说智勇偷看你你有什么可看的你身上有啥勇智才几岁他十几岁个孩子他懂啥你再不说你天天拉着我爹到东屋干啥你有没有廉耻有没有脸你大白天藏屋子里干啥你让冬玉替你领小峰你嫌勇智碍事你怕勇智将来分你家产你巴不得我们都死就剩下我爹和你和你那混蛋儿子这可好了报应来了不是不报是时候未到天打五雷轰上天在看着你呢你看老天爷看见你了看见你了你个坏女人你自己坏报应到你儿子身上了你以为没人看见没

人知道你以为你在我爹面前装好人我爹不知道可是别人都知道谁都清楚老天爷都在盯着呢老天爷都不放过你。

妈啊妈啊我可怜的妈啊你看看你可怜的孩子们你看看他们受的啥罪你走了万事大吉了你省事了安生了不受罪了你不管你的孩子们你生下他们你不管他们你到底在想啥你你快睁开眼看看吧看看他们吓成啥了冬竹啊你过来你让妈看看你都是大姑娘了你都上高中了快考大学了冬竹肯定是个大学生她学习好脾气好她不多说话勇智你过来你过来啊你跑哪儿了爹都回来了没有人打你他不会打你他知道不是你的错他知道你不会做那件事他知道他儿子心地善良你跑哪儿了你快回来快开学了要上学了你初中不好好学高中一定好好学啊你聪明你一学都会你要考上大学你要走出去梁家全靠你了你的坏脾气得改改了没有人让着你冬玉让着你是稀罕你你别以为冬玉啥都不知道她心里清楚得很她知道她稀罕谁谁稀罕她你打她时轻点儿你不知道你那拳头下去有多重你不知道你打她她有多伤心勇智啊你跑哪儿了爹不会怪你没有人怪你啊。

许多年过去，还有人记得那个下午。医院里的所有人，医生护士病人家属大人小孩，都被那不间歇的哭声叫喊声咒骂声震住了，他们静静听着，看这个年轻漂亮的姑娘，这个衣着整洁瘦削修长的女孩子，骂自己父亲，诉说苦难，她那双眼睛，亮得如同白昼，她熊熊燃烧着自己，那火焰般排山倒海的哭喊扑过去，扑向她父亲，淹没那女人，压住病床上那小孩的呻吟声，冲出窗口，直上云霄。

出发。向着汉中方向。

冬雪租了一辆黑色别克七人座，高大气派，很有威严。要说她没有某种微妙的显摆意味，谁也不会相信。冬雪可并不是这样爱浪费的人。坐在前排的父亲，手打着拍子，哼着戏，得意洋洋。勇智开车，我们坐在后面，开心地闲聊着。这个家庭经常这样，前一分钟还血雨腥风，后一分钟就同仇敌忾、温馨无比。一旦确定行程，每个人就都放松下来，恢复了相亲相爱的场景。

"这下可遂你心愿了，"看父亲的得意劲儿，冬雪忍不住讽刺，"要是不让你去，那不还得闹腾一阵儿，来就来了，生怕买的礼物少了，油、面、米不行，还非要装鸡蛋，就不怕那山路太差，把你那箱鸡蛋给颠碎了？"

"胡扯啥哩，"父亲扬声笑着，说，"就是去看看人家过得咋样。"

"那你意思是还有啥想头？"

"有啥想头？胡扯啥。"

"巧艳她妈知不知道咱们是去找蛮子的？"

"她一个憨人，叫她知道干啥？"

"一个憨人?一个憨人值得这十几年你给人家死拉活拉,替人家养活孩子,给人家挣钱?"

"你知道个啥啊?你能看着人家饿死?一个寡妇带四个孩子咋活啊?她叔伯哥差点都把她们一家赶到街上去。"父亲声音微微上扬。

"那你说你是为了救死扶伤,不是看中巧艳她妈长哩好?"冬雪步步紧逼,她以把父亲逼到死角为乐,"你在前面救着死扶着伤,你这帮儿女们在后面出着力流着汗。"

父亲扑哧一声笑了,"说的啥话啊?咋了,我自己没挣钱?"

"你是挣钱了,你命都不要了,一天站十几个小时给人做饭,挣点钱拿去奉献给人家。你一生病,伺候照顾的还是你这帮儿女。"

"帮个人能把人帮死?"

"你就是不愿意承认你看见女人腿就软。"冬雪说着这句话,把身子往后撤了撤。

"说的啥话啊?"父亲没有理会她的大女儿,继续哼着戏。

"姐你这样说不对,爹对妈也可好。"冬玉总想充当和事佬,但是,她的和事每次都变为挑事。

"我咋不知道?爹对妈是出了名的好。不红脸不吵架不打架,没事就到外婆家干活献殷勤。可惜啊,外婆、舅舅不领情。"

"爹从外面买一块西瓜,用碗扣着,不让咱们吃,单等着妈回来让妈吃。"冬竹现在还想那块西瓜。冬竹不记得妈吃了没有，冬竹只记得那西瓜鲜红诱人的样子，它放在小桌子上，端端正正，耀武扬威。过一会儿，它被父亲用盆子扣上，冬竹再也看不见了。

"他们是些啥人？忘恩负义。你妈生病恁多年，连个脚尖都不蹦。"父亲轻蔑地说，把车窗摇下来，狠狠地朝外吐口唾沫。

"你再不说你太'事烦儿'。人家妹子跟着你受罪，人家会愿意？"冬雪压低声音，从后面观察父亲。

"我事烦儿？还不是因为我叫人家批斗？那能怨我？连句真话都不叫说了，那叫啥社会？再说你舅，好坏也是一个大学毕业生，连句真话都不敢说，一辈子都把头缩起来，叫啥大学生？"

"你那是真话？你那叫露能话。一辈子爱出个风头，爱管个闲事，你知道我们受的啥罪？"

"要和我比受罪？我受的罪你们十辈子也达不到。"父亲的后脑勺从座位上支起来，一动不动。

"你那是自作自受，还连累家人。"冬雪看着窗外。

冬竹知道冬雪想到什么了，她讲过好多次，她一生最害怕的那个晚上。

冬雪说，那应该是快十一月吧，夜里已经很冷很冷。她正在睡觉，被鞭炮一样噼里啪啦的声音炸醒了，她睁开眼，看见一群人，手里端着枪，把父亲从床上拖起来，胳膊反扭过去，五花大绑，要往外走，妈扑上去，被那群人甩了很远。那群人里，有我们平常叫叔叔爷爷的，也有叫父亲二叔二哥的，还有在我们家里吃过饭聊过天走过亲戚的，一个个慈眉善目亲热无比，但在那时，都变了，像有深仇大恨似的，拿着枪托朝父亲背上不断砸，那声音，像石头砸在棉花堆里一样，陷得很深，只发出闷响。父亲被带走了，妈呆坐在地上，像个雕塑一样，眼睛瞪着门，不哭，也不动。家里静极了。当时还只有十来岁的冬雪，眼睛紧紧盯着妈，她害怕极了，她觉得那时妈就像死过去了一样。

不知道过了多长时候，妈站起来，摸到冬雪床边，给她穿上衣服，拉着她，往北岗的野地跑。那是通往村支部的近路。要经过公墓，年久失修的煤窑，一片野树林，再下到河坡里，沿着旧寨墙往上走，那里有一个缺口，直通到村支部的后面。冬雪的手被妈攥得生疼，路上的石头，沟边的树枝子，地里的土坷垃狠狠地绊着她。天像一个无底黑洞，扣在她们的头上。

大队部黑洞洞的。没有人，也没有任何声音。冬雪说妈在场院里来回转，眼睛直直地瞪着前面。她跟在妈后面，也来回转。转了好多圈，妈开始往野地边跑，跑到地中间，扑通跪在地上，双手合十，朝地上不停地磕头，嘴里念念有词。冬雪也跪在妈身边，学着妈的样子，双手合十，头仰向天空，嘴里念叨着，再磕下头去。冬雪看见了夜晚的颜色，整个天都是深宝蓝色，云是浅宝蓝色，一层层涂在上面,星星挂在上面,大得吓人,一闪一闪的,亮极了,一个细小的、可怜巴巴的弯月亮,被这一层层的宝蓝色推得很远很远。她只觉得恐怖,眩晕,觉得整个天都向她压过来,在猛烈地摇晃,身边的妈被推得很远很远,像是一个鬼魂在嚎叫。她扯着妈的衣服,大声喊着,"妈——妈——",妈像突然回过神来,魂好像也跟着回来了,她紧紧抱住冬雪,哭了起来。冬雪说她至死记得妈的哭声,从那时起,她就明白了什么叫伤心欲绝、生不如死。她记得第二天她从学校放学回家,在村口碰到父亲,父亲被五花大绑,头被往后直直扯着,眼睛都快突出来了,脖子上挂一个牌子,上面写着"梁光正,偷黄豆,国家大蛀虫!"

冬雪的牙紧咬着,浑身绷紧,她又开始紧张了。这个时候,你最好别和她说话。

父亲说:"我那不是露能话,在这个事上,毛主席就是错,刘少奇就是对。要不是刘少奇把定粮变为每人七大两,你们早被饿死了。他们胡说,还不兴人说个真话?"

冬雪的声音提高了些,语速也快起来:"你不知道你那时候已经在被批斗了?六零年你到处乱跑不着家,差点被当成流窜犯打死,回来我舅给你在县城找个工作,你又参加红卫兵,斗来斗去,最后变成了啥子暴乱分子,又开始跑。你每次跑,有没有想过我妈,想过我?"

"那不叫红卫兵，我加入的组织叫'摧资大队'，"父亲不回答冬雪的问题，悠悠地说，"那时候都是胡乱站队，谁站错队谁倒霉。"

"你倒是好，在那儿乱站队出风头，出事了你屁股一拍跑了，留下我妈在家里担惊受怕。你敢说你都是为了正义？为了说真话？要我说，你就是爱逞能。"

"啥正义？大家都站，你不站不行，不站也要被批斗。"

"那你也肯定是积极分子吧？"

"积极分子多了去了，可论不上你爹。"父亲朗声大笑，"打我的人才是积极分子，表现分子，矛群、建国、秃子，还有你王家老表，都是。打起人来命都泼上了，我胸口的伤都是你老表打的。那次是大批斗，人们都拿着砖头瓦块，你那个老表哥啥也不拿，一脚朝我胸口踹过来，一下子把我踹翻在地，胸口直疼了好几个月。这一辈子我都再没理过他。没人性的坏东西。"

父亲讲起这些来，绘声绘色，那是他的光辉岁月。

"那还不是你自己好惹是生非？"

"你懂个啥啊？"

"我是不知道，我只知道我妈成天在家里哭！"

"那时候不闹一下也不行，眼看那些村干部贪污腐败，仗势欺人，不趁这机会把他们弄掉，谁都没有好日子过。"

"那可是,到最后村干部没弄下去,把我妈给吓死了气死了。"

勇智的胳膊一抖,方向盘差点脱手。

"停车,我要下车。"父亲拍着车窗,朝勇智吼叫,"快叫我下去。"

"你心里比谁都清楚。"冬雪不依不饶。

"我清楚啥?"

"你啥不清楚?"

"你瞎说啥啊?你懂啥。你妈生牛儿的时候身体遭多大的殃,你知道不知道?我被抽去修赵营水库,村里每天都生产大动员,上地干个活,都敲锣打鼓的,还喊口号。没人管你妈,她在屋里叫了快一天,没人发现,要不是你吴家婶子去找她,她早就不行了。牛儿生下来可结实,能哭能跳,活生生地被饿死了,被扔到乱葬坟里,我回来到处找啊,咋也找不到。"

父亲拿手抹着脸,他很少提这件事。那个刚生下来就死了的牛儿哥哥在我们的日常感情中没有占据任何位置,冬雪是父亲的大女儿,我们四个是父亲的孩子。没有别人,牛儿也不行。

冬雪说,"这会儿想起你那大儿子了?你这是转移注意力。"

"我恨那些人一辈子。"

"你恨人家谁?"

"谁都恨。修啥水库?几万人在那儿闲挖土,挖个大坑扔那儿，过几年再填上。你妈给我说，牛儿壮壮实实，要是活着，咱家就不是这样了。他梁正义就不敢这样欺负咱们了。"

冬竹畅想着这个哥哥。他有父亲清亮修长的眼睛，有妈黑到暗夜的黑眼珠，有父亲的开朗乐观和妈的内敛文气，他和父亲一起战斗，拿着铁锹锨把，站在梁正义面前，怒视着对方。那冬竹还会像这样懦弱无能吗？那冬雪还会像现在这样愤怒偏执吗？

其实，即使他的牛儿生下来，也活不了。1960年，整个梁庄有二十几个孩子出生，活下来的只有五伯的五儿子，是五婶和梁庄前保管的私生子。这是梁庄公开的秘密。

"说的好像你那大儿子多管事儿一样。在哪儿呢？你不还得靠你大闺女。"冬雪身体放松了下来。

"就你能。"父亲嘟囔了一句，前倾的身体往后靠了一下，倚住了椅背。

冬雪这辈子最大的任务就是在反对父亲。反对父亲管村里的事，反对父亲帮人打官司，反对父亲再娶，反对父亲和人交往，反对父亲挣钱，反对父亲去寻亲。凡是父亲主张的、兴致勃勃去做的，她都反对。她一看见父亲兴致勃勃，就开始迂回诱导、旁敲侧击、引蛇出洞，然后，毫不留情地予以打击。

在冬竹看来，冬雪反对得有点太过激烈了。她和父亲吵架，雷霆万钧，声嘶力竭。那一刻，她所面对的似乎不是自己的父亲，而是一个罪大恶极的犯人。她心里好像有根弦一直在紧紧绷着，随时都可能断。

不过，父亲一旦真正发怒，冬雪就马上软了下来。他们之间，迅速由激烈对抗变为相互倾诉，就好像那对抗只是为紧接而来的倾诉找一个合适的切入点，以加强倾诉的感染度和深度。冬雪忘了自己之前说过的话，开始说起另一套与之前完全相反的话来。她在寒与热、爱与恨之间迅速转换，中间没有过渡。

进山了。

公路弯曲着向上爬。空气清新，山路险峻，绵延的山脉被层层叠叠的绿色覆盖，溪流时断时续。山谷里也绿油油的，里面藏着白墙黑瓦的院落，鸡在刨食，人在说话，花在角落开。

"风景真不错啊。"冬竹看着窗外。

"以前这都是土疙瘩路，拉着板车，走一步就得退两步。一下雨，那黄泥把车轱辘粘得实实的，一步都动不了。有时候，一天都等不来个人影，哭都哭不出来。"

"爹啊，话说你当年咋跑到这鬼不孵蛋的地方找到蛮子的？"冬玉问父亲。

父亲嘿嘿笑着，"我要是不带她走，她都要被打死了。"

"你又救了人家？"

"救人？是救命。她那个丈夫天天打她，打得狠啊，鼻青脸肿，不像个人样子。那时候，但凡是个人，她都会跟人家走。"

"你意思她是逃走的？没离婚？那你当初怎么说蛮子到咱们这儿是为了找婆家的？"

"离啥婚？她和那个丈夫连个结婚证都没有。反正她是肯定不和他过了。她想找个老实可靠人过日子。"

"结果找了你这样的'老实可靠'人。"冬雪忍不住又接了一句，说完，自己扑哧扑哧笑起来。

那么，父亲让我们喊"娘"的时候，蛮子真的还有一个家？冬竹心里一动，想起那几年村里人们遮遮掩掩的议论，看来并不是没有道理。

父亲又说，"那年咱们种麦冬，我给蛮子娘家人写过信，让他们寄过来一张大队的介绍信。有介绍信才能办结婚证。"

翻过一座山，地势突然下沉，一个被山环抱着的小平原出现了。

"到了，"父亲指着平原上的房屋说，"这镇子叫杨集镇，她们村叫榆树营，离镇上有七八里地。"

谁去把蛮子找出来？在小镇吃完午饭，找一个小旅馆住下，这个问题浮了上来。父亲肯定不能去。村庄里突然出现这样一个白发老头到处打听一个女人，太容易引起怀疑。勇智坚决不去。

他一早就表过态。冬雪取笑他说即使他想去，也不会让他去，平头黑脸，小眼精光乱闪，像个黑社会进村，会把人吓倒一片。冬雪自己也不想去，虽说来都来了，但她还是不想去找这个扫把星女人，她觉得那张脸和父亲一点都不匹配。冬竹倒是无可无不可，不过，大家从来不问冬竹的意见。

父亲说你们不要说是找蛮子，那太容易引起怀疑，你们就说找杨冠军。别人要是再问你们从哪儿来，你们就说早年和杨冠军老婆一起打工，现在来这儿旅游，想见见她。

勇智笑了，"来这儿旅游，谁信啊？再说，早年是哪年，蛮子和她们年龄根本都对不上。"

父亲说："你就说1986年，在郑州。那时候人们才开始出门打工，老少都出去，岁数差别大很正常。"

蛮子的丈夫叫杨冠军。1986年在郑州。二十多年过去了，父亲还记那么清。

还是冬雪和冬玉去了。冬雪热情泼辣，到任何地方都能迅速和人打成一片，冬玉冷静，一脸正气，说假话面不改色。

父亲脸上飞着不相称的红晕，在房间里踱来踱去，他不时转过头来看冬竹和勇智，张张嘴，想说什么，又咽了回去。勇智专心致志翻着手机，无意和父亲产生对话。冬竹很想和父亲说说话，她不想让他那么紧张，可冬竹嘴唇发抖，怎么也说不出话。

"你们不知道,"父亲咳了一声,说,"蛮子也可怜。说起来她还是个高中毕业生,当年心气高,相了好多次亲都不成,后来,遇见杨冠军,是个退伍军人,父亲是村支书。蛮子挺满意。第一次见面,她就住人家家里了。这成了她的罪状。两人一吵架杨冠军就提这件事,说她没羞耻。蛮子不愿意,两人就打架。打得狠啊,蛮子的鼻子都被打断过。她跑了多少回,也没地儿去,又都回去了。最后一次是跑到她一个亲戚村庄里,刚好是你中义叔。你中义叔托我把她带走,让我给她找个好婆家。"

父亲停顿了一下,看没有人接他的话,又接着说:"给蛮子介绍了几个,她都没看上。说就要跟着我。"

勇智又笑出了声。他不相信蛮子会看上父亲。父亲比蛮子大将近二十岁。可冬竹信。冬竹看过父亲和蛮子的一张合影,那是她回老房子寻宝得来的。证件照。父亲穿着西服,打着红领带,虽然西服有些皱,但父亲的脸很光,准确地说,是泛着幸福的光辉。父亲的表情很放松,眼睛发亮,法令纹也没那么深,国字脸方方正正,朝前看着。蛮子的头轻轻歪向父亲一点,刚好到父亲的肩膀处,也笑盈盈的。两个人看起来非常般配,极其般配。冬竹只看过一次,就把它藏起来,她不让他们谁看到,也不让父亲知道。

勇智说:"你也太荒唐了。人家就是没有结婚证,也是事实婚姻。要是按法律算,你可算是拐骗妇女啊。"

"胡说些啥？你能眼看着她被打死？她带着小峰来这儿之前已经跑出去一年多了。我想着等日子好了，我们再一起回去，那杨冠军喜欢钱，给他点儿钱就行，我们就正式办个结婚证。那年麦冬一种上，我就给他们写信，叫他们放心，等麦冬收完卖完，钱到手，我们就回去。谁成想，麦冬赔了，蛮子爹妈也糊涂，拿着我的信去找了她那男人。"

"你糊涂啊。人家老婆跑了，人家能不去她娘家闹？她娘家人能不给人家个交代？再说了，你钱都没挣到手，你慌啥，人家一来看，你穷成这样，儿子又成那样，人家能不闹吗？"

"我就想那年麦冬肯定能成，"父亲坚持着往下说，"要不是那个广州佬，这日子就不会这样了。要是麦冬成了，有钱了，给蛮子男人一些钱，他肯定就走了，他就是想要钱。他当时都说出来了。可是，哪有钱啊，光还高利贷我和冬雪就还了好多年啊。"

勇智轻声说："跟广州佬啥关系？你只说你干啥成功过？你不了解形势瞎干蛮干啥时候也成不了。"

这么多年，勇智就从来没好好和父亲说过话。他从来不和大家提他在广州的经历。冬竹也只是从他的日记里了解个大概。

父亲突然暴怒，说："你知道个啥，我考察过，那时候时兴种药材，市场都已经活起来了。就是咱运气不好。"

冬竹记得蛮子的男人。那男人个子矮小精瘦，眼睛里发出说不上是凶狠还是怯懦的光,他理直气壮地逼到父亲面前,像要拿回属于自己的物品,父亲两只手把着堂屋的门,两只脚叉开,蹬在门底的两个矮圆柱上,身体努力往前倾,他要把住这个门的所有方向,不让他进去。东屋里面,传出来一阵阵嚎哭的声音,像是从被子里面、地底下钻出来的,闷在罐子里,压抑不住,又冲不出来。在看到她男人的那一刻,蛮子就跳回到东屋,把门反插住,开始了漫长绝望的哭泣。冬竹记得那男人看到浑身还裹着纱布的小峰,嘶吼着砸院子里的东西,锅被砸了,缸被砸了,碗筷盆子盘子都扔到地上。他在院子里转着圈儿,又蹦又跳。

父亲的头呈左上仰状,牙齿紧咬嘴唇,眼睛稍微眯起来,像是沉入到回忆之中,又像是在向冬竹和勇智展示他的悲伤。有滴眼泪挤在眼角,停在那里,不愿意掉下来,仿佛特意让冬竹和勇智看见。

屋子里暗了下来,窗户外,几大片云缓缓压过来,往前面的山包处移动。雨就从云中下来了,像是棉花团里抽出的线,细细直直,又没完没了的,还带着云后面太阳的光亮。

父亲说:"下不大,一会儿就停了。山里就是这样子,说下就下,说停就停。唉,要说我和你中义叔认识就是因为下雨。那是我第一次到山里跑着收药材,你妈还没生病。不知道山里的天是这样。到你中义叔村里,突然就下雨了,不像这雨,那下得可大,还夹带雹子。我到他家屋檐下躲雨。你中义叔叫我进去,给倒茶,又叫在他家吃中饭,走时还非要让我拿把伞。那时候人都可怜,一把伞可也是家里重要家具啊。"

冬竹看见那辆别克车开进旅馆院子,冬雪和冬玉从车上下来,站在车边,向后张望着。没有看到什么,她们又等了一会儿,就朝房间这边来了。

父亲看着冬雪,冬雪不做声。父亲又看冬玉,冬玉也不理他。父亲失望地叹了口气,坐回到床边,低着头。

冬雪说:"不叫你来,你就犟,非要来。来有什么用,你也救不了她,你也管不了她,有啥用。见了也伤心。不如咱们回家算了,都这么多年了,谁还能认得谁?"

冬雪那口气不像在埋怨父亲,反而像是在安慰。

冬玉说:"真是不如不来啊。冬竹,你看我变化是不是很大?我和小时候完全不一样吗?"

冬玉说,她和冬雪像个特务似的,鬼鬼祟祟地在镇子上打听榆树营村在哪儿,至问到榆树营村口一家小卖部,他们向小卖部主人打听杨冠军,那主人刚好就是杨冠军弟弟。那人警惕地盯着她们,盘问她们找杨冠军干啥,冬雪就按照父亲说的说了一遍。冬雪机智,一边说话,一边张罗着在小卖部买东西,买店里最贵的酒最贵的烟,那人的表情立马变了,领着她们去找杨冠军家。

蛮子家是一个破破烂烂的两层楼房，一层的客厅四四方方，没有窗户，墙壁上结满蜘蛛网，像个散发着霉味的大棺材一样，二层连楼梯都没装，一个毛坯放在那儿，好像主人尽最大努力把屋架搭起，再也没有一分钱去进行更加细致的装修了。杨冠军坐在门口，腰弯着，喘气声音很大，瘦得几乎脱了形，看起来长期生病。听到她们俩问蛮子，眼睛里瞬间露出一股子凶狠，操着她们不太懂的汉中方言，追问她们到底从哪儿来。冬玉说那时她浑身直打颤，腿发软站不住，做好了被暴打一顿的准备。幸亏冬雪又及时拿出礼物，岔开话题。蛮子没有在家。她每天早晨六点上街卖菜，卖不完不回家。正好有人要去镇上，自告奋勇说带她们去找蛮子。冬玉说她一眼就认出了蛮子，老了，更瘦更小更黑了，坐在三轮车旁边的小凳子上，瞪着眼睛看她们俩，她没认出来。冬雪迎上去，贴着蛮子耳朵说出自己的名字，蛮子刷一下流出了眼泪，紧紧拉住冬雪的手。冬雪又悄声说我们在宾馆等你，蛮子的眼泪哗哗流个不停。冬玉说她也忍不住哭了，蛮子哭得太动情了。这时候已经有人在看她们了，为了不给蛮子造成坏影响，不让她丈夫起疑心，她们就先回来，让蛮子过一个小时再过来。

　　冬玉充分发挥了她讲故事的本领，把整个寻找过程说得险象环生。也许只是我们自己心里有鬼，先就心虚，所以，看任何人的眼神都觉得不正常。

父亲一语不发,垂头坐着。

冬竹站在窗口向外望着。还不到半小时的样子,一辆三轮车出现了。一个女人正努力蹬车,车头的左边绑一把小黑伞,她双手紧握车把,胳膊紧绷着,屁股抬离座位,腿使劲往下蹬,整个身体随着腿的上下而左右晃动着。冬竹一眼认出,那是蛮子。她淋了一点雨,头发紧贴在脸上,还是那张苦命的小脸。要说挺秀气的,可苦相太深,现在眉眼又往里缩很多,显得更苦了。

父亲听见声音,站了起来。

蛮子站在门口,上下打量着父亲。她咧一下嘴,想笑,却突然上前抱住父亲,嚎哭起来。还是那样的哭声,闷罐子里闷出来的,极力压抑回去,又压抑不住,像受了天大的委屈和经受着天大的痛苦。父亲胳膊虚张着,没回应蛮子的拥抱。

"我以为你死了,他们给我说你死了啊。"蛮子哭得上下倒气,鼻涕眼泪糊了一脸,她脚尖踮着,在父亲的头发里来回扒拉,"我看见你头上有个大洞,血一直流,一直流啊。你躺那儿一动不动,我以为你真死了啊,死了啊。"

父亲把蛮子的手拿开,"没有,哪有啊,你坐,坐吧。"

蛮子用双手去摸父亲的脸,又往下摸父亲的胳膊、腰、腿,像检查身体的女医生,不怀好意地在病人身上乱捏着,"鼻子没事吧?这个地方咋多个痣啊?我看见他们打住你鼻子了,我上去拉他们,他们把我按住,不让我过去。你胸口还经常疼吗?腿没事吧?我看见你腿断了啊,脚也没事吧?还老脱臼吗?"

"没事,有啥事,这不都好好的吗!"

蛮子的胸脯急剧动着,嘴巴大张着,发出"啊啊"的声音,像一条濒死的鱼,被阻断了空气,正在做最后挣扎。父亲很不自在地抹着脸,好像要把鼻子上那个黑痣抹下去,要把脸上的表情都抹掉。

父亲真的快被打死了?腿断了,手断了,鼻子断了,他"胸口疼"过?脚什么时候"老脱臼"?我们相互看了一眼。蛮子哭得太投入了,她看父亲的表情,她摸父亲时的那种惊奇,谁看了都会感动。冬竹不停揉眼睛,眼里像进沙子了,鼻涕却不停往下流。

父亲弯下腰,想把蛮子拉起来,蛮子拉住父亲的手,还没把自己撑起来,父亲就被拖倒了。勇智一个箭步过去,扶住了父亲,把他从蛮子手里挣出来。

父亲朝着冬雪、冬玉看一眼,解释似地说:"她想着我肯定死了呢。"

蛮子擦着不停往外涌的眼泪,第一次朝冬竹和勇智看,"都长这么大了啊,勇智还是那样,这是冬竹吧?变样了,要是在外面碰见,冬竹肯定认不出来了。"

勇智咧了下嘴。

冬雪一眼不眨地看着蛮子和父亲,从她的眼睛可以看出,她头脑里正在酝酿风暴。

蛮子哭着,又拉住父亲的手,走到床边,和父亲并排坐在一起,像一对被审问的苦命鸳鸯:"他们说你爹被打死了。我看着你爹挨打,棍子打在头上,头哗哗往外冒血,鼻子被打断了,腿也折了,一动不动。我去拦,他们使劲拉着我,不让我过去。小峰他爹一拳头过来把我打晕了。我醒来后,你爹就不见了。他们说人已经死了。要不是,我肯定会再跑出来找你爹的。我哭了四五年啊,天天哭,想着你爹可怜。"

她的眼睛里就像有一个发动机,源源不断地往外冒着水。她不时扭头看父亲,好像不相信眼前这个人是个大活人。

"我知道,我知道,我就是想来看看你,叫你放心。"父亲说着,又朝坐在对面床沿的冬雪看一眼,讨好地提高声音笑了一下,"冬雪她们照顾得可好。"

没有人回应他的笑。勇智低着头,冬雪一眼不眨看着父亲,说不出是愤怒还是受伤,冬玉站在窗边,好像非常感动,又有点茫然,勇智还是怀疑一切的样子。

冬竹擦着不断涌出来的泪,她觉得心里像被掏空了,空荡荡的,可又被什么东西充塞着,满当当的,不断往外溢,她的眼泪就是从这里面溢出来的。

不久前冬雪才提到父亲当年找蛮子时被打过,但是,大家并没有认为有多严重,父亲这一生,受伤次数太多,血淋淋的场景太多,多一次也不为怪。再说,他也从来没有向我们提过这件事。他是多爱讲他早年受的苦啊。他被批斗,他逃跑,他带领我们和村里人战斗,他拉着我们几个去要饭,他翻来覆去地讲,我们早就背过来了。可他从来没讲这些。他是真的快被打死了?他到底经历了什么啊?

冬竹记得父亲曾经给她说过,有许多话他不好给冬雪讲,就只给冬竹讲。冬雪脾气太暴,承担太多,他不愿意再增加她的负担。冬竹以为父亲信任她,只给她讲他的秘密。可是他没有。这么重大的事情,他居然从来没有提过。

蛮子和父亲的手交叠在一起。蛮子的手黑瘦,青筋毕露,有乱七八糟的划痕,指甲里还有泥,父亲的手松弛无力,满是扎针留下的瘀青和一块块的黑斑。

父亲对蛮子说话的口气,也是冬竹不曾记得的。他总说人家可怜,迫于无奈,他才怎样怎样,好像里面没有掺杂多少情感的成分。当年蛮子是这样,后来巧艳她妈也这样。

"小峰呢?"父亲拍拍蛮子的手,让她平静。

"出门打工了。"

"结婚没?有三十二岁了吧?"

"结啥婚？说了好多个，都没成。一年到头挣不来几个钱，叫他回家，也不回。"蛮子的泪又喷泉般涌出来。

冬玉的眉毛动了动，勇智仍靠门站着。

"啥时候叫他回来一下，我见见他，"父亲看着冬雪，又加了一句，"我也快死的人了。"

勇智朝父亲瞪了一眼，愤愤地说："一天到晚死死死的，谁看你像快死的人？！"

"勇智还是那脾气，他和谁都处不好，巧艳她妈他也看不惯。"冬雪笑着说。

父亲的脸突然间涨红起来，他自嘲地笑了两声，"那就是个憨女人，也不知咋找了她？"

"憨女人，人家可不憨。你不是把人家三个孩子都养大了吗？"冬雪回了一句，眼梢看着蛮子。

蛮子的眼泪收住了，微微怔了一下，却又马上转换为赞赏的表情，她仍然拉着父亲的手，转头对冬雪说："你爹是个好人，你不知道，要不是你爹，我早被打死了。"

"他可是，到处显自己能，年轻时候长年被批斗，生生把我妈给气下病。被人打了个半死，死倔活犟，谁也不说。老了老了，非要再找一个，接着受罪。"冬雪的声音开始提高，愤怒如同决堤的洪水，带着一泻千里的决心，滔滔奔涌。

"不是，不是这样的！"蛮子摆着手，替父亲辩解。

父亲的眉头皱着，嘴唇紧紧抿着，眼泪慢慢浸满眼眶，"我这一生，算是把罪受完了。"他一下一下地点着头，像是在强调自己的罪，顺便也把冬雪的控诉转换为对自己一生艰难的回想。

"你罪受完了，你是为谁？"坐在对面床上的冬雪扭过身去，不再看他们俩。

蛮子的眼泪还没来得及收住，就不知道怎么办了。她尴尬地坐着，眼睛朝四处望。

蛮子朝冬玉这边看过来。

"小峰，小峰都长到一米八了。"蛮子犹豫着对冬玉说。

冬玉没有接话。

"刚回来他还一直哭着找玉姐，晚上要找你，叫你哄睡觉。哭了可长时间，后来才不提了。"

冬玉张了张嘴巴，还是没有说出话来，脸上露出奇怪的表情。

"哈，她可会做好人。谁都没落住好，她算落住了。"冬雪讽刺了一句。

冬玉的脸有些白了，勇智脖子上的青筋往外鼓着，一蹦一蹦，像是得了神经痉挛症。父亲一言不发，还沉浸在自己的"罪"中，不断眨巴着眼睛，希望能眨出心里的眼泪，以证明给我们看。

冬竹一直站在窗口，眼泪不知什么时候给房间里的对话吓回去了。对面的山顶上,一大片厚厚的阴影盖在上面。清绿色的植被变成了深绿色,荫凉荫凉的感觉。她能看见山顶上一棵棵伞状的柏树,高大的灌木和那些从来叫不上名字的野树。它们挤在一起,随着山的形状起伏上下。从远处看,那排列而去的绿山包像一个巨大的手掌轻轻荡过去,线条粗犷,延伸过长,却因为那起伏不定的形状显得过分温柔。

"吃饭吧。"勇智从门口进到屋里,身上带着重重的烟味。

"赶紧出去,你不知道爹不能闻见这些怪味道?"冬雪朝勇智吼道。

勇智在门口站住了。

蛮子站起来,说:"我也得走了,还有些菜没卖完,这会儿该晚集了。"

"别卖了,一点点菜,值多少钱?吃完饭再走。"冬雪说。

蛮子坐下去,受宠若惊似的。过了一会儿又站起来,说:"我还是走吧。小峰他爸要找我。"

"他还打你?"父亲问道。

"不打了,早不打了,打不动了。得了肺气肿,啥活也干不了。就还是坏脾气,回家晚了他会吵。"

"大儿子过得咋样?"

她还有个大儿子?

"带着老婆儿子一起出门打工了。几年也不回来一趟。"蛮子的脸上又浮现出悲苦的表情。

"那你家的两层楼是谁盖起来的?"冬雪问。

"我卖菜,一点一点攒的。"蛮子搓着手,青泥被搓了出来,她双手拍了拍,泥扑簌簌地落到了地上。没有人再说话了。

蛮子说:"我还是回去吧。明天我再来。"

"别走!"父亲突然拉住蛮子,手死死地拽着她的胳膊。他们僵持一会儿,父亲脸上的表情很奇怪,好像在衡量接下来发生的事情可能引起的后果,最后,还是心一横,不管不顾了,他一只手还拽着蛮子,另一只手伸进裤兜,掏出厚厚的一叠钱,塞到蛮子手上,说:"明天别去进菜了,推着空车过来。"

那叠钱,至少有 5000 元。蛮子双手使劲往外推,父亲的手像鸟爪一样,紧紧扣住蛮子的手腕,不让她脱出。蛮子惊惶失措,张望着站在旁边的我们。我们四个,连最敏捷的冬雪,都没有反应过来,大家被这突如其来的情节给打懵了。

冬玉"哇"一声,哭着跑了出去。勇智看看冬雪,又看看父亲,砰地把门摔开,跟着冬玉出去了。那门弹到后墙上,又弹开来,撞到门锁上,又弹回到墙上,最后被墙角的门钉牢牢吸住了。

冬雪直盯着父亲,"你从哪儿来这么多钱?"

父亲"嘿嘿"笑着,他不看冬雪,只看着蛮子,"拿着,别让杨冠军知道。"

"你天天叫穷,舍不得吃舍不得喝,你攒这么多钱?"

"以后别卖菜了,你都多大年纪了?风里来雨里去,哪还受得了?"

"我们哪一个月赡养费交晚了,你都催我们,说你钱不够花了。"

"你拿着,拿着啊。"

冬雪在旁边喊着父亲:"你只告诉我你钱从哪儿来的啊?"

父亲没理冬雪,他拉着蛮子的手,一心想把钱塞到她手里。蛮子的眼泪又哗哗往下掉,她求救似地看看屋里的冬雪,又看门外面走道里的冬玉和勇智。

冬雪眼睛的亮光被烧灼着,她瘦长疲倦的脸有些扭曲,带着被长期欺骗突然发现真相之后的悲愤。

冬玉趴在走廊的窗户上,抽抽搭搭地哭,"我就是伤心。"

勇智不耐烦地说:"伤心啥?好像你才认识他一样。"

冬玉说:"从十三岁起,就没见过他一分钱。他是个爹,他为啥不给我一分钱?他帮这个帮那个,养这个养那个,我是他亲闺女,他为啥不养?为啥?"冬玉越想越伤心,放声哭起来。

勇智说:"你到现在才知道啊。"

冬玉说:"可这是为啥啊?"

勇智说:"为啥?你说为啥?到现在你还问为啥?"

冬玉说:"我就是伤心。"

冬竹看到,山顶上那几片巨大的云正飞速移动,山顶上的阴影也飞速往前跑,就像一个巨人,大步奔跑着,跳跃着,追逐着什么东西。那移动的感觉有一种奇怪的轻,很轻,一点也不费力气,就那么轻松跨过一座座山,一片片绿,没有任何障碍。也许只是因为它是影子吧。冬竹心里也轻飘飘的,她没有冬玉那么伤心,也没有冬雪、勇智那么愤怒。对父亲的行为,她同样意外,但是,却又觉得那正是父亲,只有他能做出这样的事。她甚至有点莫名的感动。

蛮子的胳膊软软地垂着,她不敢接父亲的钱。

父亲说:"你就收下,有我在这儿。冬雪姊妹你也不是不知道,都是好孩子。"

冬雪怪笑一声,对蛮子说:"你就收下吧。你在我们家受苦了,我爹对不起你,我们姊妹也对不起你。"

蛮子使劲摆着头,"不是,不是啊。"

"不是,要不然,我爹会哭着喊着要来找你?要不然,他被打成那样,还不甘心?你拿着,这是我爹的一点儿心意。你过得不好,我爹心里也不舒服。这以后,他也不会茶饭不思,彻夜熬煎。他一辈子都在替别人操心,操别人的心,他从来不问问我是咋过的,冬玉是咋过的,他为养活别人他都快要疯了你问问他是咋养活巧艳她们一家人的他咋钻窟窿打洞去挣钱为了挣那点钱他去工地帮小工去地里割草去烟地里刷烟叶去苞谷地里掰苞谷年轻时他都不愿意干农活老了老了他成天到地里找活干为挣那几块钱他供完那大儿子上学又供俩闺女供完上学又找工作你逼我四处去求情去求爸爸告奶奶去站到人家办公室门口去吃闭门羹去丢人现眼你弄来一个不行你又弄来一个你啥时候是个头啊？"

冬雪满口白沫，头往前伸着，她的脖子细得快要撑不住她激烈晃动的头，挥舞着的细胳膊却强劲有力，摆来摆去，携着风雨雷电，直扑向站在她面前的父亲和蛮子。

父亲说："说的啥话啊，谁哭着喊着了？我都快死的人了，我还想啥？再说，那时候眼看巧艳他们家都过不去日子了，你能不管吗？"他的声音在冬雪暴风雨般的控诉面前，显得非常苍白。

冬雪对蛮子说："他这辈子，就这一个毛病，一说谁有难，像得了圣旨，跑得比兔子都快，不管不顾，连命都不要了。十年前做了胃癌手术，好不容易醒过来劲儿，又开始折腾了，谁都劝不住。"

父亲朝蛮子望着，眼睛里满是期待和脆弱，好像"胃癌"这个词能成为他的一个护身符，让他再次获得蛮子的关注。

蛮子已经顾不得他的胃癌了，她使劲往外挣着，想把胳膊挣出去,她想逃出去,离开这是非之地。

过道里,勇智大声斥责冬玉:"别哭了!从小就眼泪多,你就恁稀罕钱?"

"我是稀罕钱?!我是稀罕钱?!"冬玉怒气冲冲地回答勇智。

"那你哭啥?爹想给谁钱都行,你有啥哭的?我都没哭,你哭啥?"

"我就是想哭。"

正在奋力控诉父亲的冬雪听到勇智的话,脸色突然一沉,转向勇智,说:"勇智你啥意思?你意思是爹的钱都该是你的?你都没哭,冬玉在瞎哭啥?!"

冬雪盯着勇智,"你意思你是儿子,你花爹的钱理所当然,冬玉就可有可无了,是吧?怪不得平时你总阴阳怪气,你是在恨爹,恨爹没给你这个不争气的儿子留遗产,对吧?"

勇智回瞪着冬雪,脸上显出被冤屈后的愤恨表情,一字一句地说:"你要是真这样想,我也没办法。不然,我把那个'梁'字让给你。谁想姓谁姓,我是姓够了。"

冬雪嘴撇了一下,那白沫还挂在嘴边,说:"你还姓够了,你做了啥配姓'梁'?你是帮你姊妹们了还是多给你姊妹们说句话了?你的心早就跑到不知哪儿了,你眼里啥时候有过我们,有过爹?爹的钱想给谁给谁,谁也管不了。"

冬竹看着互相瞪着的冬雪和勇智,看到了他们两个心里的千言万语。

父亲像得了圣旨一样,也不管冬雪的话其实只是为了气勇智。他把钱放在蛮子的一只手上,又拿起蛮子的另一只手,盖在钱上,说:"接住吧,你看冬雪都说了。"

蛮子的手指弯了一下,接住了。她想把钱往裤袋里装,袋子太小,又想别到腰间,也别不住。那叠钱太厚了,有好几回差点脱出她的手,掉到地上。她只好拿着这一叠钱往外走。

蛮子把钱塞进三轮车上一个黑皮包里,把敞着的口往里面卷卷,然后把包埋到一堆空心菜里。她骑上三轮车,扭转身,对冬玉说:"明天我把小峰的照片拿来你看看。"

那天晚上,冬雪不吃饭,也不说话。她脸上有很奇怪的疲惫,无精打采的,好像被秋霜打了的叶子,像突然遭到心爱之人的背叛,彷徨无依。简而言之,像个丧家犬似的。

第二天,天还没有亮,我们就离开了那个小镇。冬雪说昨夜接到单位的电话,有急事,必须要回去。

父亲要在这儿等蛮子,说不能失信于人。冬雪说:"这不算失信,人也见过了,钱也给了,这一趟的任务也完成了。"

冬玉说:"万一蛮子的丈夫知道了,那可不好,说不定又要闹起来。"

冬雪说："你要是觉得你还能经住一次打，你就留下。反正我们要走。"

冬雪说："你就是死性不改，不把自己往死里逼，你就不行。你自己死算了，你把我们也往死里带。你说说，当年人家丈夫都找来了，人也带走了，你还来找人家干啥？你把人家老婆领走，把人家儿子弄成那样，你还觍着脸来找人，你不是自己找死吗？"

父亲不说话。头向左别了过去。

冬雪坐到车上，冬玉把父亲的东西收拾好，拎出去放到后备箱。父亲在房间里磨蹭一会儿，看没人理他，只好也跟了出去。

走到半路上，冬雪接到蛮子的电话。蛮子在电话里喊着："我六点多都到这儿了，你们可走了？"

冬雪说："家里突然有事啊。"

蛮子继续喊着："有啥事？不是你爹生病了吧？"

"他没啥事，别操心。"

"我还给你们带了两桶酸菜，小峰的照片我也带着呢。"

山里的信号断断续续，冬雪在车里面也大声喊着，解释着。一车人都安静地听着，闻着电话那端遥远而熟悉的、清爽甘甜的酸菜味儿，悄悄地咽着唾沫。

在蛮子来我们家之前，我们从来没吃过酸菜。蛮子来之后，那个一直尘封在角落的青色小缸被翻出来，洗刷干净，放在厨房里。一年四季,那里面都有各种红红绿绿的蔬菜,白萝卜红萝卜芹菜捡来的白菜帮子虎皮菜叶应季的野水芹菜野苋菜灰灰菜,什么菜都被她放进那一缸酸水中。每捞出来,仍然红的红白的白青的青。于是,一年四季,我们家那个贫乏的小饭桌上,每顿饭都有了颜色鲜艳的菜。

　　冬竹从来不吃。她讨厌那咬起来嘎嘎响的声音,脆得让人恶心,讨厌父亲那副开心的样子,好像那是全世界最好吃的菜,讨厌冬玉不停夹起的筷子,她吃得太快了,就像她对小峰,就好像他是她的亲弟弟。她什么都忘了。忘了妈,忘了我们那个家。

豆角豆角

妈一死，父亲的名声就败坏了。其实，冬雪不知道，早在妈死之前，父亲的名声就已经败坏了。这一点，谁都没有勇智察觉得早。

许多重大事情的过程，冬雪并不知道。一家人分崩离析的时候她在郑州读书，后来又分配到县城上班。她只知道结果，或者说，处理事情的后果已经使她焦头烂额，她根本无暇顾及前因。

妈去世前的最后一年，父亲又开发出一个新的经济项目。

"这个好啊，"父亲坐在堂屋的圈椅上，稀里哗啦地喝着粥，一边说,"咱们这边人夏天喜欢吃豆角,这几年豆角价钱一直可以,今年也会不错。槐树下的三亩地,今年啥也不种了,只种豆角。豆角产量高,按一亩地 3000 斤算,这是最低产量了,一斤两毛钱,一亩地也能挣 600 块,三亩地差不多也快 2000 块了。"

父亲对"2000"这个数字很执着,算什么到最后都是算到挣 2000 元,好像"2000"有种魔力,一到这一数字,这一时间,问题就都迎刃而解了。我们探讨过这件事情,也许是家里的债务再加上一些必需品的添置,父亲至少急需这么多,所以,他才要往这个数字上累加。可是,"2000"了好多年,父亲的计算一直没有成功,他还是差"2000"。因此,勇智听着父亲热烈的计算,无动于衷。这样的热烈就像出疹子一样,每隔一段时间就会发作一次。从热烈狂想到辛苦奔波再到全然失败,这中间一般要经过半年左右,接下来是一个长长的沮丧期,然后,父亲像突然醒过来一样,之前的记忆不知被什么样的巫婆清除得一干二净,又婴儿般无辜、欢快地全情投入到下一轮。

初中以后,勇智就不再信任父亲的这些狂想了,看着冬玉着迷的样子,看着蛮子把自己命运交到父亲手里的样子,他只是冷笑。但是,事情总是这样,它按照自己的逻辑往前走,一点点在你面前铺开、成长并成为故事,你不知不觉接受,并且被牵着鼻子走。

六月麦收之后,父亲陀螺一样到处跑,跑到县城让冬雪筹本钱,跑到姑夫家借姑夫宝贝一样的牛来犁地翻土,又在村里雇人点种撒肥,浇水除草。蛮子和父亲起早贪黑,一天到晚都在地里。豆角长得快,到六月末时,秧苗已经半腿高了,要除草浇地,插竿搭架。父亲不知在哪儿雇辆卡车,拉来满满一车厢长竹竿。半个村庄的男劳力都被父亲叫来了,整整插了几天。人们议论着,这下梁光正家可要发财了。

豆角秧像疯了一样沿着竹竿往上爬,几场雨过后,就爬过竹竿,朝空中伸着细细的梢儿,两行之间的梢儿在空中扭结在一起,打着招呼说着悄悄话,形势实在喜人。黄色的小喇叭花落了,细长细长的豆角出来了,不分层次不分地方,在秧架的每个地方温顺地垂着,生长着。

勇智被父亲给牢牢套上了。父亲在地头搭个小窝棚,放一张小竹床,他和勇智轮流睡在那里看护。放学回来,直接到地头,一开始是除草、上肥、扶秧,然后是绑秧、插竹竿、补竹竿,干不完的活。可是,勇智很喜欢。他可以不回家了,那个黑暗的、静悄悄的家,妈躺在那里,永远也不说话。他心里很烦,可又不愿意让人看出他的烦。他一个人在窝棚里,手里握着他的小刀,野风吹着,安安静静地躺着。过一两个小时,他就会起来,沿着竹竿架在豆角地转几圈。那一根根一簇簇豆角悬在夜晚的阴影中,月亮照下来,实在诱人得很。

父亲忙得脚不沾地，按捺不住得意，每天在地头转来转去，看见人就和人家搭话，一点也不听别人说什么，只顺着自己的思路往下讲，讲他的豆角经济和可见的豆角收入。傍晚的时候，父亲敞着他的白衬衫，露着里面的白背心，扛着锄头，迈着八字步，哼着小曲儿，优哉着回家了。即使在田头忙一天，父亲的白衬衫白背心仍然可以做到纤尘不染。人们看父亲的眼神，说不上嘲笑，可也绝对不是赞同，带着一点点面对异类的容忍和蔑视。哪有一个干活的人像父亲这样？哪有一个这么穷的人还穿这么干净的衣服？哪有家里长年躺个活死人还天天唱来唱去的人？不管怎么说，父亲始终是个惹人烦的、四不像的农民。

那天，勇智醒来时已经是后半夜了，大约两三点钟的样子，他被尿憋醒了。勇智正在努力睁开眼睛，挣扎着困得发沉的身体，准备起身，突然听到地里边传过来窸窸窣窣的声音，那声音一顿一顿的，夹杂着人的闷叫。

勇智一个翻身跳下床，握紧刀子，走出窝棚，朝着声音的方向摸过去。月亮白得发蓝，一个倒钩的样子斜挂在西边，天蓝得发黑，厚厚的，压得月亮有些胆怯，一幅发抖的样子。声音是从豆角地中发出来的，勇智一边走，一边为自己壮胆，高声叫着："谁，谁？！"

他看见一个白色的身影正趴在地上，哦，不，下面还有两条腿。他们的下身缠绕在一起,正在剧烈地动着。月亮照在他们身上,闪着银色的光,身边的秧架随着身体的晃动发出很大的声响。

"谁,谁?!"勇智高声叫着,不自觉地握紧小刀,弓着身体。那身影停止了晃动,停顿了几秒钟,像是演哑剧一样,一个身影迅速变为两个身影,分别站起来,提裤子,穿上衣,其中一个身影像弹射般朝豆角地的另一端飞跑。

另一个身影留在原地,转过身,朝勇智走过来。勇智扬起手中的小刀,做好战斗的准备。

那身影说:"我。"父亲。勇智放松身体,长嘘了一口气。

那逃跑的身影是谁?只一瞬间,勇智就意识到是谁了。那瘦小灵活的身体,只能是蛮子。

父亲站在阴影中,说:"我就是来地里看看。"

勇智一脚踢翻身边的竹竿架,转身回到窝棚。沉重的豆角秧"哗啦"一声倒在地上,他听到父亲把架子扶起来,朝窝棚这边走过来,父亲身体的阴影覆盖住窝棚里的月光,父亲站住了,而勇智一动不动。过了一会儿,父亲走了。勇智坐下去,倒在竹床上,看着窝棚前地上的光。他感觉到自己浑身的血往上涌,不,往下涌。

杜鹃。杜鹃。他在心里喃喃叫着,他没有想父亲和蛮子。他一心想着的只是她。

她瘦长的身体,在空无一人的小路上,面带笑意地向他走过来。半人高的玉米一排排簇拥着站在路的两旁，遮挡着外部世界。他站在路的另一头，等着她过来。刚下过雨的天，干净得很，他赤着脚，踩在清凉的厚厚的蚂蚁草上，蚂蚁草的节结像无数只蚂蚁，在他的脚底来回刺着。他简直等不到她走过来，他想跳起来，想喊出来。

她瘦极了，高极了，手大脚大，脸庞也太长，从前面看，脸、胸的轮廓都太平，几乎没有起伏。但是，她走过来的样子，她狭长、略微上挑的眼睛看他时，风吹过她的卷发遮住她的脸时，他不知道该怎样安置自己的手脚。

她像一块冰，散发着由内而外的冷意。她对谁都微含笑意，但那笑容不是用来走近，却是用来拒人于千里之外的。现在，这块冰属于他，每天和他一起，上学放学。他和她，从镇上的初中转学到邻村的学校。很自然地，他们开始结伴而行。她接受他每天的等待，允许他去她家等她，让他进到她父亲的书房。

第一茬豆角成熟了，开始忙起来了。豆角必须要及时摘下来，一旦开始变白变粗，豆筋变红，就老了，到市场上就没人要了。全家五口，还有蛮子，一齐上阵，往往是一遍还没摘完，后面摘过的就又长起来了。逢集的时候，父亲拉着堆得冒尖的一车豆角去卖，傍晚回来，回来也顾不得吃饭，又去地里摘。父亲忙得连给妈喂饭的时间都没有了，他让冬玉去喂。冬玉哭丧着脸，不愿意去喂。也不是不愿意，除了父亲，谁都喂不到妈嘴里。她的牙要是咬住勺子，能咬一个小时，咬到嘴唇出血。不知什么时候，蛮子开始给妈喂饭了。

那一天，一家人，还有蛮子和小峰，正在院子的枣树下吃饭，饭是稠粥，菜是炒豆角。院子外突然传来嘈杂的声音，有人喊"救命，救命啊"，勇智看到父亲的脸变了颜色，把碗一扔，站起来往外跑。

梅菊，梁庄的赤脚医生，头发披散在前面，从这家院子窜到那家院子，梅菊丈夫，梁庄唯一的退伍军人，在后面追着，手里拿着长长的鸡毛掸子，使劲往梅菊身上抽，嘴里高声骂着："你这个贱女人，我叫你贱！我叫你好跑！"

梅菊往我们家的院子冲过来了，喧闹的人们突然安静下来。正在跟跑中的梅菊似乎被突如其来的安静吓住了，她张开眼睛，透过头发的缝隙看到快要冲到跟前的父亲，她突然停住，转回身，朝着一直在后面追的丈夫扑过去，嘴里嚷着，"你打死我吧，你要是不打死我就不是你妈生的。"

在村中的那棵老槐树下，她的丈夫终于抓住她，以一个军人的专业腿姿把梅菊踹倒在地，用鸡毛掸子狠狠抽着。金色的鸡毛到处飘着，拂过人们的脸，痒痒的，人们拿手使劲抹脸，嘴里呸呸吐着，一边发出哄笑声。

父亲重新坐回到院子里，声音很响地喝着粥。这不符合父亲的个性，他轻易不会放过自己"调解大师"的角色，连街上两个不相干的人吵架，两头牛抵架，两个妇女骂架，他都要上前说道一番，以显示他的三寸不烂之舌和正义之良心。

父亲心虚了。其实，在人们突然安静下来，贪婪地看父亲和梅菊如何行动的时候，勇智就知道，父亲和梅菊之间肯定也有事情了。他可真忙啊。

蛮子凭借住在家里的优势，巧妙地把控时间。当梅菊生尽办法终于从多疑丈夫那里脱身，沿途顶着村人不怀好意的眼睛到我们家时，蛮子已经在和父亲一起给妈喂饭了。他们俩一个拿着勺子，一个用手掰妈的嘴巴，配合非常默契。

父亲一看梅菊来了，赶紧回撤身子，对梅菊说："你来得真及时啊，我都急死了，赶紧看看冬雪妈的小腿，有些浮肿了。"

梅菊有点大舌头，说话不清楚，可却带着点小女孩的娇气，"二哥啊，别急，我来按摩一下。"

父亲的口气就像梅菊好久不来，无比期盼。其实，梅菊上午才刚来过一趟。

蛮子在这边突然发出惊慌的叫声。父亲又回头去看蛮子。妈呛住了，那口一直没有咽下去的饭噎在食道里，妈嘴巴张着，呼吸不上来，像一条快被呛死的鱼。于是，他们三个一起，父亲在中间,蛮子在床头,梅菊在床尾,头碰头,认真研究妈的嘴巴和气管。

勇智看见冬竹坐在西屋前窗的那张床上,盯着后墙边正在忙碌的那三个人。他看不到她的表情,但他能感觉到冬竹的失落。

父亲的名声已经败坏。父亲不务正业、不好好种庄稼,父亲好大喜功、惹是生非,父亲敢说敢骂、爱出风头,父亲热嘲冷讽、蔑视那些勤勤恳恳的人,父亲那身终年不变的白衬衫,都早已让人们看不惯。但是,有一项人们无法抹煞父亲,那就是,他的老婆躺在床上七年,依然活着。每隔一段时间,他就背着这可怜的女人到遥远的城市去看病,身无分文时再回来,挣一些钱后,再背着她去找医院,他心无旁骛、一心一意,好像那女人是世间最珍贵的财宝。人们忘记了当年他们彼此间怎样吵架,忘记了他怎样因为常年到处跑而惹得女人生气,忘记了他怎样爱打官司而让女人担惊受怕。人们看着这个男人,一会儿背着女人出去了,一会儿又抬着副担架回来了,女人总是躺在那里,而他,专心低头看着,就好像那是世界上最重要的人。人们被他感动了。在说起他时,人们会说,人家梁光正,也只有那样了。

在村庄里面,梅菊最常出入的是我们家。妈常年需要打针,需要按摩,需要给不断扩大的褥疮上药,这都需要梅菊来。自从蛮子带着小峰住进我们家之后,梅菊来得更勤了。村庄里连着老韩家和老梁家的是一条小路，小路两边各一个大的池塘，池塘四周的空地是梁庄扯闲篇儿的场地和新闻发布中心。人们看着梅菊，穿着白大褂，斜背着个红十字药箱，手里拿着长方形的铝针盒，穿过小路，过梁建明家的矮墙头，闪过梁建宽家的后院，走进我们家。她吃过早饭过去，中午刚吃过饭又去，有时候晚上还要去。

人们心里像长草了似的，慌慌的，带着点兴奋和深深的期待。一个村庄怎能没有风流韵事？前一年村里会计和钱家女人被抓现行，人们疯了一样，整整议论了一个冬天。钱家女人驼背歪头，白发瞎眼，体臭肮脏，大家避之唯恐不及，即使送上门谁又会要呢？而会计，是梁庄最好看也最富有的男人，怎么可能？！那两个人在梁庄所引起的震动程度不亚于一场六级地震，他们也挽救、温暖了那个寒冷而贫瘠的冬天。

梅菊和父亲的事情正好弥补了空档。他因为病妻而被大家颂扬了那么些年，也早该现行了。一个天天哼着小曲穿着干净得不像话的白衬衫的男人，一个上过学见过世面能说会道的男人怎么可能这么多年不偷腥呢？可是，没有人发现确切的证据，只是闲言碎语。虽然梅菊一来，父亲也格外兴奋，更加妙语如珠，但是，他在所有女人面前都这样。

人们不知道，真正发生的是另一个人另一件事情。勇智在心里冷笑着。

七月间，豆角铺天盖地长出来了，秧架上悬满长长的豆角，扯得竹竿的梢头往下弯着，绷得紧紧的，随时要断的样子。我们放暑假了，一家人分工合作，冬竹和冬玉负责摘豆角，蛮子负责做饭照顾妈，父亲拉着架子车去集市上卖，勇智骑自行车，后面驮两个篓子，装满豆角，走乡串户去卖。

可是，在规划蓝图时，父亲忘了，豆角是最易生长和成活的蔬菜，产量也极高，几乎每家都要在地头或自家院子种上短短的那么一两垄，到七月间，开始结果了，自家吃不完，就也拿到集市上去卖。豆角的价格从两毛钱一斤降到一毛一斤，仍然卖不动。父亲早晨拉着满车去镇上，晚上又拉着多半车回来。

勇智带着他的两个死党，骑着自行车，最远到过西里洼，吴镇的最北边，距梁庄有三十里地，山里边了。两毛一毛都卖，到傍晚时分，五分钱也卖过。那两篓豆角，至少两百斤，一天驮下来，像驮着两块大石头在后面。晚上勇智回到家里，屁股就像起火了一样，又热又疼。到第四天，两个死党说死也不去了，勇智又踢又骂，在看了其中一个伙伴的屁股之后，他不骂了，那屁股蛋上磨出了无数个透明的大水泡。勇智的屁股上也有，可他还得去，那地头、窝棚里、家里西屋的豆角压得他喘不过气来。一家人都在忙豆角，陷入到与豆角作战的狂热之中，连躺在床上的妈都给忘了。

豆角地事件留给勇智唯一的印记是，从那以后，勇智几乎每天晚上都要做梦。梦里都是那四条长长的腿，早晨起来以后，他的内裤总有一片黄黄湿湿的精渍。勇智精神恍惚，神情阴郁，觉得自己要命丧双手。

勇智骑着自行车，奋力蹬着，阳光晒他蒸他搓他，他头晕，肚子紧绷，和他在梦中遗精的最后时刻有点像。他保持着这样的兴奋，一直蹬了一个月，直到太阳穴上长出几排粉红色的豆粒，他才觉得那蓄势待发烦躁不安的心情转移到一个新的地方。

他没时间，也没理由去杜鹃家了。他屁股烂着，腿肿着，走路都是瘸的。他从山里骑回来，天已经黑了。他满身臭汗，浑身酸疼，他满脸脓包，黑得像炭，他没办法拿起书，坐在那棵石榴树下读书。他的屁股挨住椅子就像针扎一样。

一个贪婪吝啬的老女人围着他的自行车转了足足一个小时，她拿起每一根豆角，从头看到尾，不停地嘟囔着这根有虫眼，那根中间断了，这根太嫩，那根太老，她迟迟不下决心去买，又不肯离开。他要去看杜鹃，看杜鹃，看杜鹃。他已经十几天没有见她了。

你他妈的到底买不买啊？他想掐死眼前这个不慌不忙衣衫破烂的老女人，她就像一尊丑陋的凶神挡住他见杜鹃的路。一分钱一斤，你全拿去。那个女人看了看他，又开始看豆角，骷髅一样的手捏着豆角，又用肮脏的指甲掐那豆角的皮。一角钱全给你。

他想说，我有事，急着回去呢。可他不愿求这样一个死老太婆。老女人不动声色。他从篓子里掏出豆角，扔到地上，又把篓子里零碎的豆角全捡出来，朝那老女人兜头扔过去，说，"拿去吃屎吧。"

他骑着自行车，疯一样逃离村庄。他听见后面传来苍老尖利的咒骂声。他以最快的速度下到湍水洗个澡，回家换了他唯一的白衬衫。这世界上的白衬衫被父亲穿完了，留给他的并不多。他来到杜鹃家，稳下步子。

杜鹃家的门紧闭着。那棵已经结满火红石榴的石榴树从院子里面冷冷地望着他。

邻居说："勇智过来了？来找杜鹃啊。一放假他们就去城里她哥家了。"

槐树下的豆角也很兴奋，结啊结，怎么也结不完。有许多豆角空长在架子上，变胖变白变金变大，最后夹子裂开，腐烂断掉，落在地上。摘下来的，有许多也都腐烂了，成堆成堆，散发出淹死人的味道。我们每天早晨四点多钟就下地摘菜，九点多回家吃早饭，吃完饭，就去卖菜。吴镇背集的时候，父亲和勇智一人骑一辆车，带两篓子豆角，沿村叫卖。八月多雨，勇智和父亲无法再往岗上和山里面去，路上的黄焦泥会把整个车轮粘起来，一步也挪不了。他们沿着河边的沙石路一路骑过去，看到远处有村庄，就停下来。父亲自己把一只篓子扛到肩膀上，半蹲着，让勇智把另一只篓子放到他的另一个肩膀上,再直起腰来,打着赤脚,进到泥地里,往村庄里面走。

父亲一背起竹篓,勇智就开始挤额头、鼻子上的脓包。它们长在他脸上,蠢蠢欲动,又痒又疼,越来越多,最后,占据了整张脸。他越挤越痒,越痒越烦躁,他想把自行车踢开,想把那些豆角扔到沟里,他胡思乱想,最后,总是想到豆角地里父亲和蛮子奋力踢腾的动作。

"迟到!"

勇智在信的末尾看到这两个长长的字,看到那惊人的感叹号,头"嗡"地震起来,不知身处何处。

他们之间难道不是已经两情相知?他什么时候迟到了?错过了?

他不相信。他一遍遍看自己写的这十二页情书,每次他都会被自己打动。他向她诉说他的思念,诉说暑假找不到她时的失落,诉说一天天去上学时的激动,诉说他在田野里和她并排走时的感觉,夏天的麦浪,秋天的玉米,冬天的大雪,他都一点点回忆出来。他花了两个月时间写这封信,他想象着她一页页看时会心的微笑,他甚至想到她会抬起眼睛朝她家院子里那棵石榴树看,他每次都在那个地方看书等她。

他不相信。仅仅只是转换了地方,升了高中,只是两三个月的时间,他就他妈的"迟到"了?他拿拳头在墙上狠狠地擂,血往外浸着,他一点也不感到疼。

他到处拦截她,上学路上,教室前,家里,他想问她,"迟到"究竟是什么意思。但是,她却打定主意不和他说一句话了。

那一天,勇智在袖口揣一把刀子,站在公路边,等着她过来。他仍然每天等着她,只不过,不是陪着,而是跟着。这是一条热热闹闹的路,很多学生,很多路人,很多车,都要从这里经过。她不需要人陪。

还是那样的她,瘦极了,高极了,背后有光衬着,照得他头晕目眩。他拿出刀子,她看他一眼,继续往前走。勇智举起刀,朝自己的手腕上划了几下,鲜红的血浸出来,他疼得大叫,在她身边转着圈,跳着。

她停下来,伸出手。他乖乖地把刀递到她手上,她手一扬,刀被扔到公路边的水塘中。

她看着他,说:"你这样,也没用。"

勇智呆住了,他听到了她声音中冰冷的气息。他早就从她眉宇间的冷漠看出这一点,但他觉得这不会在他身上发生。

"1987.5.20

剃光头以明志。"

勇智顶着青亮色的头回到家中，坐在西屋的床边，在日记本上写下了第一句话。明什么志？其实他一点也不清楚。他不想去学校，不想学习，不想看见杜鹃，他也不想呆在家里，不想看见父亲和蛮子。父亲把自己过成笑话，过成话题了。他带着蛮子在村里到处走，告诉人家，蛮子现在是他老婆了。等他走过去，每个人都哈哈笑，"是哩，蛮子早就是他老婆了，他老婆还没死就是他老婆了。"

勇智无处可去。

父亲看到他的头，气得摔下筷子。蛮子也气愤愤的，以为这是在向她示威。她不停地给父亲夹菜，捅父亲的胳膊，又给父亲使眼色，以彰显两个人同仇敌忾的战线。

这个小个子、劲头十足的女人，一天天把爱穿白衬衫白袜子的父亲打扮成了乞丐，那是父亲一生中最像农民的时间。满面愁苦，不修边幅，每天下地干活，回来后又去磨豆腐，磨完豆腐又去打凉粉。在蛮子的带领下，父亲忙得连哼个小曲儿、说个俏皮话都没时间。他不明白，父亲怎么会喜欢这个女人？

妈活着的时候，尽管也是被别人观看的对象，可是，父亲是他本来的样子，哼着曲子说着笑话，有点钱，就带勇智到镇上去逛街看戏，和勇智的狐朋狗友谈天说地，他说姊妹之间可以互相叫名字，那些小朋友也可以直呼他的名字。这开明平等的姿态可把那些小朋友迷住了。于是，勇智的死党、冬雪的大学同学、冬竹要好的高中同学都变成了父亲的朋友，大家围在父亲身边，仰着脸着迷地听父亲谈他的革命往事，学着父亲的样子针砭时事嬉笑怒骂。勇智非常骄傲。在他心里，谁也没有我们家尊贵，谁也没有父亲开明，哪怕是梁庄最有学问、最神秘的中学教师——杜鹃的父亲。所以，他敢于坐在杜鹃家门口，敢于走进那间闻名一方的书房。

现在，父亲的腰弯了，说话的声音也变了，小心翼翼、低声下气，笑嘻嘻的，跟在蛮子屁股后面转。有时候，他们躲在东屋，很长时间不出来。那半个门帘垂下来，静悄悄的。

那薄薄的肮脏门帘阻隔了他和父亲之间的关系。从他记事起，它就挂在那里，他从来没有注意过它，也从来不觉得它是阻碍。现在，它歪在门框上，嘲笑地看着他。

"梁光正，你叛变了。你背叛了我妈，背叛了你的四个孩子，背叛了你自己。"勇智一笔一划地写着。他觉得有另外一个自己，正在观察、理解他和他的生活。他和他对话，也和他辩驳。

那十二页情书留下的最大后遗症就是，他喜欢上了写日记，喜欢上了自言自语。

家里的人越来越多，那一群女人发出刺耳的笑声，胆大的还往他身上蹭来蹭去，拿他脸上四处蔓生的青春痘开玩笑。她们对他的黑脸毫不在意,对他突如其来的暴怒还以更加放肆的笑声。他鄙夷地看着她们为父亲争风吃醋、明争暗斗,看着那女人愚笨地维护自己的主权。

空气中充斥着麦冬挥发出的尿骚味儿,走哪儿都躲不开。父亲又亢奋起来,哼着小曲儿,彻夜坐在火炕前,耐心地翻动、查看、填火、封火,到处找人讲他的麦冬,他的雄伟大业,逮住机会就要和勇智、冬竹规划蓝图。勇智一听到"我们来算算"就起身跑了。麦冬是父亲一生数不清的创业之一,是继豆角经济失败和妈去世后父亲慎重选择的项目。他给他的忠实听众画了一个最大的饼,饼上面有各种各样的水果,有厚厚的肉片,肥实的蘑菇,还有芝麻香油洋葱青椒,美味无比。饼还没有影子呢,所有人已经闻到了香气。

有一天晚上,勇智又是很晚才回家。东屋的门敞着,帘子也半掀着。父亲正坐在火炕边专心检查麦冬的情况。听到响声,喊了一声:"勇智你过来。"

勇智站住了。他不想往东屋去。

父亲把炕边堆起的麦冬往炕中央推,干爽的麦冬互相碰撞着,发出清脆的声音,父亲几乎整个身体都扑倒进炕里,把麦冬平铺到炕的每个角落,又起身从炕下面的灶坑里拿出几根烧得红红的木头段,放进旁边的桶里,一阵"嗞嗞"的声音,桶里冒出黑烟。

父亲拍着手,往堂屋走,边走边说:"到下半夜,火就得小,不然,麦冬就炕煳了。"

父亲看勇智仍然站着,说:"坐,坐啊。"

父子俩突然客气起来,还有点郑重,彼此不知道如何是好。

父亲说:"你看麦冬也收了,收成不错,超出估算,今年咱家应该有转机了。"

勇智垂着头,没有说话。

父亲说:"小峰他妈也不容易,天天忙,我想着……唉……"父亲有话说不出口。他话锋一转,说:"你晚上都去干啥了?天天不着家,不管咋样,学习是第一位。以后咱们家经济好了,学费啥的再也不用作难了。"

勇智的声音嗡嗡的,带着一丝岔音说:"我不想上了。"

父亲从圈椅上站起来,"为啥?你老师天天夸你,都快把你当神敬了,你不上了?你糟蹋你自己啊。我拼死拼活供你,就是想着你能上个大学。"

勇智"嗤"了一声,"你拼死拼活是为我?"

父亲说:"不为你为谁?我不为你姊妹们,我为谁?"

勇智说:"谁知道你为谁,反正我不想上了。"

父亲说:"你不想上了?为那个杜鹃?那是个啥女子?一张白纸,啥也不是。"

勇智跳了起来，"人家咋就是一张白纸？"

父亲放缓语气，那腔调就好像是一个经验丰富的好哥们儿以过来人的身份劝说勇智："勇智，人一生不能为女人所困。心里得有根弦，得有个奔头，不然活着活着就散了。再说，杜鹃根本不适合你。"

"凭啥说杜鹃不适合我？我就觉得适合我。"

"你也不看看人家啥家庭？"

勇智的心像被划了一片又一片，他从来不觉得他家庭怎样，从来没有，可现在，连父亲都觉得自己不行了。那个骄傲大笑、勇战四方的父亲不见了，只剩下一个衣衫破烂的、懦弱的男人。

你才被女人所困呢。你的奔头在哪儿？奔着奔着不还是奔到泥坑里了？你没资格说我。

勇智回到西屋，把门反插上。前窗的床上，冬竹沉沉睡着，冬玉的眼睛瞪得大大的，看着他。他朝她挥了挥拳头，肯定是冬玉告的状，不然，父亲怎么知道杜鹃的事情。冬玉赶紧闭上眼。勇智躺在妈躺了八年的床上，觉得黑暗浸透了全身，他像妈一样，四肢伸着，浑身僵硬，一动不动地躺着，他想象着妈在看着他，抱着他。他想哭，可是哭不出来。

隔几天的一个中午，冬雪回来了。她从县城回到镇上，去高中拜访了勇智的班主任，回来之后，就拎着棍子，站在院子里，等勇智回来。一看到勇智手插在裤兜里吹着口哨满不在乎地出现在她面前,抡起棍子就朝他打,嘴里嚷着:"我叫你不上学!我叫你不上学!"

勇智蹦跳着,绕着老枣树、苦楝树来回跑,他和冬雪绕圈玩儿。

跑了几圈,冬雪眼看追不上勇智,她把棍子一扬,朝勇智扔了过去。棍子打中勇智的胳膊,又撞到腿上,勇智"哎哟"一声蹲了下去。

冬雪气喘吁吁地坐在石凳上,喊着:"勇智,你给我过来。"

勇智一蹦一跳,乖乖过去了。他这才看见,蛮子也在家里,正假装忙碌,进进出出,每进出一次都朝这边张望。冬竹和冬玉站在院子的另一个角落,不敢往前凑。

"你说,你有多久没进班了?"

有多久没有进班了?他听见老师说话头就晕,书中的字、工程式、化学式,在他眼前晃来晃去,他根本看不清是什么。他不想到学校。不想看见杜鹃。不想回家。他偷偷离开过家,整整三天,没有一个人发现。他割自己的手腕,薄薄的刀刃轻轻划过去,看着血一点点浸出来,他觉得痛快无比。痛快极了,就好像他报复了谁。

勇智低着头。

"你知道你的成绩吗?每一科都不及格,你是全班倒数第一,你知道吗？你丢不丢人？你还天才呢？你连蠢材都不是，你是个笨蛋蠢猪大傻瓜。"

勇智是天才。这不是个笑话。是梁庄小学所有老师的结论。勇智记得那荣耀，他代表梁庄小学参加全镇所有学科的竞赛，数学、语文、作文，每次都是第一名。他的作文被贴在镇政府的公告栏里，每个到镇政府的人，每个到镇上赶集的人都可以看到。

"去，把棍子给我捡过来。"

勇智一动不动。

"冬玉，把棍子拿过来。"

冬玉也不动。冬雪朝她瞪了一眼。冬玉弯着腰，把棍子捡起来递给冬雪。

冬雪抡起棍子，朝勇智的屁股一下一下刷。每刷一下，勇智全身抖一下。冬玉在一旁也跟着发抖。

蛮子在门口看着，看冬雪越刷越重，就走过来，说："勇智也是一时偷懒……"

冬雪说："你别管，这儿没你的事儿。"

蛮子就又回去了，钻到屋子里再没有出来。

"勇智，你啥时候说你改了，我就不打了。"

勇智别着头，也不跑也不说也不动。

冬雪扔下棍子，突然哭起来，说："我挣的每一分钱都拿回来，你们都干些啥啊?"

父亲一直没有出现。勇智知道是父亲给冬雪告了状。他知道勇智要挨揍,自己先躲起来了。

勇智发现父亲呆坐在装满麦冬的麻袋前,神情古怪,有些发愁、害怕,夹杂着一点赌徒式的兴奋。东屋墙角的麻袋越来越多,也越堆越高,都快漫溢到帘子外面了。有时家里也会来一堆人,有镇上种麦冬最多的人,有那些跟风种几分地的麦冬却又极为看重这点收成的人,也有那些什么也不种只是关心这场事故的人。他们蹲在院子里,骂着,议论着,闷着头,一支接一支地抽烟。更多的时候,是父亲和镇上大张旗鼓收麦冬的那家男主人在东屋里窃窃私语着。勇智在那帘子外来回走着,侧着耳朵听里面的声音。

他听到那个叫五叔的男人说:"得去广州。"

父亲说:"那把我的麦冬也装上。我也出部分路费。"

五叔说:"我一个人去不行。得找人看车,看麦冬。"

勇智掀开帘子,站在他们面前,挺了挺粗壮厚实的肩膀,说:"我去。"

十七岁的勇智站在广州的街头,骄傲,孤独,伤心无比。玫红色的杜鹃花一簇簇一簇簇,没心没肺地开着,路边山坡墙角,四处蔓延，走到哪儿，都跟着他。杜鹃，杜鹃，到处都是杜鹃。他没有想到他来到广州，却比任何地方更经常地看到杜鹃。他掐着那花，一朵朵揉碎，扔到地上，一抬头，更多更茂盛的杜鹃花在他前后左右开着。

两辆大卡车停靠在一个小巷子拐角的地方，旁边是一堵破旧的墙，墙上长满绿霉，像一块块揭不下来的癞皮癣。小巷逼仄，两边的楼近得几乎能手拉手，后来勇智知道这叫"骑手楼"，一根根竹竿插在两端，衬衫、裤子、胸罩、内裤搭在上面，随风飘着，人走在巷子里，就像走在男人女人的裤裆下。五叔带着司机，每天早出晚归，手里捏着一个宝贝般的信封，上面有那南方人的地址。勇智守着大卡车，热得不知道怎么办，他想钻进他们住的小旅馆里面，却又害怕万一谁来偷走麦冬。驾驶室像蒸笼，进去一会儿全身就像下雨一样哗哗流汗。他害怕车厢突然坍塌，卡车突然往前走，他想象着自己被压成烂泥巴的样子。他站在巷子尽头，极力往里面张望，看见一些和他差不多年龄的男孩穿着裤腿极细裤角却极宽的喇叭花一样的裤子，顶着一头炸上天的鸡窝，走着扭着，扭着走着，消失在巷子另一头。

那一天，日头像下毒了。他躲到驾驶室，驾驶室像蒸笼，躲到卡车车厢下面，车厢底座像着了火，烤得他脸起皮，浑身下雨。他觉得自己正在一点点被蒸干，渴得厉害，他想到巷子楼底下的阴影中去，他看到有风从那阴暗的房间里吹出来，他需要一丝风，需要一点水。迷迷糊糊中，他走进了巷子，凉气扑上来，把身上的雨给收走了，饭菜的香味儿绕着他，从巷子深处传来打打杀杀、轻歌软语的声音，他跟着它们走，上坡下坡，东拐西拐，"音乐茶室"、"录像厅"、"维也纳理发店"、小吃店、药店，色彩各异、宽窄不同的牌子竖在一个个门口，和横着的竹竿交织一起，参差互见，热闹非凡。他往那玻璃门内看，打麻将的人，喝茶的人，吃饭的人，拎着录音机在门口说笑打闹的人，自在闲适，好像生活从来如此。他被那些人脸上的神情所迷惑，在他的生活中，没有这样的表情。在他那里，每个人都歇斯底里，你争我斗，面目扭曲，即使如父亲那般大笑，也是虚张声势，如同表演给别人看。

一个少年站在一家录像厅的门口朝他笑，腿抖动着，嘴里叼一根牙签，他的皮肤黑极了，瘦如刀片，露着闪亮刺目的白牙。他走了过去，看小黑板上的"今日录像"，有《快餐车》《警察故事》《龙兄虎弟》《天赐良缘》《开心鬼撞鬼》等等。

勇智指着小黑板，对那个少年说，"这些我看过。"

他一张嘴说话，就发现自己的舌头太硬，太不灵便。那少年盯着他，眼睛绕着他肌肉发达的胳膊和青皮头壳来回转，然后，掀开厚厚的帘子，朝勇智歪了歪头。喧闹的声音轰然炸起，枪声、摩托车飞驰的声音、悲情的音乐声起劲地响，荧幕上，周润发嘴里叼一根牙签，戴着墨镜，正朝他笑。

"小马哥，"那少年指着屏幕说，"《英雄本色》，刚上映，一会儿我们专场再看。"

那少年带着他，跨过一个个张着嘴流着哈喇子入迷地看电影的人，走到另一头，掀开帘子，到了巷子后面。一群少年，吸着烟，东倒西歪地站着。一个领头的少年朝他伸出拳头，他也伸出拳头，两只拳头相互顶了一下，彼此笑了笑，对上了暗号。

就像太阳突然消失，他浑身清爽，陌生的小巷，凄惨的绿霉，鸟叫一样难听的语言，都不再成为障碍。在广州的那个小巷，他混上了街头，光着膀子，和那领头少年并排走到前面，在纵横交织的小巷里来回巡视。坐在录像厅的最前排，看《英雄本色》《警察兄弟》和一些他从来没有听说过的外国片，有时也守着卡车，风马牛不相及地聊着天，掏着麻袋里面的麦冬咯嘣嘣地咬着玩。他第一次和人讲起杜鹃，杜鹃的身高杜鹃的瘦杜鹃怎么走向他，他不说杜鹃美，他从来不觉得杜鹃有多美，可听的那些少年都觉得杜鹃美。当听说他割自己手腕时，那群少年竟然露出崇拜和敬佩的神情。为爱而狂，为爱而死，那是英雄才能做到的事情，谁不向往？

到广州的第十天，天还没黑，五叔和司机就回来了。他和那群少年坐在卡车的阴影里，正商量着和另一帮派几天后的约架。

其中一个司机爬到车厢上,解着绳索,掀盖在麦冬上的帆布,一边喊着:"我等不了了,我要回家。"

五叔的脸黑着,像家里死了人一样。他们终于找到了那南方人,可那人比他们还惨,去年冬天收来的麦冬还堆在阴暗潮湿的房间里受潮发霉。那男人摧毁了他们的信心,他们想不到西装革履气宇轩昂的南方人竟然住那样破烂的房子,穿那样破旧的衣服。这样的人,怎么可能卖掉这几十吨麦冬呢!

那司机开始往下扔麻袋,说:"五叔,我运费不要了,我那十来袋麦冬也不要了,你们在这儿守吧。守住了,都算你的。我是非走不可。"

那些被他扔下来的麻袋松了口,金黄色的麦冬哗啦啦往下撒。巷子里的人听到了吵闹声,睁大诧异的眼睛看这几个外乡人,看高高车厢上那男人虚弱的愤怒和车下男人绝望的哀嚎。

五叔扑过去,张着身体去挡那瀑布一样往下落的麦冬,"别这样啊,还有希望啊,那广州佬不也要卖他的麦冬吗?咱们一起跑市场。"

那司机说:"别再说跑市场了,市场在哪儿?你看看市场在哪儿?谁管你?谁理你?"

麦冬打在五叔身上,四溅开来,疼得他龇牙咧嘴,但他顾不得这些,在哗啦啦的麦冬雨中,仰头朝上面喊:"再等等,再等几天试试,我给你加工钱,加运输费。"

那司机不听,继续往下扔麻袋。五叔躲闪着,跳到一边,瘫坐在地上。

勇智和几个少年翻上车厢,开始帮忙,他们把帆布铺在靠墙角的地上,把乱七八糟的麻袋拖到一起,垛出战壕一样的四方阵。几个少年立刻在四方阵里打闹起来。

五叔和另外一个司机各扛一小袋金黄的麦冬,有时也带着勇智,和那个广州佬一起去跑市场。他们去找之前和广州佬联系过的批发商,那些批发商避而不见,又去找药店、医院、诊所,没有人要,柜台里的药剂师一听卖的是麦冬,就摇摇头,露出怜悯的微笑,那神情好像已经预见了五叔的破产。

那广州佬说:"不然我们去拜访几个倒爷,你要做好准备,倒爷们心都太狠,价压得很低。"

五叔说:"不管心狠不狠的,只要能卖出去就行了。"

那是勇智第一次听说"倒爷"这个词。他以为"倒爷"一定是戴着金项链穿着丝质衣服,把腿翘在办公桌上,谈笑间灰飞烟灭的样子。他们去的时候,广州佬说的那个倒爷正睡在一大堆皮夹克上,风扇呼呼吹在头上,那人眉毛一纵一纵,嘴巴抽搐着,好像在梦里和人撕打。

广州佬低声说:"不要小瞧这个人,身家至少几十万。也是枪林弹雨中混出来的。"

勇智看到来自吴镇的五叔,这个传说中也有十几万身家的人,小心翼翼地走动,生怕惊动了眼前这位财神爷。

那倒爷醒来,拿旁边的毛巾擦汗,看着眼前奇怪的卑躬屈膝的三个人,哈哈笑起来,对广州佬说:"这就是你说的河南来的人?"

他把肥厚的手伸向五叔,紧紧握住,晃了又晃,说:"老家来的人啊。我祖上就是中原人,南阳方城人。我家有祖谱,能上溯到北宋时期,那时我家也是书香门第。"

五叔狠晃着对方的手,也像他乡遇旧知,"方城啊,离我们穰县不远,真是亲人啊,你啥时候回老家,我全程安排。"

那倒爷说:"你们时间宝贵,我就开门见山。麦冬不行。现在形势是好,像我这批皮夹克,到俄罗斯,那就得翻四五倍。不过,还得过海关,还得防备国家查,有风险。冒多大险,就能挣多少钱。要倒,就得倒大的,木材,钢材,电器,你有门路,这几样最赚钱。拿到一个批条,你再卖出去,那可是成千上万。一开始那小倒小卖都不行了,你还得摸着政策走。药材最难。国家一不收购,门儿都没有。"

广州佬在一旁露出不信任的表情。这倒爷收过他的麦冬,当时,他的价位压得最低。

倒爷看看广州佬的表情，说："现在不是价格不价格的问题，关键是，就没地方要。你们这消息太晚了。都过了四五轮了，你们才开始做，能行吗？先前我们收过来，再卖给国家，中间有差价。现在国家不要了，谁敢囤啊？它还不像沉香之类的名贵药材，早晚保值保价。"

那倒爷又兴致勃勃地讲他们去北京、去俄罗斯的惊险奇遇，讲他们睡在硬皮火车里，把蛇皮袋、麻袋塞在座位下面，从广州到北京，又从北京到俄罗斯，一路过去，换了五次货，赚了五次钱。五叔像没听见一样，脸色越来越难看。

从倒爷家出来，广州佬说："别都信他的，吹牛皮不缴税。他要是真发财了，他还会睡在这烂仓库里？"

五叔说："不信人家的，我信你，可信到哪儿了？"

广州佬说："也不是没有一点门路，收不收，上面一句话。不然，我们再去找当官的，找管药材的领导，给人家送送礼，试试看？"

五叔说："钱在哪儿啊？我食堂没了，借人家的高利贷，亲戚我都借遍了，我到哪儿再借钱啊？"

回到小巷的旅馆里，五叔先抱着从家里带来的兰秀亭酒狂灌一通，呜呜哭。哭完之后，拉着勇智和司机去小饭馆吃饭，再接着喝，喝完吐，吐完又哭。

大部分时候,勇智和那帮少年都在录像厅里消磨时间,回来后就和小旅馆前台的漂亮小姑娘驴唇不对马嘴地聊天,他要锻炼自己的语言,以和小伙伴们更流畅地交流。他想,要是有一天,他也能在吴镇上开个录像厅,那该多好,他就有看不完的带子,他就可以谁也不想哪儿也不去,他就可以忘掉杜鹃。

那一天就到了。那个领头少年把正在"战壕"里呼呼大睡的勇智踢醒。勇智坐在他的单车后面,一群孩子,打着车铃,飞一般地往巷子外的大路上奔。风吹着他,带着些潮湿和凉意,他终于看到杜鹃花之外各种各样的花和繁茂的植物,那些树、枝条相互缠绕在一起,脱了线似的肥壮,从那些线条中,他能感觉到它们的自由和放肆。他莫名地就高兴起来,他吹起了口哨,"小小少年,很少烦恼,眼望四周阳光照",这是他的绝招,凡听过他口哨的,无不佩服得五体投地。轮子滑过地面,沙沙沙,链条挟着风,发出不间断的铛铛声,带着金属的清亮,中间是极为短暂的空虚的风声,是轮子里面钢条与钢条之间的空档经过风时的声音,这是他听过的最好听、最诱人的声音,他觉得自己在前进,在接近自由,在越来越轻,越来越快乐。

突然的转弯之后,一阵鱼腥味儿和臭味儿窜入空气中。一条河出现在视线里,两岸是随意蔓延无处不至的芦苇,水边停着一些破烂小船。那些小船就像长在水中,一动不动,被肮脏的水、垃圾和翻着白肚的死鱼包围着。一群少年站在河拐弯处的开阔地上，身后的自行车歪七竖八地倒在地上。

勇智他们跳下自行车，扔开，朝对方走过去，在彼此不到一米的地方，停了下来。对面中间的那个少年往前跨了两步，嘴里竟然也叼着个牙签，两方的人马几乎要碰到一起了，他们的眼睛一眼不眨地逼视着对方，像不共戴天，有着深仇大恨的世代仇人。勇智感觉他的小刀在裤子口袋里乱跳。

不知道是谁吼了一声，少年们从书包里掏出砖头铁棍链条砍刀，勇智也掏出小刀，握在手中，用手指轻轻滑过锋利而熟悉的刀刃，那刀刃散发着躁动的气息，正等待他发出指令。

勇智这边的领头少年突然往后退了两步，其他人也往后退了几步，留下他孤零零地站在前面。勇智有点惊慌，不知道发生了什么，他不由自主地举起手中的刀，乱舞着，对面的那少年手里拿一个带钩的铁棍，上下舞动着，朝他身体不同部位戳。勇智的刀子被对方的铁棍打掉，铁棍击打在他的手指和胳膊上，钻心的疼，在后腰挨了一记闷棍之后，他扑头倒在了沙滩上。他看到他的那帮朋友也在朝他挥舞着棍子，他看到他这边的领头少年朝他身上吐唾沫，嘴里大叫着："一个外佬，还想抢我的马子！""马子"？他突然想起来，有好几次他和小旅馆的姑娘聊天时，那少年远远地看着他，他还炫耀般地向他眨眨眼，意思是看他怎样勾引女孩儿。

勇智一个人躺在沙泥地上。沙地里的热蒸气浸到他骨髓里，他觉得浑身都烧起来，血管扩张得厉害，每个骨头、每个关节都通了，血在里面哗哗地、不受任何阻碍地循环着。他清醒得厉害。

他看见自己站在杜鹃面前，拦着她，不让她过去，他看见大雪时杜鹃前后张望的眼睛，他看见刀划过手腕时自己得意的神情。没有什么两人世界，也没有什么风花雪月。杜鹃是在王营中学上学，那做教师的父亲担心女儿被镇上的小流氓惦记，就把她送到乡下中学去。而他，梁勇智，正是她父亲担心的那类人，正是被镇初中开除的小流氓，那时候他还不知道自己是小流氓。他和同伴往学校后面的露天化粪池里丢砖头，听里面女生的尖叫声，他把断了尾巴的小蜥蜴放在课桌的粉笔盒里，看语文老师恐怖的表情，他抓住一个瘦小男生的衣领，从教室后面提到教室前面，再从前面提到后面。他别着那把小刀，在河坡里晃荡，砍断新栽的树苗，拔出正在落花的花生秧，抓捕在芦苇荡里散步的野鸭。他无所事事，满腔愤懑。

他一直在为自己编造谎话。杜鹃从来没有喜欢过他，她看见他时充满冷漠和厌恶。怎么可能呢？杜鹃的父亲是吴镇高中著名的数学老师，妈妈是梁庄小学的语文老师，她的哥哥在县城上班，他们一家是梁庄的贵族，他们怎么会看得上一个农民的儿子且还有个病人的贫苦家庭呢?

太阳升得很高,热气环绕着他,显出波浪般的水纹。他感到自己身上的水分在逐渐失去,他的嘴巴张着,眼睛闭着,再躺下去,他会死的。他爬起来,把背心脱下来,用嘴巴咬住背心,用右手紧紧扎住正在流血的左胳膊。这些在电影里看到的情节,居然都派上了用场。

他捂着伤口,到小巷另一头的小诊所包扎。录像厅前,那领头少年正站在门口,搂着旅馆姑娘,看着他,眼神里说不清楚是复仇之后的轻松,还是内疚。都无所谓了。他看了那姑娘一眼,不由得冷笑,她怎么能和杜鹃比?他们太高看自己的姑娘了。他面无表情,冷冷地走过去。直到勇智离开广州,他们彼此间再也没说过话。小巷里的打杀声,小马哥仗义的声音仍然能够传到他的耳朵里,不过已经和他没有任何关系了。快意恩仇江湖英雄全是瞎编的,现实里全是一群王八蛋,阴险小人,卑劣无比。他唯一感到难过的是他的小刀不见了,他像失去了老朋友一样有点莫名伤感,他想念他手触摸着刀刃时冰凉而又锋利的感觉。

五叔每天都在大醉中。他打电报给家里,让他老婆又寄500元,他要托关系送礼给那些当官的,他要让他们给他批条子,收购他的麦冬。可500元花完了,他也没见到那些当官的。喝醉之后,五叔又哭又唱,拖着麻袋来回转圈,麦冬撒满一地,他使劲踩着,把麦冬塞进嘴里,嘎嘣嘣地咬,吐出来,再塞,再咬,然后,不省人事地睡去。勇智只好天天睡在战壕里,看护麦冬,也看护五叔。随时而来的阵雨浇在帆布上,又透过地面浸到麻袋里,把干燥的金黄麦冬重又变回成圆滚滚的珍珠白。帆布揭来盖去,东扯西拉,很多麻袋裸露在外面,五叔看见像没有看见。

第二十三天。五叔的钱花完了。另外一个司机不知什么时候也离开了。

两个人像被困在孤岛上。周边是垃圾一样甩得严严实实的、让人窒息的麦冬。有一天,难得清醒的五叔在旅馆的房间里认真地数钱。几张淡青的老人头,一些毛票和钢镚零乱地铺在床上。五叔让他把身上的钱也掏出来,凑在一起,共53.5元。

他们到广州火车站,他买一张回穰县的火车票,五叔买一张到天水的火车票。天水。他记得很清楚,那是他第一次听说这个地名,觉得像天边一样远,一个又美又凶险的地方。

他一路都在做噩梦。那几十个装满麦冬的圆滚滚的麻袋压在他脑子里,他恍恍惚惚到处都是麦冬,它们往他身上掉,瀑布样,密密实实地压过来,他怎么爬也爬不出来。

勇智再也没有见过五叔。他也没有告诉任何人五叔去往哪里。他只说他们在火车站分手,各自走了。人们说,五叔逃债走了,不敢回来了,有人说五叔早已死在外面了,也有人说五叔在天水那儿又娶妻生子，说的人信誓旦旦，说在天水街头远远地看到过五叔。

无所事事地躺在"战壕"里的时候，勇智扯着伸到他头顶的杜鹃花，一瓣一瓣，他把它们夹到书中，一页页，夹满，直到那本书也变成半张开的花瓣。那本书的名字叫《少年维特之烦恼》，是他从杜鹃家的书房里偷出来的，他一直随身带着。其实他不喜欢世故的、过分懂事的夏绿蒂，不喜欢哭哭啼啼要自杀的穿得花里胡哨的维特，但不知为什么，他对这本书很着迷，一而再，再而三地去读。他把书压到旅馆厚厚的床垫下面，等他再翻开时，那花瓣一朵朵印在文字上，淡淡的粉红的印痕。他要把这本书送给杜鹃。把杜鹃花送给杜鹃。这个点子让他有些兴奋。

那时，他还不知道，那火红的漫天开着的不是杜鹃花，而是三角梅。

小峰来了

冬玉不知道自己慌些啥。拿箱子箱子掉，放牛奶牛奶洒，去幼儿园接孩子吧，孩子忘那儿，自己回来了。红旗给冬玉发了好几次脾气，他以为她又犯病了。他总是这样，好像冬玉真有什么病似的。冬玉不过是容易焦虑，好紧张，对事情太上心，有时候爱吵他，他就觉得冬玉有病。打牌也总跑神，为这，父亲不止一次把牌摔了，他最气愤大家打牌的时候接电话，发癔症，说闲话。打牌就是打牌。他不知道大家其实都只是陪他打。冬竹又在那儿研究冬玉，好像能看穿冬玉似的，她说你慌什么慌，又会出什么事呢,至多爹给人家打打电话,聊两句,他还能生出什么幺蛾子。冬玉说冬竹你太天真了。她从来都不信任父亲。就像勇智说的,要想叫父亲消停,那是白日做大梦,想都别想。

冬玉的头就又开始疼了。耳边总有尖利的声音嘶嘶响着,像只小野兽住在里面。她脑子里总不停地闪着蛮子的脸,那张小得可怜的、愁苦的脸,还有那双仍然偏执的眼睛。冬玉记得这偏执。她谁也不看,只盯着眼前的活儿,拼命干,她以为把活儿干好她的命就变好了。可你看她的手,十个手指头都是黑青色了,大夏天还炸着口子。

果然,从汉中回来不到十天,一个中午,冬雪打来电话,让冬玉马上到她家去。她说是父亲让叫的,勇智已经从吴镇出发往她家来。

一个黑塔样的年轻男人站在蛮子旁边。大夏天的,衣衫整齐,袖口紧扣,穿着长裤,脸色阴郁,看起来有点怪异。蛮子站在他旁边,像个小矮人,巴巴结结的,看见冬玉,马上转头去拉那年轻男人,说:"小峰,你玉姐来了。"

那年轻男人摆脱蛮子的胳膊,转脸看了看冬玉,嘴角稍微动了下,露出一点不情愿的笑意。那眼睛里的黑色聚在一起,闪人眼。他左胳膊上架一根三角头的拐杖,他转脸向着冬玉的时候,拐杖先往这边挪了挪,稳住重心。

冬玉呼吸困难,眼前一阵发黑,耳边的尖叫声更大了,太阳穴通通跳着,抽着疼。他身上散发着危险的气息,隔着蛮子,隔着空气,朝冬玉压过来。

父亲坐在客厅中间的沙发上,充满期待地看着大家。冬雪站在客厅最里面的立柜旁,面带嘲讽,又有点心神不宁地看着父亲。冬竹站在门边,惶惶不安,双手交互紧紧捏着,眼睛来回转,轮流看着大家,一副随时要哭,又随时想要逃走的样子。

她看父亲在看冬玉,赶紧捅捅冬玉,说:"是小峰啊,小峰,你认不出来了?"

冬玉当然知道这是小峰。可这怎么会是小峰?这不是小峰。小峰小小的,瘦瘦的,灵活得像个猴子似的,一天到晚咯咯笑。

父亲在一旁坐着,高声说:"冬玉,你看看小峰,长多高了,在路上见,你肯定认不出来了。"

冬玉没忘,他长在冬玉心里。那黑亮的眼睛一直朝冬玉笑。玉姐玉姐姐,玉姐抱抱。冬玉做梦都听见这叫声。

"看,我说吧,都认不出来了。"冬玉听见父亲大笑着说。没有人回应他的笑声。那虚张声势的、隐藏着一些内容的笑,隔了二十几年,又回来了。一切又回到了原来的模式。冬雪还来不及表现她的善良,就被那随之而来的沉重后果给压得喘不过气,直到发狂。冬竹呢,在一旁揣测着每个人心中的秘密。只有父亲,满怀希望和梦想。

小峰的拐杖点着地,左手用劲在拐杖中间的三角支架上撑一下,左脚抬起,身体往前挪了一步,放下去,右脚出去,接着是下一步,他的动作很熟练,幅度不是很大,身体扭曲也不是很严重,但还是能看出来他的左腿伸不直,大腿和小腿的关节处像有什么东西连着,无法打开。他走向客厅侧边的沙发,拐杖捣在木地板上,那声音沉重,又小心翼翼,点到就马上起来,好像害怕那声音停留太久引起别人的注意。一屋子人看着他走过去,坐到沙发上。那沙发立时陷了一个大坑,他的屁股在上面努力转几下,试图在破旧窄小的沙发里找到合适位置,让自己沉下去。

蛮子在一旁,赔着笑,说:"小峰听说了,非要来看你们。"

冬玉记得那尖叫,记得那哭声,记得他走时那看着她的眼睛,黑亮黑亮的,冬玉一直记得,它们整夜整夜在她脑子里喧闹,像谷种一样,种下来,一直在发芽生长。这么多年,冬玉拼命要忘记它,拼命把它压下去,让它枯萎、熄灭,直到死亡。它被她包在梦里和偏头疼里,紧紧包着,和现实绝缘,和真实的感情绝缘。她决不让它影响自己的生活。

父亲又说:"冬玉,小峰来了,你那时候可是最稀罕他,他连他妈都不要了,只跟你睡。"

我稀罕他？我稀罕他吗？两个没人管的孩子，他们只能在一起，互相取暖，那是本能，不是感情。

冬玉不知道如何回应父亲。小峰在专心安置他的两条腿，一会儿跷在一起，一会儿又并着，他的躯体太庞大了，他不知道该怎样安置。

冬玉发不出父亲所要求的感叹和亲热，也说不出客套话。

蛮子挪到小峰旁边，坐在沙发沿上，对小峰说："你可忘了？你回汉中，还哭了好几个月呢，哭着要找你玉姐。"

玉姐抱抱。玉姐抱抱。他喜欢伸着双手求冬玉抱他，他像只猴子，紧紧贴着冬玉。玉姐抱抱。玉姐抱抱。他伸着胳膊，尖叫着，哭喊着，那胳膊被包得严严实实，整个身体也被纱布裹着，只有胳膊能伸出一点点。泪水糊住冬玉的眼睛。玉姐抱抱，玉姐抱抱。冬玉远远站着，脚像被钉住了，一步也动不了，她动不了，她浑身发抖，看着躺在锅里的小峰，浑身沾满面糊的小峰，全身发亮起着脓泡的小峰。那时冬玉没有走过去，就永远走不过去了。

小峰抬起眼睛，看冬玉一眼，嘴角露出礼貌的笑意，眼里的亮光又闪了闪。冬玉也笑了笑，眼泪被压了回去。

蛮子又拉着小峰的胳膊，想把他的袖子捋起来，嘴里说着："冬玉你看，还留有疤。"

冬玉一阵窒息，感觉快要晕倒。我不要看，不要看。可是冬玉很想看。她一直想看。她想知道他的身体到底是什么样子,想极了。小峰挡住蛮子,把袖口往下拉,盖好。

蛮子抱歉地对大家说:"他可犟,不愿意让人看。"

"小峰在哪儿打工?"冬雪问。她的声音很平淡,奇怪的压抑着的平淡。冬玉能听出她隐藏着的感情。她不想流露她的感情。

"东北。"蛮子替小峰回答说。

"咋跑东北?天寒地冻的。"

"有一年跑到大兴安岭山里边,一年都没个信儿,还以为他咋了呢,年二十八回来,还没入春就又要走,就不好好在家待着。"蛮子说。

"那边工资高不高?"

"高啥高,这些年从来没见过他给钱,有好几年还是我寄钱去,他才回来,一年到头连路费都没赚来。"蛮子又说。

蛮子以前不是爱说话的人。冬玉只记得她一言不发,嘴唇咬着干活的情形。

小峰晃着腿,不太耐烦的样子。

父亲发出咳嗽,"啪"一声,一口痰应声钻到了冬雪家门口的那个鞋柜底下,"我正想说呢……"

父亲的话还没说出来,门开了,勇智进来了,喘着大气,他太胖了,上个五层楼就累得不行。他很少到冬雪家来。

父亲看着勇智，又看看冬雪。他在等冬雪给勇智介绍小峰。没人看他。父亲只好自己说："勇智，小峰来了。"

勇智朝坐在沙发上的小峰看，他那么一个大块头，想不被别人看见也难。在看到小峰旁边的拐杖时，勇智似乎被震了一下，但他很快稳下心神，表情严肃深沉，调整到一副小官僚公事公办的模样。要是在平时，冬雪又会讽刺他，说不知道当个小站长了，还装模作样的。这时刻，他只是掩饰自己而已。

父亲又咳了一声，朝鞋柜的另一边吐了口唾沫，说："勇智也来了，你们姊妹四个都在，我想着……"

不等父亲"想"完，冬雪说："勇智，你带小峰上街转转，看有合适衣裳没有买几套，我给你批发钱，中午我请大家在大观园吃饭，小峰来一趟也不容易。"

父亲抢着说："不急不急，也不急着走，等哪天有空再说。"

冬雪扭过头看父亲，笑眯眯地，说："不急，那也行，那就住你那儿吧！多热闹。给巧艳妈做完饭，再给他俩做，可够你忙的了。"

父亲说："说啥话啊？就住冬玉那儿吧。她店里不是有间房一直在闲着吗？"

他根本不看冬玉，好像这件事天然就是冬玉的事情。他肯定在他们没来之前就盘算好了。他拿定她了。

"可说啊，"父亲又咳嗽一声，朝鞋柜处吐了口唾沫，说，"小峰也来了,我想着,他也是你们弟弟,谁看着能给他找个啥事干干。小峰的事儿安置不下来,我死不瞑目。"父亲顿了下,长叹一声,以表示他的痛苦和内心的郁积。

小峰拿着手机,手指飞快地动着,脸上的表情紧张、狰狞,他在玩游戏,似乎根本不在意大家在说什么。

蛮子拳头紧握着,攒着全身的劲头,在我们几个身上轮流看,好像能从我们身上能榨出什么油来。

"冬玉,你说说看,看看红旗家那边有没有好亲戚,我记得他舅是哪个工厂的干部?你赶紧问问。冬竹,你也看看你客户那边,都是有权人,有没有需要人的?勇智,你看你们站里有没有个位置,哪怕是个闲差呢,只要是个事儿。"

都是废话。要是真有,冬玉会还在卖小百货?冬玉连自学大专都考了,也没个屁用。冬竹的生意冬玉最知道,虽然能接触到一些当官的和一些富人,可她只是烟酒批发,人家和她交往是为了吃些回扣贪些便宜,你要是真想让人家帮个忙办个实事,立马就会翻脸。勇智?父亲知道他指望不上,勇智把他那个站长位置看得比什么都重要,谁也不能影响他的仕途,谁也别想从他那儿得来什么。再说,他也就是个农机站的小站长,就差要倒闭的闲单位,正式人员能闲得浑身长绿毛,哪还能再安插一个人?

父亲不和冬雪说,他给冬玉说,给冬竹说,他给勇智说,他就不和冬雪说，但实际上，他句句都是在说给冬雪听。

冬雪始终没有搭他的茬儿。

冬玉转过头，等着父亲、小峰和蛮子。阳光晃眼，灰尘乱飞，护城河里的垃圾蒸着热气，臭味刺鼻。流水样的摩托车从身旁"突突突"地经过，刮过一阵阵机油风。小峰的头在人流上方来回晃动着，他太高了，一眼就可以看见他。他头部晃动的幅度比别人略大些，往下一顿一顿，从上方看，就好像在和谁不断地藏猫猫。他把拐杖往外伸的角度缩到最小，左脚也尽量点到地上，不至于形成过大的跳动，在别人还没有形成印象时，马上收回身体，开始下一轮。所以，从整体看，小峰走在街上，并不给人特别异常的感觉。反倒是他的高个头，让别人首先注意到他。蛮子挽着个小包袱，笑容满面，一副苦尽甘来，前途光明的模样。父亲领着他们俩，迈着八字步，左右环顾着，春风得意马蹄疾。冬玉阵阵发晕，站立不住。

冬玉能感觉到小峰靠近她时身体的僵硬。也或者，是冬玉的僵硬？他对突然出现在他面前的一大家子好像并不那么热心，从他眼神里看不出欢喜、伤害、痛苦，也看不出好奇和探究的愿望。他好像只是遂着蛮子，无可无不可，到哪儿都行。

可是爹啊，我不愿意，不愿意回去。我花了多少年，才把那尖叫声赶到记忆的最深处。花了多少年，才治好自己的病，理顺自己的家庭，我不想让红旗还以为我是个病人，我想让他搂着我睡觉。

阳光刺眼。冬玉竭力看小峰的衬衫，想看进去，想看那衬衫里是什么样子，可是，冬玉什么也看不见。她又看见那紫色，漫天漫地，到哪儿都躲不开。她和小峰在人堆里开心地跑着，找那躲在白胖胖的麦冬中白胖胖的刺蝟，一个又一个，它们蜷缩成个小白圈圈装死，怎么逗也不动。父亲叉着腰，站在地头，喜气洋洋。蛮子挥舞着小耙子，正努力地挖麦冬。她正憋着劲儿，和那大胸黑脸姐姐、告状姐姐比拼，看谁挖得最快最多。

那是不是冬玉一生中最快乐的日子？

三个人站在冬玉的百货店中间。那店铺立即就矮了下去。又窄又挤。父亲说的那间房，在店铺后面，早就被各种货物塞满。

父亲站在门口，审视一番，满意地点着头，"嗯，挺大的，收拾出来肯定不错。小峰，你有劲，把这些箱子重新摆摆，该扔的扔，该清的清。"

不等冬玉说话，蛮子已经把袖子挽起来，开始干了。她指挥着小峰，搬上搬下。小峰撂下拐杖，去搬那一箱箱酒。他一扔下拐杖，冬玉就看出来，他的腿瘸得很厉害，大腿和小腿之间快弯成三十度角，他往前走的时候，整个身体都匍匐着向前，像一只张开翅膀的蝙蝠，翅长且黑，身子紧躬。可他真有劲，那沉甸甸的酒箱在他手里轻飘飘地，随他摆弄。

父亲眼里满是赞赏的目光。小峰的表情也似乎轻松了许多。父亲就有这样的本事。他会让你觉得你有用，你和他是平等的，更为重要的是，他让你感觉到，他从你那里得到的比他给予你的要多。

很快，房间就清清楚楚了。杂物都被清了出去，煤气灶放在过道的角落里，茶几，床，沙发依次摆上。小峰、蛮子的行李归置在床头的那个空处，安稳妥帖，合适之极。

父亲往沙发上一坐，微笑四顾，一副心满意足、长治久安的模样。

"冬玉啊，你坐下，我一直在想个事儿。你看，当年，你对小峰最好，我知道小峰对你也有感情。我就想啊，咱得帮帮他。"

父亲眼圈泛红，表情沉痛。他想暗示什么，他在暗示什么？那么，他是一直认为那都是我的错了？冬玉的头像要被锯开一样，慢慢撕裂着，一点点钻心地疼。

"唉，要不是在咱家……他也不会受恁大的罪，我想想心里就过不去啊。"

是，一直以来，他不是在怀疑冬玉，而是肯定就是冬玉。是冬玉的错。是冬玉把锅放在地上，因为从来都是冬玉做饭，冬玉干活。勇智不干，冬竹上高中之后，也不干了，他们天天上学放学，回来就吃饭，即使暑假，也装着要看书。冬玉打扫卫生，照顾小峰，做饭，自然，冬玉就得把锅端出来。没有人来做这些事。

冬玉在心里朝父亲喊着，可我不会把锅放在地上，我连想都没想过。从冬玉记事起，只要是在外面吃饭，锅就放在桌子上，这都是非常自然的事情，冬玉不可能再想着把它放到其他地方啊。可是，没有人信她。父亲不信，勇智也不信。因为，那就是冬玉的事情。

小峰仍然一副事不关己的样子，可他翻手机的手指速度慢了下来。

"你看，他要是能有个稳定事情干，有个固定收入，他就可以说个老婆成个家了。他在咱这儿安家落户也可以，反正他和他哥、他父亲关系也不好，有你们在这儿，也算有个照应。你说是不是，冬玉？"

冬玉看着父亲的脸，看见了他的春秋大梦。他一生都在做梦。梦里都是好，都是笑。这个最聪明的人，为什么经常做这样蠢不可及的梦？他不知道他把冬玉出卖了，把蛮子、自己都出卖了，他把一个黑洞揭开，赤裸裸地扔到阳光下，不管这个黑洞散发着多可怕、多有毒的气息。

"可我就这个小百货啊，能找个啥事干？红旗那个厂你也不是不知道，能发下来工资就不错了。"

冬玉偷看一眼小峰，她担心他以为她在推托。冬玉是真的没有办法。虽然，冬玉也知道，这"没有办法"是她为自己的推托找到的最合适的理由。

"对啊对啊,"父亲从沙发上欠起身,"这个小百货就不错,就让小峰先在这儿帮你,我早都说你这儿需要个帮手,省得你又是找这个找那个帮你看店。"

帮我看店?那不还是要陪你斗地主给你买药和你一起去寻亲?冬玉明白过来,他是早打下主意了,让小峰在冬玉这儿落脚,有个事儿干,他再慢慢磨冬雪、冬竹和勇智,他有的是时间和耐心。论计谋论经验,谁能比得过这位一生叱咤风云、经验丰富的老革命家?

冬玉琢磨不透小峰在想什么。他好像在听,又好像没有听。

"冬玉啊,泡壶茶来。"

父亲意气扬扬地喊冬玉。小峰住下来后,打牌场所自然从父亲的住处转移到冬玉店里。倒也方便许多,不耽误做生意。只是红旗很不高兴,他一直和父亲不对付。父亲和他三个女婿都不对付。他一嘟囔,冬玉就把他骂回去。谁也没有资格说我爹。

"没见水壶啊。"

蛮子轻盈的声音从外面传过来。蛮子的性格和她年轻时候很不一样,虽然仍然是张苦瓜脸,但很显然,她不再是那个一味干活死心塌地的女人了,她有自己的心计。

"哈哈我忘了,冬玉家的水壶谁都别想找着,"父亲高声笑着,"到她家喝口茶可不容易,上口不接下口。想续个杯可不容易。眨眼不见,水壶就又藏起来了。"

大家都哈哈大笑。

"小时候冬玉老爱藏钱,"冬雪笑得上气不接下气,"不知道啥时候攒一分两分钱,偷偷藏在砖缝里,到最后咋也找不到了,哭得那叫凄惨啊。"

勇智弯腰往沙发套里面摸,摸出一卷钱,扔在茶几上,笑着,"她那几下子,不用猜,柜子角鞋盒里枕头套,一摸一个准。"

"充公充公,买只鸡炖炖,再买几个卤猪蹄,晚饭解决了。"冬竹说。

"数数,看多少钱?"

不用数,135,一张100,一张20,一张10,一张5元。冬玉所有地方的藏钱都是这么多。至于为什么这么藏,她自己也不清楚,也许,只是强迫症的一种?这钱藏太久了,上次收拾的时候居然没有扫出来。

父亲把钱交给蛮子,让她带着小峰去采购。意外之得,大家都格外兴奋,话也多了,向来不爱当地主的勇智也当起来,冬雪也从斜倚的姿势坐直,准备大赢一把。

"爹,话说蛮子也在这儿住有十几天了,啥时候走啊?人家巧艳她妈可是不愿意了啊?"冬雪打趣父亲。

"她?"父亲朝煤气灶那个角落吐了口唾沫,说,"那是个憨人,不会想啥。"

"你可说错了,不会想啥?人家也不是傻瓜。"

"人家蛮子只是来走个亲戚,又不碍她啥事,她有啥不高兴?"

"这算啥亲戚,老爹,你这可是在走钢丝啊。"

父亲举着牌,不看冬雪,也不看大家,慢吞吞地说:"我就想着,看能不能给小峰找个啥活儿?你看他也三十好几了,身体又那样。"

勇智扔下手中牌,说:"又哪样?又不影响干活,他就是游手好闲,不想好好干活。"

"你没看见他成天穿着衬衫,连袖子都不挽。你是没看见他走路那样子?"

"那又咋了?说明啥了?"

"也不是想说明啥,总是与咱有关吧,咱得替他操个心。"

又来了。冬玉的头又开始疼了,有蛇绕在她头四周,伸着芯子,发出"咝咝"的声音。

这十几天,冬玉很少和小峰长时间聊天。小峰每天无所事事,倒是蛮子忙忙碌碌,把店的各个角落彻底打扫擦洗一番,把积压的各种货清理一遍,这个杂乱的百货店重又变得明亮干净,颇有档次的样子。冬玉不往小峰那儿看,她不想看,不想知道。可是,他就像个印记，单只戳在那儿，就让人心里无比压抑。有相当多的时候，小峰在隔壁麻将馆看人家打麻将。蛮子一看见小峰去麻将馆，就格外紧张，隔会儿，就去张望一下。

小峰背着蛮子向冬玉要过两次钱，冬玉给他了。后来，她才知道，他打麻将。是那种赌桌上的麻将。

勇智是第二次见到小峰，发根烟，各自坐下，也就无话了。没有寒暄，没有过多问候，就好像小峰只是个陌生人，或者，一个不愿深交的熟人。这些年，他离我们越来越远，除了父亲寻亲的时候，大家不得不一起，他很少和我们交流，他的工作怎么样，老婆孩子怎么样，做生意是赔了赚了，一概不说。

"勇智啊，你是真忘了？你忘了当年小峰咋了？他身上都烫成啥了，在医院住了快两个月，你都忘了？你一跑就啥也不管了？"

"那和小峰在这儿啥关系？"

勇智站起来，一脚踢翻凳子，开始往外走。

他踢凳子可真熟练啊。

"你往哪儿去？小峰好坏也是你弟，你就看着他不管？你只管自己日子过好了，谁也不管了？"

勇智站住，扭过头看着父亲，说：

"爹，你说这话严重了！你意思是啥？是我们故意的？"

"我不是那意思，"父亲声音低了些，"我只是想着小峰是在咱这儿弄成这样子的，咱总得负责任吧。"

"冬竹冬玉也在，啥情况她们俩也知道。冬玉，你说，当时到底是啥情况，你给爹再说说。"勇智指着冬玉，厉声说。

"那你们为啥不赶紧把他拉出来？"

冬竹在抽抽搭搭地哭，好像心脏间歇性停止跳动的啪嗒啪嗒声，像开关一样，骤停骤开，没有余音，每一次呼吸都让人以为她下一口气根本上不来。

为啥？冬玉心想，要是知道为啥也不会是今天这样子了；要是知道为啥，我看着你就不会想着到底是爱你还是恨你；要是知道为啥，我就不会天天头疼夜夜失眠。

勇智朝着父亲大声喊，"你成天都在想啥？在你眼里，我们都恁坏？"

"你胡说啥啊，我就是想把话说开，"父亲一只手还攥着牌，另一只手抹着眼睛，"那不是想着你们当时心里也不高兴嘛。"

父亲的话像霹雳一样击中了在场的每个人。冬竹和冬玉之间那说不出来的隔阂，勇智多年的逃避，他对冬玉和冬竹的冷淡，似乎都突然有了某种联系。

"你还知道我们不高兴？你知道我们不高兴你还走？你永远只顾自己，你只想着自己那点事儿，你啥时候想过我们？冬玉，你过来，你记性好，你再说说，那天到底发生了啥？叫爹看看，谁害了他那宝贝小儿子了?"

终究要来。那个脓包没挤出来,还在发酵胀大,还在肉里发挥作用。那天发生了啥?这么多年,冬玉想了多少遍,可是还没想清楚。连每一微秒的时间和距离,冬玉都掐算过,可是,也改变不了那尖叫声。勇智和冬竹在哪儿?在听到小峰尖叫之前,冬玉不知道他们在哪儿。她似乎看见勇智的身影,就站在锅的不远处,而冬竹,冬玉觉得她好像是在正屋的门口。谁把锅放那儿的呢?冬玉不记得,真的一点也不记得了。也许就是她自己。

"冬玉,你说话啊,你别想着就你稀罕小峰,我们都不稀罕?你成天就知道讨好蛮子,在爹面前装好人,你得到啥了?我不信你心里不恨蛮子?不是小峰成天哈巴狗一样跟着你,爹会让他留下来?会发生恁些事?"

勇智又回到了他的本性,发脾气的时候,好坏不分,谁都攻击。可是,冬玉不是那个时候的冬玉了,只知道哭,还把自己递过去主动挨他拳头。

"你不也担心爹和蛮子一去不回来吗?别以为我不知道,你也害怕。不是你成天和蛮子吵,爹能出去不管咱们?能只有咱们几个在家?你就知道打我,就知道欺负我。"

"那你意思怨我了?"

勇智把货架上的碗筷,"哗"地摔到地上,把冬玉拨开,往门口冲过去。

"你给我站住,"冬雪站起来,上去追勇智,"一有事就知道跑,你以为我不知道,你结了婚就不稀罕爹,不稀罕我们了。"

勇智和冬雪的脚步突然都停住了。

冬玉扭过身,看到蛮子和小峰站在店门口,蛮子撇着嘴,一副真相大白要哭撒泼的样子,小峰手里提着满满一袋子菜和肉,脸上的表情有些怪异。勇智和冬雪愣住了。大家面面相觑。

几秒钟后,勇智从蛮子和小峰身边走过去,走出店,上了车,发动油门,车"轰"一声,带着愤怒的声音,走了。

"早回来了?"冬雪朝蛮子看一眼,说话声音带着点冷意,那冷意包含着警告。

冬雪看看还坐在那儿的父亲,说:"爹啊,你看,你这些孩子都受的啥罪啊,你还要说他们,你成天都在想啥?你要是少找些事,也不会有恁些事发生了。"

"我就是想着大家还是一家人。"父亲低着头,像一个做错事的小学生,长声叹气。他的嘴巴有点歪,下嘴唇紧紧抵着上嘴唇,能感觉出来他的下牙在紧紧咬着上唇。那是他紧张时的一个表情。

冬雪,你错了。那是个大毒瘤,一直在悄悄发育,总有长熟的一天,你即使不挤它,它也终有迸溅出来的一天。冬玉眼看那毒瘤在胀大,它的毒液一直在酝酿,单等哪一天来个总发作,把所有人都淹没，把所有人都腐蚀掉。

这么多年以来，冬玉从来都没梦见过父亲。她梦见冬雪，梦见那棵老枣树，梦见妈还躺在床上，一双哀伤的眼睛看着我们，梦见勇智的拳头又挥上来，冬玉迎了上去。可是，她一次也没梦见过父亲。曾经有一年，红旗被抽调到湖南一个分厂干活，冬玉也去待了一年。那儿的天又热又湿，冬玉吃不惯睡不着，成天想家，想冬雪，想冬竹，想勇智。可是，那个"家"不包含父亲。那时，冬玉才意识到，她心里的"家"不包括父亲。可是冬玉不愿意，她不想就这样失去父亲。冬玉天天陪父亲，以最大的努力照顾他，她想在他心里占一个地方，她想有一个有父亲的"家"。

蛮子回汉中了。小峰被父亲留下来。他让冬雪再努力努力。他不再说也算有个交代或咱们亏待过他之类的话，只说就是个陌生人，能有机会帮一把也要帮一把。他知道指望我们不行，其实，他一开始就知道不行，那只是他的迂回战术。最后，事情一定要回到冬雪那儿。

冬雪拖延着，假装在找的样子。多年以来，我们都在指望冬雪，冬雪给我们钱上学，冬雪帮我们找工作，冬雪给勇智找老婆给我们找婆家。好像冬雪是一个大官很有权势，或者是一个超级富婆到哪儿都有人听她的似的，其实，她就是县统计局一个部门里面最普通的小职员。她做成的任何事，背后都有一张没有自尊的脸。这是冬玉结婚之后,在想让冬雪帮忙给红旗换工作时才意识到的。

好像什么事都没发生过一样,几天后,父亲又早早到了店里,坐在沙发上,边喝茶,边和小峰聊天。在得知小峰会做东北乱炖时,一定让小峰露一手,做给大家吃。他边说边掏出电话,挨个给冬雪冬竹勇智打过去,让他们晚上过来吃饭。

冬玉站在前面柜台边,听他们一来一去的对话。父亲从来没和勇智有过这样的对话。他们是一对杠子,在说话之前,就已经在杠上。和三个女儿在一起时,父亲更是颐指气使、吃定我们的语气。虽然他也常常被我们数落,但那数落,相较于父亲常年在我们面前的任性,连一点弥补都说不上。即使对父亲口里那个"憨女人"巧艳她妈,父亲也是温柔商量的语气,他常常在我们面前讥讽她,但当我们真的说她时,父亲就会突然恼怒。

蛮子在这儿住的十几天,父亲几乎每天早上过来,来时手里总提着几根油条、几个大馒头或大肉包子,还顺便买好中午的肉和菜。而蛮子,也总是故意把早饭开晚一点,拌好父亲早年爱吃的萝卜丝,里面放一点点油、醋,再搁上些蒜片。父亲总是笑眯眯的,尝几口,看着蛮子和小峰吃。他其实早已不爱吃蒜了,可是蛮子拌了,他就吃了。

勇智说要上班，要开会，不来。我们四个人，也刚好一桌。冬雪不想打牌，说："你们三个人玩，我在一旁观战。"

父亲讨厌三人打，讨厌冬雪一副懒洋洋的样子。冬雪反复推托几次，父亲生气了，扔下牌，头别到了一边。

冬雪说："小峰工作不好找，他没有一技之长，再说，现在凡是正式工作都需要考公务员，就是检疫站一个检验员也需要通过考试才能进去。"

父亲说："我知道，你就是嫌麻烦。你要是想帮咋不能帮上？"他说的是巧艳妈的儿子。当年，为给那孩子找工作，父亲快把冬雪逼疯了。

冬雪说："真不是，形势早就变了。前些年，求爷爷告奶奶，送礼托人还行。现在，你就是拿着钱也没有门路。"

父亲不相信，头一直别着。那架势是告诉冬雪：你就是不想帮。

忙碌了一下午的小峰把菜端上桌。虾皮炒青菜，煎豆腐，粉皮羊肉，拍黄瓜，菠菜拌粉丝，姜汁藕片，中间一大盆东北乱炖，上面撒一层香菜，热腾腾香喷喷的。

冬雪对父亲说："不然，今晚少喝点儿？小峰陪你。"

父亲别着头，说："喝啥喝，都快死的人了。"

碗筷摆上。冬玉拿出柜台上最好的酒，精品五粮液，是父亲最爱喝的香型。冬雪给父亲倒了一小杯，看父亲还别着头，就又换了个大点的杯子，添满，看着父亲。

往常这个时候，父亲会忍不住笑，于是，大家又欢声笑语，开始吃喝。今天，父亲好像拿定主意不给大家台阶下。

冬雪的脸色开始变了，头也别过去，不再说话。

冬玉招呼小峰坐下。

小峰坐下来，倒一满杯，朝父亲敬过去。他叫的是"爹"，有点犹豫，也不太自然，但还是叫了出来，来这儿后，冬玉好像没有听见过他称呼父亲。他小时候叫的就是"爹"，又脆又亮。他也没有称呼过冬玉，需要交流的时候，他只是默默地等着冬玉看到他。

小峰的胳膊伸得很长，T恤袖口仍然扣着，但还是能看到他手背上的疤痕，在靠近大拇指的手背处，浅淡的颜色，像墨汁溅的，像被揉皱了的被单，那一瞬间的不规则被固定下来，和周边的纹理形成反差。

父亲微微转过头，接过酒杯，一仰脖子喝下去。

冬雪突然站起来，把父亲的酒杯夺过去，"啪"扔到地上，恨恨地说："就欠这一声爹，人家一叫，你就迷了。你这样逼我们，就不怕有一天把我们逼死？"

"我逼你了？是啊，你牛了，日子过好了，就谁也不管了。"

"我牛？我有你牛？看这声爹叫的，你多开心。你善良你要当好人你当去，你给他找工作，我没本事。"

冬雪走了。她简直是蓄谋好的,在父亲的可怜相还没有出现之前,她就走了。父亲坐在那里,头低着。他最近总是头低着,像个罪人一样,一个看似顺从实则顽固不化以退为进处心积虑不达目的誓不罢休的罪人。

冬玉下了一锅他最爱吃的葱花碎鸡蛋汤面,他不吃,连汤也不喝。冬竹把他送了回去。

盘子里的菜都还是满的,中间那盆东北乱炖还冒着热气,上面那层香菜随着热气微微地动。冬雪摔的杯子,父亲吐的唾沫,冬竹擦眼泪的纸,散乱在房间的各个角落。

"小峰,你别怨冬雪姐。她是个好人,她要是有能力她肯定会给你找工作。"

"怨人家干吗?"

"你也别怨爹。"

"我不怨他。"小峰拿着垃圾桶,摇晃着身体,把那一盘盘菜倒进去,把杯子、烟头、纸捡起来,扔进去。

那一锅面条不知什么时候又被放到了地上,冬玉走过去,把锅端起来,想放到一个更安全的地方,却找不到。小峰走过来,从冬玉手中把锅接过去,身体一拐一拐,像个破旧的风扇,每一步都扇出过量的风,他把锅端出百货店,把面条倒进路口的下水道里。

冬玉呆呆地站着。他的手还停留在她的手上。他明白冬玉,只有他明白她，童年的亲密无间还在。父亲勇智冬雪一直嘲笑冬玉的神经质，嘲笑冬玉藏东藏西小气无比，红旗也怀疑冬玉有情绪病。小峰来这几天，就明白了。

灯光昏暗，那T恤贴在他背上，露出一块块汗渍，一道道横七竖八的印子印在上面。冬玉紧攥着自己的手，控制住自己，冬玉想去摸一下那印子，想去感受那坚硬的凸起，想抱住他的脊背哭一场，冬玉想问他到底还有没有生育能力，冬玉一直想问，这件事憋在她心里快把她憋出病了。

小峰似乎并不想和冬玉对话。

"小峰，你给我说实话，你是不是去赌了？"

"小赌可以，大赌伤身。你可要注意，千万别上瘾了。"后来冬玉才知道，小峰自己跑回过吴镇，找勇智要钱。要五百，勇智给他一千。

"你别管了。"他的语气平静。

"不是怕你借钱，这样不好。有些毛病要是沾上，很难去掉。挣钱不容易，花钱可是容易得很。"

风把小峰后面的衣服吹得鼓起来，汗渍消失了。秋天来了。一丝丝凉意浸到皮肤里。还是夏天，和二十几年前那个夏天一样，不管怎样艰难，不管是谁把小峰捞出来，不管是怎样把这个浑身水泡的小男孩送到医院，不管勇智跑到哪里，不管父亲和蛮子过了多少天才从遥远的地方回来，不管冬雪如何奔波求人借钱给小峰治病朝着父亲和蛮子大吵大闹，而蛮子的丈夫又如何在梁庄里恶毒地咒骂，秋天总会来临。谁也不想面对后果，谁也不想承担后果。可后果，还会来。那后果，谁也承担不了。它在小峰的后背上，扭结盘曲，以一种绝望愤怒的姿态存在着。

小峰恨冬玉。就像冬玉恨父亲。他说冬雪是"怨人家干吗"，冬雪是外人，他怨不着人家。要怨，他只怨冬玉，因为别人本来就与他们没有干系。可是，这些天，冬玉做得最多的是把"我们俩"择开，冬玉不让自己的孩子们来找他玩，她不愿看他逐渐释放的温柔和善意，不愿小孩子依赖他。冬玉说不清楚自己为什么不愿意。

"小峰，你坐下。"冬玉踌躇着，如果再不问，也许就永远没有机会了。小峰把拖把戳到地上，坐在对面的沙发上，抬头看着冬玉。冬玉躲闪了一下，他的眼睛太亮，似乎还带一点点讽刺，冬玉无法和他对视。

"我不记得了。"他看着冬玉，把袖口往上拉了一些，露出里面的疤痕，又迅速盖上，"你是想问这个吧？我都不记得了。"

那胳膊上一个个节结突起，节结下陷的地方就像一个个印章，刀刻缕造，留下层层腐烂剥蚀的印痕。

"不是问这，"冬玉说，"你记不记得，你天天跟在我屁股后面,我去提水,你跟在后面,我去上学,你要追,我去找小伙伴玩,你哭闹着也要追,你都不记得了?"冬玉还想说,整整两年多,你天天要我抱着你睡觉,猴在我身上。

"不记得。"小峰看着冬玉,肯定地说。

是轻松,还是失望了?冬玉说不清楚。她茫然地点点头,梳理不出自己的心情。

"可一见面我就知道你是玉姐。"他看着冬玉,眼睛里竟然一丝笑意,那黑色聚焦在一起,显得格外深。

冬玉的眼睛模糊一片。

"你,恨不恨我?"

"干吗要恨谁?人家跟我也没啥关系。这是我的命,谁他妈的就该管你?要说我还要感谢你,我妈不管我,不是你,我不还是个流浪儿?"小峰用双手抱起左小腿,努力往回拉,拉回到和大腿九十度的角度,放下,轻轻揉搓着左膝的关节部位。他说的时候没有激愤,也没有多少感情,他好像只是在说一个事实。

冬玉专心看小峰揉腿,好像听见"咔嗒"一声,那左大腿和小腿的关节对住了,冬玉的心也跟着"咔嗒"一声,颤了一下。

桌子上那盆菜的表面结了厚厚一层油,白腻腻油乎乎的,把肉、土豆、豆角、青菜都黏在一起,谁也分不清谁,谁也无法离开谁,好像一群逃难的人,被霜打得有气无力,挤挤挨挨,无处可去,又相互厌恶。

冬玉站起来，犹豫了一下，走到前面的柜台那边，从柜台最里面拿出一个小箱子，打开锁，拿出一沓钱。她回到后面屋子，小峰还坐在沙发上，专心揉腿。一个大黑塔似的人，可在灯光的闪烁下，看着竟像个小孩子，一个身体遭受摧残精神永远停留在某一阶段的婴儿。

冬玉把那沓钱放到茶几上，说："小峰你拿着，别推辞，也是没办法，帮不了你的忙，以后有什么事了，要记得来找我。"

冬玉突然想到父亲给蛮子的钱，当时非常气愤，这时，冬玉明白了。不是爱，只是歉疚，还有决绝。只不过，父亲把这几者混了，以为还可以延续。

小峰一动不动，但也没有推辞的意思。实际上，冬玉不该给他钱。也许，不到明天早晨，他就会把它赌光。可是冬玉需要这个仪式。她需要把这事了结。

小峰没有走，他在隔壁的麻将摊驻扎了下来，除了帮冬玉拉货上货，他基本上就呆在那里面。有时，他也带着新认识的伙伴在他的房间里摆麻将场，占山为王似的。

父亲看了几次，说了几次，没有效果，也不管了，后来，干脆回勇智那儿了。

妈妈

他们又在那儿吵。

冷风在房间里来回窜,窜到哪儿,哪儿的空气就陡然下降好几度。那只灯管不知道坏多长时间了,不停地闪,光投在墙上,那块块剥落的黑色墙皮像一个个来回变幻的怪物,张大嘴巴去吞噬不断飞过来的亮光。

冬雪又发作了。她的手捣着父亲的头,嘴巴飞速张合,一串串话从那里面出来,利箭一样,挟着风,飞向父亲。她单薄的身体随着她的话不停颤抖,像一根被暴风雨残酷击打的枯枝断片,只不过,那暴风雨来自于这枯枝内部。父亲双手袖在棉袄里,坐在门口那个塌陷的暗红沙发椅里,腰弓缩在一起,头低着,像一头衰弱的老牛,又像一个犯错的小学生,正被严厉的老师数落着。巧艳她妈坐在另一只长椅上,抄在袖筒里的两只手搁在凸出来的肚子上,眼睛下垂,一副听而不闻的样子。

"你一辈子给我出多少难题我还在上大学你就一封一封信催我借钱给我妈治病给冬竹找学费我上哪儿找钱啊我把班里的同学一个个借遍了人家都怕我了一个司机看上我我给人家眉来眼去想着人家能给我几个钱你在逼你女儿卖身你知道不知道啊?"

父亲垂着头。

冬雪说:"你知道不知道我每天想找钱都想疯了我拿着你的信我急得想撞墙想上吊要是有人能给我钱我出门让车撞都行你明知道我没办法你还要问我还要给我说你到底是啥意思?"

父亲的头垂得更低了。

她看见冬竹站在门口,朝她喊着:"冬竹,你猜爹又要干啥?他要种地!他在家承包二十亩地,他谁都不说,你知道不知道?你说,他啥时候能安定下来?他啥时候能让我们吃两天安生饭?"

冬竹吓得浑身抖了一下,勉强替父亲辩解道:"咋不知道?!他原来都说过,你没认真听。"

"种地?他一辈子种好过地?他吃地的亏还少?他不是种

地,他是找事。"冬雪说。

冬雪突然站起来,手朝着巧艳妈的方向指,"你也跟我爹十几年了,你都不会拦着他?"

巧艳妈微动一下身体,嘴撇了撇。

冬雪的声音又提高了八度,看着父亲说:"谁关心你?就活该把你累死。小峰这事儿我管不了,你逼我我也没办法。再说,我这个人坏得狠,我记仇,一辈子都记得,你别想让我帮一个仇人的孩子。"

父亲的头一直低着,身体向后缩,好像要贴进他背后那斑驳发霉的墙里面,可是,冬雪的话追着他,他没处躲,只好任凭冰雹雷电击打在身上。

冬竹捏着包里的那沓信,手都捏疼了,她流不出眼泪,也呼吸不上来。她能言善辩的父亲,又被大女儿捏住嘴角。冬竹想把信拿出来,给冬雪和父亲读读,让她听听那些年她和父亲是如何相依为命的,那时候,父亲还是父亲,冬雪还是冬雪,妈虽然不是妈,但也还是一家人。父亲对他大女儿诉说他的悔恨、害怕和无奈,叙述他的经历,列举家庭开支,分析人情世故,他当她是最要好的朋友,是唯一可以倾诉心事的朋友。他们俩共同经历的,我们一辈子都赶不上。冬雪看了信肯定会哭的,会哭得背过气去,可是,哭完之后,她还会吵父亲。她身上就像背着一个壳,时间越久，这壳包得越紧。她一挣扎，那壳就用反向的力量控制她。自从那年那场发作之后，冬雪就被压垮了，好像有什么东西塌了碎了，怎么也粘不上了。

冬雪又朝冬竹看了一眼，冬竹抖得更厉害了，赶紧逃出那个牢狱一样的房间。站在门外，张大嘴巴呼吸自由的空气。

冬竹记得那些。很多年过去，她都不愿意回忆那些。谁都不愿意回忆。不是忘了，是因为不知从何提起。那是个黑洞，一旦开启，就会被吸进去，再也爬不出来，再也别想看到太阳和光亮。

我就像一个侦探。身边堆满信件、日记、纸片和乱七八糟的物件，冬竹一封封一本本一片片研究，拼接出时间、情节、故事和秘密。她能看到他们的一举一动，看到他们的伤心和怨恨，看到埋藏很深连他们自己都不知道的爱。

冬竹有冬雪给她喜欢的那个男孩子的信，她写他们约会完，她骑着自行车回家，觉得天是蓝的云是白的风是轻的空气是香的，一切都轻飘飘的没有重量，她想顺着路一直骑下去。她看到勇智的日记，看到他的杜鹃，看到他夹在里面的厚厚情书，那情书末页批注着"迟到！"勇智喜欢杜鹃。这不是秘密。虽然他从来不说。她还找到冬玉的日记，到处都是符号，一到关键地方冬玉就用符号代替，曲里拐弯，生怕别人明白她的心思。

冬竹看到父亲写给冬雪的信。冬雪写给父亲的，一封也没有，她只能根据父亲的回信猜测冬雪信的内容。冬雪不只是父亲的女儿，他俩还是合作伙伴，她确实稀罕父亲更多些，但是，看她的怨气和愤怒，又好像不只是爱，还有恨，是我们没法企及和理解的恨。她想让这个家过得好，人人都相爱，可是，事情不但没有朝着她希望的方向走，常常还走向更远的反面，并且，她自己就是这反面的塑造者。

冬竹收集最多的是勇智的东西。他的日记本，十几本，先是那种封皮上写着大红色"工作日记"的小本子，里面有笔尖狠戳下去的墨点，断断续续的线条，零碎的词语，一会儿"他"，一会儿"她"，他从来不用"我"，连父亲都直呼其名，就像是在和谁对话，像小说。到带塑料封皮的大日记本时，他的字越来越好，很潇洒，可是，他的话藏得到处都是，夹杂在摘抄的基督教佛教道教的段落里，不仔细找，就难以发现。

后来有了电脑，没事时，冬竹就在电脑上敲，一个字一个字敲。她把这些信、日记按时间顺序放好，做一个总目录和大年表，她根据勇智日记中破碎的描述拼贴他的初恋，她把冬雪和父亲的通信按照日期排好序打到电脑上，她破译冬玉充满符号的日记。大家都批评冬竹爱玩电脑，打牌老迟到，晚上不睡觉白天不起床，冬竹家里那位也成天骂她，说她好吃懒做不管他不照顾孩子，他们要是知道冬竹在干什么，肯定要笑死。

在给冬竹的一封信里,冬雪写着:"伸出手却空空如也"。多少年来,冬竹被这"空空如也"四个字给镇住了,它就像一个诅咒,把她给咒住了。它们就好像给她的生活提前盖了个戳,"空空如也",什么也没有。冬竹上了两个高三还是没有考上大学,她的婚姻没经营好,经济状况一团糟,她的两个儿子不亲近她,就连父亲和冬雪他们也经常嘲笑她。真的是空空如也。

她把过去存在箱子里,就像存一个百宝箱,闲时拿出来,慢慢翻看,看着,笑着,哭着。这些写信的人,怎么和她眼前的人都不一样啊?她们到底弄丢了什么?冬竹喜欢他们每一个人,她希望他们还是他们。可是,他们肯定忘记了自己说过什么话干过什么事,它们藏在各自心里,藏着藏着,就忘了,就好像什么也没有发生过。

冬竹啊,这姊妹几个就你性格最好了,就你最善良了。父亲越这样说,冬竹越羞愧。上帝啊,请您原谅我。我不知道我干了些什么。冬竹看到那棵枣树,青色的枣挂在树上,一个个藏在叶子中间,又冷又硬,它们还没到成熟的时候,它们的表情还是严肃的。小峰,你是在看我吗?你不是,你只认冬玉,你只喜欢她,你不会看我,在哭的时候疼的时候更不会,可是,为什么我总觉得你是在看我?我想着有一天再见到你,我会哭个不停,会哭出这二十几年哭不出来的眼泪。我想我会好好爱你。

父亲好像看到冬竹心里想的，他把她心里想的变为现实，把我们大家藏在心里的变为现实，让我们一个个原形毕露。他就是这样，他眼里容不下一粒灰尘，他见不得人们装扮自己，他一辈子都在忙着让别人"现原形"。他一辈子都吃这个亏，因为那"原形"太可怕，他无法面对。可他怎么能意识到这一点呢？要是他能意识到这一点，他就会安安分分呆在家里，保健养生，安度晚年。可那不是他。他带着我们四处寻亲，不断上路，考验我们到底爱不爱他，爱不爱人们，爱不爱这世界。其实，是他自己还天真地抱着幻想，他也想再爱一次，以弥补他的愧疚。他比我们谁都天真。

冬雪女儿：

想不到的事会从天降，人的一切大概是有天在决定。我终天想咱一家对你妈精心护理使她在罪难中多活上几年，看一看你们的成长，她可安然走去。万没想到，我无意地下了狠心肠将你妈杀害，现在我真不知我是丧尽天良还是好心肠，于心大大有愧，千悔万悔，真悔断了肝肠。

你妈这次真要因此死去，到九泉之下一定要和爹算账不清，要问千万个为什么，我可怎样对她作解释，那就只能说有意无意好心歹心，自有天知！

现在我深沉地端详着你妈的脸，感到十分害怕，因我对不起她，因而感到十分害怕。我每次给她洗疮口时，总是立不住，站不稳，眼花缭乱，十三号那天，我不知怎么，突然倒下。

八月十五日晚，大约两点时我做了一个既清楚又完整的梦。咱们老少六口人，围在小桌四周，上面放着吃的东西，你妈倒坐在门坎上，对咱们讲："我该走了，你们送我一程吧。"

她站起来，走出门外面，面南立定，我在最边立着，你们姊妹五个像站队似的在前面，你妈瞪着双眼，眼泪如泉水，咱们也都无不下泪，你妈说现在我一定得走，因为你爹这次已经对我下了毒手，不走不行，永远不再拖累你们了，过你们的好日子吧。说罢这几句话，瞪着她那饱含泪水的双眼，面向着咱们，倒退着向西南方向走去，在这此情此景下，我立时倒地，你们又是哭爹又是喊娘，哭声震天地，惊鬼神！

冬雪呀，有谁真知情，有谁真知意，我的屈怨向谁说，真是好人好心，不得好报，罪债难逃。万万没想到，我会落了个这样结局，哪有天理在。

你回信时把你了解的麦冬情况讲一下。

祝女儿好。

爹

1985.8.18 夜两点半整

女儿好：

接信看了很高兴，事情办得顺利称心。我十一岁的时候，失去了母爱，你爷爷手拉我们姊妹三个长大，跟你爷爷长大这个过程中，没有母爱的痛苦笔不能说完。我十九岁时和你妈一道冲破无数艰难险阻、忍饥挨饿、受气受辱、忍气吞声，抚养着你们，可恶无情的1977年给咱家带来丑恶的环境，到现在已是八年，你妈受尽人间苦，我又受苦又受累，受尽人间难处，当然，你们也够可怜了，我怎么能不知道你们在苦难中长大，现在你已够争气了。

你妈的疮口很大，根本是好不了，不过尽量照顾她少受罪。

我的重要性我是知道的，我会永远永远担负起来的，我不会伤害父母父女父子感情，这是永远不能在我身上存在的东西，希你对爹放心吧。爹从懂事以来，很注意道德，是一个感情脆弱重感情的人，你是深知了解的。

这次的事是属于感情用事，有点过早，不过是爹不得不如此，引起你姊妹的反对，是爹错了，可是你们说是爹心坏了，太愧我心了。

爹陪你们已过了几十年，再有十几年可能要和你们永别了，什么晚年幸福，我就没有想过这些东西，希你们不要多心了，什么不能再提了。

你讲的"隐瞒"二字,爹不是那样,而是感到不好说出来叫女儿听,不过你已觉察到也认为爹有什么心思。现在说真话,梅菊的事我已经给她去信,讲了很多不接受的条件,信中说做一个人生一般相识的关系罢了。

你妈现在已危在旦夕,接信后尽早准备回来。

冬雪,现在说几句闲话,可能是我的错误看法和认识,现总感觉到你、冬竹、勇智在怀疑我,在查我嘲弄我,在你们的思想上,不再认为我是你们真正的亲人,我感到惭愧,自己的孩子为什么会这样,心乱如麻,内心有多少说不出的味道来,又想到怎样能恢复到从前,多少事涌上心头。

不再多说。

祝女儿好。

爹

1985.8.28 半夜一点

褥疮来了。在褥疮来之前,冬竹已经听了无数次这个词,父亲和医生谈,和朋友说,和梅菊讲,和蛮子嘟囔,他表情郑重,神色黯然。褥疮来了,一切就不远了。

妈的躯体,早已干枯。她的手紧紧攥着,指甲扣在肉里面,得用劲才能掰开,因长期无法伸开,手掌内已经完全发白,腐白色,没有一点儿活气。她的乳房只剩下两小片薄薄的褶皱和两个干黑的乳头,那褶皱搭在突起的胸排上,松松垮垮,两不相干。妈的两条腿,长长的腿,只是两根被抛弃已久完全没有水分的柴木,以骷髅的形状摆在床上。她的脚趾紧紧粘连在一起,每次分开都需要用劲拉扯。大拇指上那个突起惊心动魄地往外鼓着。我们每个人都遗传了这个突起。

这具躯体,一动不动,躺了整整八年。那直直的、僵硬的阴影,就印在后墙上。到现在,冬竹每次回家,只要朝西屋的后墙根望去,就觉得它还在那里。

妈一天吃两顿饭,每顿饭都要喂一个多小时。专门为她烧的稠面疙瘩,或者,煮得极烂的面条,偶尔打一个鸡蛋。可是,妈不张嘴。强塞到嘴里的也吐了出来,粥顺着她的嘴巴溢出来,流到围嘴上,又流到脖子里。在昏暗的油灯下,父亲张着嘴,一遍遍发出"啊——啊——"的声音,希望妈能模仿他也张开嘴,可是妈不张嘴。父亲用小勺子撬着妈的嘴,来回晃着,妈死死咬住勺子,怎么也不放开。父亲揪着妈的头发,用巴掌拍打着妈的脸,绝望地嚎叫着,你吃啊,为啥不吃?为啥不吃啊?妈终于张开嘴巴,"啊啊"地哭了,父亲趁机把一勺饭倒了进去,哭声被堵塞回去,变成了无法出声的呜咽。过一会儿,粥又从嘴边慢慢溢出来,或者,猛烈地呛出来,呛父亲一手一脸。

我们给妈翻身，检查妈的褥疮，那尾骨上越来越大的洞，里面的肉是腐红色的，一层一层，轻轻擦拭，就一丝丝往下掉。妈的机体已经完全失去再生功能，无论怎样清洁擦洗消毒，都不能阻止那腐烂的加速和扩展。

褥疮来了。妈快要死了。这是在脑海深处悄悄浮现的事情。可是，并没有特别的悲伤，它已经涣散在每一点意识之中。特别平常、无处不在。甚至，连一丝涟漪都没起。生活的缓慢行进，妈不变的姿态，把一切痛感都变得迟钝，到最后，以至于无。就这样，我们等着妈死去。

妈的身体常年裸着，夏天为了凉快，冬天便于清理，后来也就自然裸着。我们在很小就见过妈的裸体，从来都不是丰满、优美之类的词。虽然在父亲和冬雪的讲述中，妈走路带有点弹性，瘦，高，黑色的尼龙裤，在风中一飘一飘，齐耳短发，紫糖脸，长眼秀眉。

"很文气。"这是父亲最喜欢用来形容妈的一个词。

冬竹也有这样的记忆。可是却有点遥远和模糊。她记得更清楚的是妈生病短暂好转时的一个场景。那大概是她在小学四五年级的时候，应该是早自习结束的时间吧，冬竹和小伙伴们一起回家，路两旁都是坑塘，坑塘里种满莲藕，有粉红色的荷花在荷叶间挺立。在坑塘的另一边，是一条通往公路的路，三条路呈一个三角形，把坑塘围在中间。冬竹朝着通向村庄的那个顶点走，突然，她看见妈朝她这边走过来。她的一只胳膊蜷缩在胸下，另一只胳膊甩着，带动那条腿往前抬，另一条腿随后跟上，这条腿不能弯曲，只能拖着往前挪，她的整个身体随着胳膊和腿的大幅度甩动而波浪般地倾斜着。冬竹站在那里，呆呆地看着妈的动作，她的脸通红，不敢看小伙伴们，也不敢往前走。这时候，妈也看见冬竹，她的脸突然红了，头低了下去，很羞愧的样子，她四处张望了一下，抱歉似的朝冬竹笑了笑，整张脸都朝右歪过去（中风以后，她的左脸就无法控制动作了）。她的齐耳短发在晨风中飘着，身体瘦削，长长的腿，大路在她身后，两旁荷花环绕。可是，她不是父亲描述的那个妈。

父亲在信里用了一个词，"罪难"，每次看这封信，冬竹的心就"咯噔"一下，它太正式，太重，他这语气，好像妈在以受罪赎罪，她在经受考验。和《圣经》里的语气很像。可是父亲不信主，他对那些星期天放下农活去信教的人从来都是充满嘲讽。

冬竹熟悉这个词。冬竹信主已经将近二十年了。没有人知道。周日上午她去做礼拜，大家一起唱唱歌讲讲圣经，散后也常常和会里的姊妹聊天，但她不和她们聊家里的事。她只是听别人讲讲，就感觉自己心里不慌张也不空落了。冬竹不敢告诉父亲，他会笑死她，冬雪也会笑死她。冬竹最想告诉冬雪这一切。她受了那么多苦，心里存了那么多怨，要是有人和她对话，要是她能全身心向上帝倾诉，哪怕只一次，她就不会像现在这样痛苦了。

父亲究竟犯了什么"大错"？第一次看到这封信时，冬竹就想问他，这么多年过去，信都被她翻烂了，她一直没问。是吃错药了，还是上错药了？

不，不是。冬竹知道不是，所有人都知道不是。没有上错药那么简单。梅菊一直给妈上药护理，后来，蛮子来了，不知什么时候开始，每次都是梅菊还没到，她就抢着给妈喂饭、擦洗、上药。

那天晚上，冬竹从学校回来，看到妈被抬到院子里。妈直直地躺在担架上，脸肿得像个发面馒头，眼珠子快被挤出了眼眶，她的两条腿像是被灌满了水，圆滚滚的，透明发亮。冬竹以为妈死了。

父亲站在妈的担架前，像个罪人。蛮子坐在枣树下的凳子上，无声地抹着眼泪，她好像非常害怕。妈被送进医院洗胃，她没办法吐出灌进去的药水，脖子被憋成一根根突起的大青筋，眼睛挣成了血红色。医生把她翻过去，让她头朝下，用一个压片往里面戳她的嘴，让她干呕。妈光着身子，像一块抹布，像一架骷髅，难看，肮脏，任人摆布。

冬竹和勇智站在妈的病床前，看着心怀愧疚、用心伺候妈的蛮子，互相看了一眼。那一眼印证了我们心中的怀疑。冬竹想，就是那一眼，种下了勇智后来的暴怒，种下了后来的一切。父亲给冬雪写的信，又让冬雪印证了她心中的怀疑。

第二封是 1985 年 8 月 28 日的信，距第一封信十天。一个多月以后，妈就去世了。

按照上一封信的推算，在蛮子给妈喂错药之后，妈又撑了将近两个月的时间。在这期间，还发生了另外一件大事，父亲和梅菊的事情。看信中的情形，我们都知道这件事并做出了反应。父亲敏感地发现了我们的怀疑。父亲在信里先诉说自己苦情的命运，又表白自己道德的高尚，还信誓旦旦说不会再和梅菊发生什么。他是在向他大女儿解释、陈情呢。

冬竹认真研究这两封信，研究同一时期冬雪和勇智的信件、日记，发现在那段时间里，我们都在怀疑父亲和蛮子的关系。当初蛮子来我们家时，父亲说是山里太穷，她丈夫死了，想到平原地方找一个婆家。我们都信了。梅菊和蛮子之间闹矛盾，我们还当笑话在背后取笑父亲，父亲总是哈哈一笑。如今看来，他只是在放烟雾弹，他拿梅菊给蛮子作掩护。他实际上喜欢的是蛮子。他给冬雪去信只提梅菊，不提蛮子。他让我们怀疑梅菊，而把蛮子忽略掉。他在信里对冬雪的哭诉像是为自己做最后的辩解。他守了那么多年，他不愿承认自己松动了，懈怠了。他不愿意承认他对蛮子产生了感情。

其实，我们所有人对妈都懈怠了。1985年，所有人都懈怠了，疲倦了，再也没有任何力量了。整整八年，一家人被躺在床上的妈紧紧捆着，这捆绑实在太紧，大家早都喘不过气来。

夏天来了。房间被太阳晒透了，西屋后墙的那张大床也像蒸笼，蒸腾出各种气味。冬竹把妈扶起来，坐在床沿，妈赤裸着上身，下身搭一个薄的被单子。她身下的那张席子，中间是一个身体的形状，已经被汗浸成黑色。冬竹、勇智和冬玉轮流给她扇扇子，一人一百下。妈的头半低着，有时眼睛努力往上抬，有时就那样低着，没有任何反应。冬竹在心里悄悄数着，还不到第一百下，就张着眼睛四处找勇智，冬玉总是很响亮地数着，数到一百下，扯着嗓子喊下一个人。每个人都是飞快地逃出去，好像很忙的样子，其实就是在院子外闲逛，等着再次轮到自己。妈就像一个包袱，每个人都着急地想甩开，好赶紧去玩。

妈要死了。大家只是凭着惯性日复一日、例行公事般地照顾她，放开她，忘掉她。很难说没有懈怠所致。蛮子的事情刚好掩盖住了我们的懈怠，我们借此原谅了自己，又找了一个可以恨的对象。谁都清楚，即使没有那次的事件，妈也快要死了。

只有春节的时候，父亲才是冬竹熟悉的、心中向往的那个父亲。他一个人回到吴镇勇智家里，完成一家之长的角色。我们也都回到家里。吃啊说啊笑啊聊啊。这是每年的选美时间。内容就是选谁长得最像妈,评委是父亲和冬雪,只有他们心中有妈健康时的形象。冬雪从没有进入到决赛圈,妈是鹅蛋脸,她是鸭蛋脸,她长得像父亲,他们俩站在一起,尤其是那双眼睛,很亮,带着一眼看穿别人的嘲讽,几乎是一个模子出来的。勇智眼神像妈,深黑色,有点化不开的伤心,那是妈娘家人的标志。但是,却平白无故小了一轮,因此,说像又不像。冬竹的脸盘最像,标准的鹅蛋脸,直挺的鼻子,略长,又有点棱角,用父亲的话说,"很文气"。一这样说,冬竹的头马上就昂起来,并站起来,骄傲地走一圈,让大家看那最像的部位。冬玉得到的评价是个头最像妈,但是没有她有风度,长得更是比妈差远了。就这样,冬玉也要站起来,再次炫耀一下自己的身高。说谁像妈,就像得到最大的奖赏。

冬竹缠着父亲和冬雪,听他俩讲述妈,讲过去的故事。

"那时候,我经常看到妈一个人,靠着门,腿上放个针线筐,手里拿根针,也不动,就在那儿发呆,每隔一会儿,就长声叹气。你们在旁边又哭又闹,她也不管。我还看见她偷偷哭。我不敢问她。其实,我怕妈。我跟爹更亲。

"我老想往妈身边靠。有一次,妈出门走亲戚,我想跟着去,妈赶我回去,说,糙死我了,你们要糙死我啊。她的声音带着哭腔,那时候我才十来岁。我感觉,除了对勇智好一点外,她不喜欢咱们。

她也不喜欢爹。她一个人生闷气,不知道在气谁。

"爹一出门,妈就坐立不安,天天到村口站着。她老是半夜哭,我迷迷糊糊醒过来,爹不在家,妈在那儿哭,我又闭上眼,怕妈看见我,一会儿我又睡着了,不知道爹啥时候回来的。我记得她额头正中间成天有个红十字,是挤成那样的,太阳穴上也贴一小片布,说是能治头疼。妈成天头疼。后来,我才知道,那是高血压的迹象。其实,几片降血压的药就可以治住了,外公舅舅们都有高血压,是家族遗传病。要是稍微有点钱,要是爹稍微多关心一点妈,要是爹不成天出去惹事,要是早点吃药,妈就不会受那么大罪了,说不定现在咱们还有妈呢。

"我考上大学,妈高兴疯了,多不爱说话的人,也忍不住四处讲。她还拿家里宝贝一样的粮食向后边道坤家换了尼龙布,给我做了两条尼龙裤,那可是不得了的。有一天晚上半夜醒过来,妈就坐在我床头,看着我,又是笑又是哭。家里出个大学生,她真是高兴坏了。谁知道,等我再回来,她已经不会动了。"

冬竹看着冬雪,想象着妈拿针线筐的样子,她多想知道年轻时的妈妈是什么样子啊。

妈生病的时候,冬玉还不到三岁。但是,每次选美,她都评头论足,神乎其神,如临其境,仿佛她是与妈最熟悉的人。每当我们质问她的时候,她都用一副无赖的、天真的眼神看着我们说,

"我真的记得。"她记得盖房子时妈在那个破烂厨房蒸馒头的样子，还给我们形容妈蒸出来的花卷馍怎么白怎么虚怎么香。每当这个时候，大家都忍着笑，嘲弄地听她编排细节，可她每次都顽强地叙说着。最后，总是冬雪忍不住打击她，说，"那是我给你们讲的好不好？1975年夏天，你还还没出生呢。"大家笑得前仰后合，眼泪都出来了。

冬竹给父亲倒上茶，怕他挑剔茶叶太少，总是先少加一点，在他拿起杯子用责备的目光看之后，再加一点，这样，他就心满意足了。他的开头还是，"我这一生啊"，还没有"生"完，大家就打断他，让他直接快进到妈的章节。

我十三岁那年，应该是秋天吧，你外婆去咱们村里给你妈相别人家，吃完饭准备回家，碰到你爷从镇上赶集回来，两人原来就认识，你爷就邀请你外婆到家里坐坐。正好我放学回来。

你外婆一下就看中我了，说我看着聪明端正，问你爷有没有给我定亲。你外婆是个媒婆，你爷就说没有啊，你有合适的就说给我们这小子。那时候咱们家也不错，家里开有油坊，还做醋卖醋，你三爷又是个馍师傅，十里八乡都知道。当时差点都划成中农了，不过，你三爷是单身汉，家里又没雇人，就没划上。你外婆就把自己闺女说过来了。

都说麦女儿是个好女子,话不多。那时我虽然小,也懂得,路过你外婆家村子时也总想往里面多看几眼。

后来,她奶奶生病,想见她孙女女婿,我才有机会去一趟。还没进到村里,你妈就跑到麦地里藏起来,到晚上我走,都没回来。我偷偷爬到村头麦地里一棵老柳树上,想着能看见她,可是连个影儿都没有。我看四下里无人,就大着胆子喊:"麦女儿——麦女儿——我是梁光正,梁庄来的——"没人理我。我在树上等了好长时间。五月间麦都黄梢了,麦穗都有点扎人了。我想着我要是不走,她就还在里面藏着,多难受啊。我就喊着,"我走了啊,你赶紧出来吧。"

虽然没见着你妈,可心里也高兴。

我和你妈是1958年农历十月初四结的婚,那年你妈十七岁,我十九岁。

我记得可清,你妈一身青,那时候都是染的青色衣服。上衣有三个口袋,里面穿的水红内衣,洋布。斜插口袋,没有花。两个长辫子,一直到腰上,扎着水红色头绳。鞋是花的,脚上是米色袜子。一辆牛车拉过来,带篷的牛车,在牛车旁边放个板凳,她踏着板凳下来。迎亲的人和看热闹的人都感叹说:"咦,长恁好!"我心里感觉可美。个子也大,很朴实,也不白,紫糖色,主要是很文气。为啥结恁早的婚?1958年人都弄哩四分五裂,一个家里男的女的都分开了,到处跑。你外婆怕我跑出事儿,让我们赶紧结婚算了。

当时已经开始吃大锅饭。营(几个大村在一起,梁庄,李村,王营),连(生产队),排(组),集中干活,一个排一个食堂。韩家食堂,梁家食堂,王家食堂。一开始人们都可着劲儿吃,浪费得厉害。人们都说三年自然灾害,都是胡扯哩。1958年收成好得很,1959年才开始大旱。

可那时候浮夸风太厉害。评比组下村,小麦刚收完,打不及,就把小麦捆子扔到井里。你要是不弄完都批斗你。收秋时红薯、苞谷也好得收不及。在这期间,我还投机倒把去贩过菜籽,手里有几个钱。

1959年跃进还厉害呢,叫"扫暮气",把树都刷成白的,说是好看,为这还死过人。拉一车粪,掌鞭的身上还得背个背篓,完全是搞形式。出工干活,挑个挑子还得有口号,"小姑娘,挽胳膊,挽挽胳膊干得快。腿跑断,头使烂,麻丝儿捆捆还要干,哎呀呀,力争上游加油干"。主要是看声势,看你声势大不大,谁声势大谁受表扬。成天连轴转,不睡觉。1959年夏天开始饿。限制收粮,吃红薯叶子,吃野菜。真正都挨饿是从1959年八月开始。

我是1959年农历六月二十六走的,和你国合大爷一起。主要是想出去找工作,拿有二三十块钱,是家里所有的钱。你妈在村里幼儿园当院长,肯定饿不着,你爷你三爷送到敬老院了,也没事。我就走了。

其实,那时候也没想那么多,说走就走了,都没家的概念,和你妈也没一家人的感觉。两人只是名分上是一家人,也不一起吃饭,也不一起干活,你妈睡在幼儿园,我白天忙一天,回家累得都快晕了,啥也不懂。不懂得感情。不过,你妈在家里,我心里可安稳。

那时候各个城市都有收迎站和收容站。到许昌买的火车票,从许昌到呼和浩特,是18.7元。在北京丰台站转车,到永定门另外一个火车站再坐火车,是签转,找到内蒙古大学历史系吴胜发,咱们一个老乡。到那儿,先到飞机场干,干了快两个月,活太累,我们就商量着要走,工长把我们交到施工处,施工处把我们交到派出所,说我们捣乱,要把我们交到公安局的集训队,定性为"流窜犯",差点儿都判刑发配一个叫啥地方了,有一个老职工救了我俩,我一生都感激他,不然都不知道早死哪儿,也没有你们了。他们就让我俩去当地一个华建公司那儿去劳动,打夯,挖道。干到十一月一日,被放出来,发的遣送费、免费票,民证局发的。到北京卢沟桥沙石厂又干。干到腊月,我回来了。跑跑也觉得没啥意思,也想家。

你妈性格好,从来不埋怨我,也不多说话,看见我回来了可高兴，她不说，可我能看出来。她也不住幼儿园了，住到家里。每次都是快到时间了，才过去。那时，你妈的长辫子还没剪，她走路时把辫子往后轻轻一甩，很好看。

当时你爷三爷都还活着。1959年内还是吃六两，后来变成吃四两，再加上食堂克扣，过完年变为二两，一下子把人们饿犯了。

真正死人是1960年开始。1960年我先到赵营修水库，劳动力吃的是刺角芽，苞谷糁馍，喝点汤，能保住命。你三爷是正月初七被饿死的，死时叫着"吃馍，吃馍"。你外婆还来哭亲家。

我还算身体好的，去南大仓存红薯干。背篓丢了，他们说我偷了。当时，仓库里存的粮食很多，说是要还这儿要还那儿，都不让吃，要节约呢。大家都是眼肿着，脚肿着，人们也想不起来反不反的，就那样熬着。后来叫我去铡草，饿得不行，草又湿又朽，我铡不动。那个队长踢我几脚，第二天我就跑了，后来让我去修水库。你爷是二月十三死的，都是应个名，要大家集中到养老院。死很长时间我才知道，没人去给我说。

你牛儿哥是六月间死的，刚生下来就死了。我连见都没见着，在工地忙着干活。你妈生你们牛儿哥时受住罪了，喊了一天没人理。我回来时，牛儿已经扔到乱葬坟里，我去看，到处都是尸体，整的烂的，骨头露着，分不清谁是谁的。你妈在床上躺了好多天。看见我回来，眼泪流很长，说孩子长得可好。我气啊，那是我的头生子啊，可我气谁啊，谁也气不着。

那时候开始和你妈有点儿小矛盾。你外婆认为梁相公不正干，光出去跑。我回来时你三爷你爷死了，你伯腿肿得发亮，儿子也没了，我心里也不美。你妈不多说话，她对我不满意，可是她也不怨我。到1962年冬雪生，感情才真好，觉得像是一家人了。

你妈哭得最厉害的就是1968年夏天，闰七月初三。

1966年站错队，我成了反革命，到处跑，湖北，新疆，云南都跑过，跑跑又偷偷回来看看，再跑。有一阵子还在咱家烟地藏了几个月，最后还是被抓住了。梁正义说还得清算，得开批斗大会。秃子祥，茅群，鸡娃儿都是积极分子。他们带我去大队部，我抱着冬雪，那时她才六岁，想着看在孩子小的份上能不能可怜一下。往村后面，过岗地公墓，又过了沟，沿路站了很多人，都在看我笑话。

大队部一溜瓦房，他们写我的大字报，几个罪状：一是骂毛主席，二是给刘少奇翻案，三是抢军火库。三个我都不承认，如果承认，就真抓起来，会坐班房。不承认就打。我在台上，后面有个黑板，村里的墙上都贴着标语，"打倒梁光正，推上断头台""打翻在地，永不得翻身""人间败类""牛鬼蛇神""反革命分子"。

我也不怕，斗得都麻木了。我就怕打住冬雪。我把冬雪往建忠妈怀里塞，她接住了，拉住孩子站到了人堆外，这老太太虽然一辈子把儿子管傻了，可是有是非观念。屋里坐的都是骨干，三间房站满了，红卫兵组长，革委会成员，积极分子骨干，外面站的是看热闹的老百姓，有三两百人。梁正义发动，一个个上台去打，脚踢的，砖头打的，一个朱芒强，当过两天兵，一开始上去，我腿一软，跪下去了，我又站起来，手里举着毛主席语录，想着看能不能护我一下，也没啥用。后来有人拿拳头打我脸，把我的牙打掉了。朱学平上去给我几嘴巴，还说："老表，老表，你是反革命分子，共产党员就是治反革命分子的。"打得最狠的都是那些锁定的积极分子，表现好了会提拔。有些是抓的，有些是撕的，一道道抓痕，血一道道下来，衣衫也一道道的。这些人，打我打了十几年。

打罢了，才让我回来吃晚饭，吃过晚饭要接着斗。你妈在北岗上接我，我拉着冬雪，身上都是血，胸脯、肺都像针扎一样，疼得很。你妈一看见我这样子，就哭起来。我看见你妈，才感到浑身发软，你妈把我拖着回去，她一直没有放声哭。你妈的克制力很强，我和你妈一辈子，从来没见过她放声哭过，撒泼打骂，都没有，最多就是你们姊妹们太闹时把你们推开。可是，我知道她心里难受，她不表现出来。

那天晚上做的是面条。饭做好，她去找梁正义的妈五婆求情。我又想叫她去又不想叫她去，想着梁正义已经像疯狗一样，说着也没效果。可我也被打怕了，实在是争不了这口气了，也盼着你妈能说服五婆。天热，五婆放个席片儿在她家的枣树下，卷着玉米胡须吸烟。平时，五婆还是很尊重你妈，村里男女老少都尊敬她。你妈在求情时，梁正义回来了。

五婆说："儿啊，今夜可有些数啊，不能再过分。你跟你二哥们这关系都不错。"

梁正义说："说那干啥哩，打死他鳖娃。"

天黑，他没看见你妈在五婆后面。你妈哭着回来了。你妈又跑到立娃儿那儿，让立娃儿他妈去求情。她找了好几家人，想让人家在晚上村里那个批斗会上给我求求情。到最后也没用。晚上又打了我一顿。我那个胸、心脏就是那时候出问题的。

你妈就是那时候吓住了。她老头疼，一疼起来针扎一样，她就让我给她挤，挤太阳穴，挤额头，挤得血红血红，也不顶事。

1969年又要清理阶级队伍，那是全国性的。我又被抓住，关到五高中，办学习班，隔一段时间出去斗一次。我始终不认罪，这次批斗，从二月开始一直到快割麦才放假让回去。你有一个杨叔高小毕业，是材料员，他偷偷让我看材料，鸡娃儿、秃子祥们都证明我是反革命，你杨叔说他们都是死记硬背的，说的时候磕磕绊绊，不停地看梁正义，生怕背错了。

接着，你们一个一个出生，你妈的身子本来就弱，还得照顾你们，我四处跑着挣点钱，搞投机倒把，老是被抓挨批，梁正义是盯上我了。我去湖北贩个菜籽,半夜回来梁正义还在路口等着。梁正义坏是一个重要原因,还有一个原因是,那时候每个村都有"反革命分子"指标,不抓我他也得抓别人。那时候搞投机倒把被抓的人多了。咱们前边的梁光祥,冬雪可能还记得他,是个木匠,出去给人家捏把小凳子小椅子挣个零花钱,被发现了,梁光祥胆小,就喝了老鼠药。那天税务所去抓人时,梁光祥口吐白沫躺在床上,他两个小孩光着屁股在旁边爬来爬去,一看人来,藏到被子里,头从被子的破洞里钻出来看人。

总想着日子会越来越好过,谁成想,越过越差。1975年我偷黄豆被抓,你妈躺在床上有半年,头疼头晕,起不来。你妈从来不埋怨我,都是你外婆埋怨我,有一阵子你舅也来埋怨我,说我好跑,好惹事。我是真心疼你妈,跟着我,没享一天福,成天担惊受怕。

1977年是咱们家的背运年。冬雪考上大学,你妈高兴啊,又哭又笑,从来不爱往人场去的人,带着冬雪东家转转西家立立,就等着人家问。没成想,到秋天,为浇地,韩家韩立秋,也是批斗我的积极分子,他浇地水都流咱们家,把咱们的苞谷秧都冲倒了,眼看都成涝了,你妈去说,他把你妈推倒在地,还说些难听话,你妈本来就爱面子,又不会骂人,又气又急,就晕过去了。等我回来,你妈一半身子都不会动了。我哭着去找韩立秋,我说你有啥冲着我来,你欺负一个女人,你算啥本事。他们一家人把门关上,不出来。

我赶紧联系冬雪，把你妈送到郑州。医生说，脑血栓，中风偏瘫，治不好了。你妈多爱面子的人，脸歪了，一只胳膊一条腿也抬不起来了，她心里难受，可是，她连哭都哭不出来，她左边面部神经失控，只会笑，隔一会儿就笑起来，越笑脸越歪。我看着心里难受。人们一走，她就问我，刚才我丢人了吧？1980年，你妈又中一次风，这次，连话也不会说了。

麦女儿，妈的小名。冬竹一遍遍回味，多好听的名字啊。父亲讲的故事，我们听了好多遍，一次一次听，每次都听出一些新的细节。父亲在遗忘和记忆之间来回游走，多找到一点线头，一个笑、一次骂或一个话题，他就能多出很多东西。

冬竹喜欢听大家讲过去的事情，打牌时，开心笑时，她总是小心翼翼打听一些过去的事情。她想把过去的日子拼起来，想拼出一个图，看看那图的形状、走势和发展逻辑，她想弄明白，是什么样的逻辑造成了今天这样子。她也想拼出妈的图形，她羡慕父亲和冬雪谈起妈来那意味深长的对视，那里面藏有妈，藏有这个家，她也想进去。

她想念那个不存在的家。那里面的一家人才是真的一家人。她多想让时光倒流，重新回到那时候。可是，她也知道，谁也不想再回去。她过滤掉的那么多的饥饿、流血和批斗，是父亲和冬雪，还有妈，怎么也不愿意再回去的。

"1975年秋天，爹终于攒够了砖和瓦，开始盖房，就是咱们现在的那三间房。爹带着村里帮忙的人在院子里砌地基垒墙，妈在咱们家那个小厨房里蒸花卷馍，一锅一锅，热气腾腾，白白的，虚虚的，一层一层，里面有青色的碎葱花，一出锅，妈就拿出来一个给我，让我先尝，笑着问我，香不香？"

"当然香。香死了。"冬竹在心里抢着冬雪回答。她想她脸上的表情肯定是世界上最献媚最甜蜜最幸福的表情。

油菜油菜

那段时间,父亲突然忙起来。勇智发现,父亲不喊冬雪她们打牌了,也不提出去寻亲了,频频往吴镇跑。回去之后,也不好好住家里,也不去和邻居几个老伙伴打牌喝茶聊闲篇儿,而是天天回梁庄,在梁庄的地头转来转去。转完之后,又到村支书、会计家喝茶。如今的父亲,在梁庄,虽不是头面人物,但子女都在外面,日子过得不错,也算是颇有风光了,所以,每到一处,都被热情招待。他在以前的仇人家门前踱着步子,那些人也只好讪讪地和他打招呼,父亲就格外夸张地和他们在门口聊着天,等着有别人过来，拦住人家，一起聊天。

勇智跟过去几次，看老头儿在槐树下的那几亩地前来回晃悠，只感觉脊梁后一股股凉气往上升。父亲背着手，迈着他的八字步，"咔咔"吐着唾沫，像个胸有成竹的将军似的。勇智心中有些纳闷，不知父亲为何突然对这里感兴趣。要说起来，父亲可能是最不爱土地的农民。他从来不是一个合格的农民。即使那么多年来，他必须依靠土地给他的家庭觅食，他也是应应付付，他更热衷于"投机倒把""歪门邪道"。你走过梁庄的地，那长草最多，行最斜，最漫不经心的，一定就是我们家的地。麦地里的草棵子高过麦苗，辣椒地里只见草，不见辣椒苗，红薯地里的秧到处扎根，他从来不翻。不是他不干，只是别人翻地、除草两遍三遍了，他才开始第一遍。他很忙。忙着照顾病人，忙着帮别人打官司，忙着出门做小生意，忙着研究国家大事。每到收成季节，只听得他喜气洋洋、轻蔑无比的声音："他们忙一年，也不见得比我多收二两粮食。"

所以，勇智根本没有猜到父亲脑子里啪啪响的算盘，也没有注意到父亲已经和村支书、会计一起吃过好多次饭。直到有一天，小峰从城里回来。

父亲指派勇智安排小峰的住处。他嫌东边那间有几个台阶，不方便小峰进出，西边那间窗户太高太小，通风不好，又嫌房间太脏，被子太薄，嫌电视太旧。勇智心想，都操心成这样，好像谁虐待他似的？

准备吃饭时，父亲先"咔咔"往花盆那边吐了两口唾沫，对勇智说："我赁了十五亩地。不对，其实是二十亩。原先咱们家赁给别人的五亩我又赁回来了。准备种油菜。我已经考察过了，这几年油菜籽特别贵，种的人少。"

考察。勇智打了个寒颤，心开始往下沉。一考察就坏事。这些年，他们吃了多少考察的亏。勇智没有想到父亲这么长时间在地里转的是这个主意。可这又是从何而起？他讨厌种地，即使勇智后院那个小菜园他也从来不管不问。

每年春天油菜花开，金黄金黄，煞是好看。地里东一片西一片的，都是一些人们利用边角废料种一分二分，自家换油吃。没有人把它作为经济作物来种，穰县这边没有这个习惯。

勇智说："咋了？冬玉没有把我们每个月的钱给你？"

父亲不理他，说："我考察过了，咱们这边适合种油菜。现在一斤菜籽合两块钱，按亩产300斤的话，一亩地能有600块，二十亩地就是12000块，少说也能赚6000块。"

6000块？说得像真的一样啊，还有零有整，不要人工？不要种子？不要肥料？想得真美啊。勇智张张嘴，没有回应父亲的话。

午饭刚吃完，父亲把上午的茶倒掉，换了茶叶，重又泡上，坐下来开始抠鼻子,冬雪一阵风一样卷了进来。她走过去,把父亲的茶杯端到水池边,把里面塞得密密实实的茶叶倒掉过半,重又冲上,"咚"一声放到桌子上。

"爹,你看这样行不行?"冬雪说着,从包里掏出一沓钱,"这是5000块钱,是我们姊妹仨凑的。"她把钱放在父亲面前,又喊勇智,"勇智你再拿1000块过来,总共6000块,你拿着,地咱别种了。也是我们不孝,不知道你缺钱。你想啊,你都七十多了,再去种地,村里人会咋说我们?那还不骂死我们?"

冬雪先发制人,一是给钱,种地能赚6000块钱,好,我们给你6000块;二是我们检讨反省了自己,心里很后悔,觉得自己不孝;三是你要去种,我们会落不孝之名。这是将父亲的军。

父亲被冬雪这一连串的动作给弄糊涂了,可是,随着冬雪表演的投入,含泪自责的样子,父亲的脸沉了下去。

他把钱推回给冬雪,说:"钱我有,种地与钱无关。我天天没啥事儿,闲着着急。原先在单位烧茶做饭,你们拼死拼活不让我干,后来去看大门你们又嫌丢人,你们都忙着,我也不能天天叫你们陪我。我种点地,赚钱不赚钱,起码有个事儿干干,心里不着急,你们也可以忙你们的。再说了,你们给我钱,我高兴,可那是你们的辛苦钱,我要是自己能挣来,我心里美,你们也高兴。"

冬雪看这招不行，把凳子往父亲跟前拉近一些，又往父亲的茶杯里添满水。父亲喝茶喜欢把茶杯里的水倒得满坑满沿儿，吃饭喜欢把饭盛得冒尖，低一点少一点他都很难受很暴躁。

"老爹，就算种二十亩油菜能挣6000块，可是，你有没有算过你的本钱啊。你看，种油菜需要种子、化肥、农药，还需要大量人工，要锄地、拔草、施肥、分枝、浇水，哪一样不需要钱？算下来你忙半年，能把本钱还回来就不错了。再说，你就是不干活，你不得操心？你的身体你又不是不知道？"

父亲说："我身体咋了？我身体好得很，我一顿能吃两大碗。"

勇智忍不住接了一句："前一段不还说自己是快要死的人吗？"

冬雪急了，大声说："你得的是癌症，你知道不知道？"

父亲也提高了声音，说："我知道，别以为你们背背藏藏，我十年前就知道。我不还活得好好的吗？"

冬雪说："你又不是没种过地？那来来回回的，买种撒肥补苗浇水盖膜，一样样事儿，你能跑得动，受得了那个麻烦？再说了，你一辈子种地，啥时候从地里赚到过钱？你吃亏吃得还少啊？"

父亲头别了过去，说："这你们别管，我自己生办法。"

冬雪说："说我们不管，真忙起来，不管能行？能看着你一个人在那儿忙活？你这是给大家找麻烦找罪受？"

父亲说："你们别操心，不麻烦你们，我自己来。"

冬雪站起来，纸片儿样的身体又开始颤抖，她高声嚷着："明明不行的事儿你咋非要干啊？！"

正在这时候，小峰打着呵欠从房间里走出来，他揉揉眼睛，吃惊地看着院子里的这帮人。大家都停下来，朝小峰看过去。一刹那的静默。

像是突然明白了什么，冬雪扭头看着父亲。勇智站在一旁，他看到父亲看小峰时的眼神。那是什么眼神？他无法形容，但肯定是充满无限感情的眼神。或者说，柔情。这柔情，他从来没有享受过。

所有人都明白了：父亲要给小峰挣一笔钱。

冬雪像泄了气的皮球，紧张绷起的身体顿时塌了下去，说："小峰倒是个闲人，可以帮你。"

"那咋了？总有个闲人。"父亲端起茶杯，喝了一口茶。

"那倒是，"冬雪慢悠悠地说，"挣一笔钱，给小峰找个老婆，他都三十多了，再买个房子，你这辈子心愿可算了了。那你种这二十亩可不够，得种一百亩啊。"

父亲觉察出冬雪话里的讽刺意味，不再接话。

冬雪说："爹，你要是不把咱们家的人丢尽丢完你就没个完。"

父亲把头转过来，看着冬雪，眼睛瞪着，说："我靠劳动挣钱，我丢啥人？你们觉得丢人，你们就别管我。"

冬雪说:"你知道我在说啥。"

父亲说:"谁想咋想谁咋想。谁想说啥谁说啥。我自己行得端走得正,我啥都不怕。走,小峰,咱们去地里看看。"

小峰已经洗完脸,走到门外,点起一支烟,一副与我无关的样子。他在家里不用拐杖,那大幅度升起降落的身体像慢镜头,刻在每个人的心里。大家看着他走过去,就像一个铁锨从水泥地上划过去,发出刺耳的要割开人心脏的声音。他似乎没听见这场争吵,也不关心这场争吵的核心。没有人知道他心里想什么。

父亲谁也不看,昂着头,走了。

勇智盯着父亲挺得笔直的背影,说:"你们看,他就是犟,他就是成心和我们作对,他要是真问咱们要钱给小峰,那也好说。可你看,你看那精神头儿,哪像七十多,他还要折腾一番呢。"

冬雪说:"要不人家说他事烦儿呢?事烦儿事烦儿,就是事太多。别人都在安生过日子,他这里却总有事发生。人家风平浪静,他这里风雨雷电。他总是有本事找来种种事情。说好听一点,是正直,坚持正义,看不惯歪风邪气,说不好听的,是他自己活该。"

勇智说:"一辈子找罪受,找打挨。你说梁正义为啥和咱们结上梁子?爹从来不说,只说梁正义欺负咱们,他不说理由。那梁正义好欺负人是真的,可是他也得有个理由啊。我听国合大爷给我讲过一次。说1958年爹和妈结婚时他们就闹下矛盾了。那时候已经开始大食堂大锅饭，结婚也只能是从食堂领饭菜。爹从食堂领了饭菜，又在家偷偷炖一只鸡，煮些鸡蛋鸭蛋什么，招待妈娘家的送亲人。这本来没啥，那时候谁都这样干，干部们发现了，也睁一只眼闭一只眼，毕竟是结婚，喜事儿。吃饭的时候，梁正义来了，那时候他刚刚升为大队的民兵队长，得意洋洋的，走路都有点横，他本意可能只是想混点酒喝，找点儿乐子玩玩，但爹平时就看不惯梁正义耀武扬威的样子，于是沉着脸，一副不欢迎的样子。谁不知道，要是爹看不起谁，那这个人就算完了。他会把表情做足到让对方觉得自己人格低下、面目可憎、不配为人的地步，恨不得立马去死。爹身上的每一个毛孔都张着，嗖嗖地往外射着冷箭，冷箭上涂的全是'蔑视'两个字。你说这是你的婚礼，一辈子就这一次，来者都是客。你何必呢？他偏不。梁正义酒没混来，却被羞辱一番，一怒之下，把爹炖的鸡子鸡蛋鸭蛋都没收了。客人们没啥吃了，酒也没得喝了，婚礼也不欢而散。妈和外婆家都可不高兴。最关键是，这一箭射过去不要紧，却为咱们的悲惨一生奠定了相当牢固的基础。当然了，爹从来不认为是自己的错。"

冬雪笑了，说："勇智，你的人生也说不上悲惨吧？你好赖也混上个站长，爹一辈子挨打受苦，连咱们都天天怨他。"

勇智狠狠地说："我明天就去把这小站长辞了，我丢不起这人。"

冬雪满脸不屑地看着勇智，好像在嘲笑他有多大能耐一样，说："你舍得？你把你这小站长看得比啥都金贵。"

勇智说："我金贵？还不是你们想让我当？有啥意思？农机站都快倒闭了，我在那儿当个小站长，还不够别人笑话的。"

冬玉插话说："哥你这样说也不公平。爹一生其实更多的时间是在给咱们找食物。最起码，从表面看来是这样。孩子一个接一个来，要是老老实实呆在家里说不定我们早饿死了。他要偷要出去搞投机倒把，就得冒被抓被打被批斗的风险。早年就说爹好跑，爱惹是生非，到后来，那可是为了让咱们吃饱饭啊。"

勇智说："又不是他一个人搞投机倒把，爹自己也说，1970年代，那是全民犯罪，所有人都在偷。为啥人家别人都没有被批成那样，斗成那样，就他成了那样？咋就他把日子过成了高潮不断的狗血电视剧？"

冬玉无话可说了。

勇智的口气就像农机站站长给职工讲人生大道理，像一个政府官员给公务员讲政治觉悟，一个企业家给员工讲如何向善。从表面看来，全是对的，可大家又都知道，那讲话的起点就是错的。

那天下午，勇智和三姐妹难得的和谐一致，就父亲的毛病、性格和倔强进行了热烈讨论，相互补充，彼此启发，引申转义，最后，由冬雪进行一锤定音的总结。这总结也不只进行一次两次，但大家都乐此不疲。这结论往往是勇智冬竹冬玉他们三个反复诱导推理在不知不觉中让冬雪信服，并且它一定得由冬雪来说，因为他们三个谁说都会让冬雪大怒但冬雪自己说就变成趣事了。

冬雪看着大家，像是突然想到一个笑话，一句最妙的话，或某个人特别可笑的地方，"扑哧扑哧"连笑几声："你们知不知道，爹这么事烦儿，还有一个最主要的原因……"

勇智和冬竹冬玉无知、好奇又充满期待地看着冬雪。

冬雪说："爹一生热爱女人。"冬雪眼睛闪着嘲弄的亮光看着大家，"你们见爹吵过妈了吗？"

"没有。"冬竹说，"弄块儿西瓜都不让咱们吃，只让妈吃。"

"去，你就记得这一件事，"冬雪说，"妈在的时候，爹在地里干完活回家，还要做饭洗衣服，他不让妈干。妈一说头疼，爹就赶紧让妈躺下，啥都不让她干。你看后来蛮子来，他也是这样。"

"可不是。"勇智往下顺了一句。

冬雪继续往下说："好端端一个蛮子硬是叫他惯坏了。人家本来也没觉得这一大家子多苦，他在那儿变着法儿宠，让蛮子觉得自己受苦受累。你看巧艳她妈，恁傻一个人，老爹都不叫说她坏话，还每天给她做吃做喝。"

"你说的也不对，"冬玉说，她这会儿是捧哏的角色，"他伺候他高兴，还顺便锻炼了身体，你在那儿老批评，反而成人家俩阴影了。"

"那要她干啥?把她娃们养活大,我爹老了,该你伺候几天了,你还不干?"冬雪开始生气了。

"那你批评这么多年改了没有?人家俩有人家的模式。"冬玉继续烧火。

"啥模式?要不是我坚持,老爹能把烧茶做饭的那个事停了?你不知道那多累?半夜有人要水,他半夜就得起来给人家烧,一天行,一月月一年年的,他都七十多了,他那心脏受得了?你们都是光嘴上说说,"冬雪又转过脸看着勇智,"你也不争气,不好好当你那个小站长,成天好做个啥屁小生意,让老爹总惦记着给你贴钱。"

好端端的话题又扯回到勇智这儿了,关于父亲的批斗会马上就要变成勇智的批斗会。这也是惯例。但是,最终会适可而止还是如风暴降临,就谁也说不准了。

勇智想说:"要不是他天天要寻亲,我哪会这么缺钱啊?"但他不敢说。这么多年,就他还花过父亲的钱。

父亲的油菜项目上马了。一个庞大的工程。他带着小峰,在穰县—吴镇—梁庄之间来回奔波。种油菜一定要深挖深耕,父亲租来最好的犁地机,和小峰在地里盯着,机器在前面犁,他们在后面捡翻出来的碎石硬土。又买来最好的菜种,租播种机,买肥料。都是最好的。父亲是下血本了。

勇智冷眼旁观,悄悄给父亲算了一笔账。还只是开头,父亲已经花出去了将近3000元。赚钱显然是不可能的了。

小峰被父亲拉扯着,忙得脚不沾地。早晨五点多钟,父亲就坐在院子里咳嗽,倒茶,发出夸张的种种声响。小峰在咳嗽声中醒来,下去洗脸,吃饭。父亲正早已安排好一天的行程,就等着小峰架好拐杖一起出发了。人们看着这一老一少,一个满头白发,一个歪歪斜斜,有时手里还提着重物,走在县城、吴镇和村庄地头,觉得非常新鲜。有人在背后偷偷议论,也有人仗着和勇智相识,就去勇智家打探情况。勇智又羞又恼。可是,还是传开了。梁光正早年的那个儿子又回来了,还是个残废。那些自以为知道内情的人又开始讲那年的那场事故、冬雪的发疯、那些山里人的吵闹。

一些牌友三番五次给小峰打电话。男女老少都喜欢和小峰打牌。小峰打牌时干脆爽快,不耍赖不生气,性格稳当。每次小峰有电话进来,父亲就站在旁边,毫不掩饰地侧耳听着,小峰只好含含糊糊地挂掉电话。按照父亲的安排,小峰根本没有时间单独出去。有一天,小峰实在熬不过赌瘾,半夜溜出去,到吴镇一家麻将馆去玩。他已经在最短时间内摸清了这里的牌场。还刚刚坐下去,没来得及摸上一把牌,父亲就去了。他也不说话,就笑眯眯地站在小峰后面。那一把打完，小峰乖乖地跟着父亲回家了。

父亲风里来雨里去，又不敢麻烦冬雪他们，经常和小峰两个人坐公交车在县城和吴镇来回跑，有时还要去地区和另外一些县市。父亲从来不去农机站找勇智，而是直接到农机站的销售点买这问那，农机站的人一听是站长家的老爷子过来，无不热情招待，尽量满足老爷子的各种需求。在耕地、播种、看苗期间，父亲早晨很早就要到地头，平地、检查、补苗，有时候一天都吃不上饭。秋天来了，寒气扑上来，昼夜温差极大，出门就容易感冒。可是奇怪，整个秋天到冬天，父亲的肺气肿不但没有加重，人看着还胖了些，神清气爽的。勇智和冬雪本想着老头儿病一犯，就把他拉回城里，把油菜地转给别人。结果，这些打算都落了空。看着地里的绿苗出来，一行行的，延天展地，父亲得意地在地头转来转去，和来往的梁庄人聊着天。

有人说："二哥啊，你一辈子都不是好庄稼，这回这油菜可不错，你看这苗出多好。这，是那个小家伙？"

"哈哈别小看你二哥，你二哥想干啥都能干好，你知道，光这苗，我都补多少次，你们现在谁还下这工夫？"他回头骄傲地看着小峰，说，"是，咋不是，长大了。精神吧？"

那人好奇地看着小峰和他的拐杖，想研究出来些什么。小峰虽然架着拐杖，却仍然能够将身体挺得笔直，弯曲的左腿在拐杖的支撑下不显得有多突出。他挺着一米八几的个子，一言不发站在父亲身边。不管人们说什么，他都沉着一张脸，他只回答父亲的话。

有人说："二叔，种油菜可是不咋赚钱啊，必须得大批量才行，你这二十亩地，估计至多能收支平衡。"

父亲说："那不会，你种得好，收成就好，你放心，我都看过报纸，也问过农口的人，这几年种油菜的人越来越少了，菜籽在涨价。"

又有人说："二爷啊，你放着好好的清福不享，受这罪干啥？咋了，我姑她们对你不好了？"

父亲"啪"地吐了口唾沫，弹飞从鼻子上那粒痣中抠出来的脓块儿，说："咱就不是那享清福的人，有事儿干比啥都强。"

父亲带着小峰在村里招摇，勇智在镇上气得心口直疼。雪丽解劝他说："你又不去干，小峰好坏是个劳力，干活也实在，再说了，真有收成了他能不分给你？"

勇智说："能有收成才怪呢，谁在乎他那二分钱？你看他对小峰那巴结样，叫谁看了都恶心。还天天谈心，有啥心可谈？他啥时候和我谈过心？"

雪丽说："你啥时候和谁谈过心？你们爷俩坐一起，好像深仇大恨一样，你们能谈心？"

勇智说:"他为啥总是不待见我?他对一个陌生人都比对我亲?"

雪丽笑着说:"这你可错了,他对谁好,都没有对你好。"

勇智撇了撇嘴。

眼看进入正月,地里绿油油一片,旺盛可人,过完年到三月份,就要开始分枝打叉,等待结果了。父亲却焦躁不安。地里活少了,也不需要天天去看。小峰说到城里冬玉那儿住几天,父亲也找不到理由不让他去。只好天天打电话向冬玉问小峰的行踪。

勇智在一旁听父亲在电话里絮絮叨叨,问来问去,忍不住说:"他一个三十多的大男人了,你能管住他往哪儿跑?"

父亲说:"你懂个啥?他那个好赌的毛病必须改过来,要不然,他这一辈子算完了。"

冬玉说:"咋改?你能把他手剁了?"

"你没看见他这几个月都没打了?"父亲说,"你得让他有事干,有事干,有个奔头,他自己就不打了。"

勇智恍然大悟,父亲这一盘棋是下在这儿啊。大家都以为他种地是为了给小峰赚钱,还在纳闷着他的铺张和计算不当。现在,一切都通了。他大张旗鼓,铺那么大的麻烦摊子,花这么多钱,投入那么多时间和劳力,都是为了让小峰忙起来,以自然戒掉赌瘾。

这计划真是曲折、周密啊。勇智给冬竹打电话,冬竹又给冬雪打电话,冬雪气得哇哇直叫,说这老头子心永远向外拐,永远都是爱别人,早晚得累死不可。

说到"爱",父亲对"爱"的理解和通常人不一样。勇智一个人在心里来回琢磨父亲行为的缘由。对父亲而言,对自己亲生子女的爱,就像动物的自然本能,是谁都有的行为,不值一提。对他人的爱,则是一种道德行为的展示,是对人的品行的衡量。他之所以一生都热衷于对别人好,是因为那是他的道德标准,是最低的道德限度,是他之为人的重要标志。这样看来,父亲忽略自己的子女也是很正常的事情,因为他们只是自然伦理下的产物。唉,谁知道呢?也许父亲只是热爱女人而已。

总之,七十三岁的父亲为小峰戒赌设计了一个周密详尽切实可行又顾及自尊又有益身体又有所收成又能有较长时间段的计划。这计划一旦展开,就没办法中止,小峰就得硬着头皮干下去。不得不说,在救人方面,父亲拥有天赋和不屈不挠的决心。

父亲为之焦躁不安的事情还是来了。小峰要回家过年,说过完年再来。不回家似乎也不行,小峰无处可去。小峰不可能和巧艳他们住一起,也不可能住在冬玉店里过年,勇智显然不太欢迎。父亲偷偷给小峰塞2000块钱,又号召我们凑钱出礼,小峰揣着几千块钱,带着叮叮咣咣的方便面鸡蛋烟酒回汉中过年了。

所有人长出了一口气。小峰那拐杖和黑塔似的身高,太压迫人了。他整齐的、永远紧扣的衣衫更似乎是一个小小的魔咒，往外放射着丝丝阴森的寒意。

腊月二十三刚过，父亲突然发了高烧。也是老毛病了，大家不慌不忙地把他送进医院。冬雪抓住把柄，讽刺父亲，难不成，你这小峰儿子走了都伤心成这样了。但是，医生说这次不是肺气肿引起感染，而是鼻子上的痣感染了。这个痣，父亲抠了二十年，那黄色的脓块被弹到过每个人家里的任何一个角落，大家都不以为意。没想到最后还作祸成精，祸害父亲一把。

"好一个爱情毒瘤。都是爱情惹的祸啊。"冬竹兴致勃勃地为父亲总结了一把。冬雪剜了她一眼，又忍不住笑起来。这句话倒是形象。当年为了蛮子，父亲被人打得半死，留下印痕，几十年彼此平安无事，现在，终于和蛮子联系上了，连这痣也跟着过来凑热闹，升一把温，提醒大家关注父亲仍在激动的内心。

那个春节，父亲有一半时间躺在床上，也不唱戏了也不叫冬雪她们打牌了，没精打采的。也难怪，从效果来看，他的救人计划失败了一半。

春节期间，勇智突然忙了起来。先是镇上最大的房地产商吴正直请他吃饭，镇上各个经商的头面人物和他在第五高中当校长的同学都被叫来，热热闹闹地喝一场，勇智被灌得烂醉。勇智和吴正直并不熟，但彼此仰慕已久。勇智脾气虽然暴躁，做生意却干脆明白，吴正直也以豪爽好交朋友而著称，近几年在吴镇和穰县都做有房地产生意。两人一拍即合。然后，几个人轮流请，勇智天天醉醺醺的，心情颇为愉快，好像终于进入到吴镇的上层社会。

过完年刚上班，镇长又把勇智叫过去，说要和他谈心。镇长和他谈什么心？他一个小站长，镇长几乎没正眼瞅过他，他也懒得往边上凑。在父亲的带领下，勇智很小时候就拿着铁锨和村里最大的权威梁正义战斗，这使得勇智对做官和做官的人有一种天生的反感。雪丽总埋怨他不上进，和他一起中专毕业的同学有当局长的校长的主任的，只有勇智还是个小小站长。勇智虽然反感那些当官的，但童年少年的经历使他清楚，只有当官，这个家才可能扬眉吐气。这一点，他和父亲不一样。父亲是越战越勇，永远分不清形势，所以一辈子吃亏挨打，勇智早就挂了休战牌，他要过得像个人上人，他要站在人前面，让别人心存敬意。可十年前当上站长之后，他几乎就没有任何机会了，他没有关系，没有人脉，也没有更多的钱去送礼。冬雪和父亲一方面想让他往上走，另一方面，又不停地打击他嘲笑他，经常鄙夷他谨小慎微的样子。在这同时，勇智一直做各种小生意，买地换房，租挖掘机，买收割机，等等，忙得不亦乐乎，有赚有赔。前几年买了一进十间房的院子，他把房子重新装修一番，租了出去，一月也有固定收益，足够日常开支。勇智说："不当那个破官了，这日子，自由自在的，不比当官强多少倍？"

勇智坐在镇长办公室里，毕恭毕敬地听镇长讲了将近一个小时政治方针国策趋势，听不明白镇长的重点在哪里，就忍不住微笑着拿眼睛看镇长。勇智这一看人法最为毒辣，往往对方就憋不住把要说的话说出来。不过，这一看人法也让勇智得罪不少人。好像就你聪明似的，凭什么要受你这高人一等的一瞥呢？

镇长大手一挥说："一起吃饭吧，咱们镇党委书记也去。"

饭桌上只有四个人：镇长、党委书记、吴正直和他。书记开门见山，说："勇智，梁庄一直说要拆迁，你知道不知道？"

勇智松了一口气，说："我知道，都说两年了，一直没见动静啊。我个人肯定支持国家政策，不会拉后腿。"

勇智说的是心里话。有许多年，他都恨自己没有考上好的学校，只能又回到梁庄眼前生活。当年小峰出事，爹又出门打工，他一个人跑到新疆，去油井干活，又到云南，没找到活干，坐火车到北京，沿路逃票，被赶下去，再上，再被赶，到北京时像个乞丐似的，他在建筑工地又干一年。父亲来信让他回去，说当年的初中老师愿意给他重建学生档案，他可以从初三再上。他把信揣在怀里揣了二十天，看着自己已经变形的满是粗茧的手,决定回家。父亲在镇上卖炒花生,满头白发,枯瘦异常,好像大病初愈,那时他不知道父亲去找蛮子差点被打死。他本想重上高中,考一个好大学,他相信自己的能力,但是,在看到父亲的情形后,他报了中专。他考的并不差,农牧学校只是他的第三志愿,却鬼使神差被录取上。那时候他就知道,他要和这地方纠缠一辈子了。

梁庄离吴镇不到一里地,除了村里有婚丧嫁娶,他基本上不回去。村里老房子的前后屋顶、山墙都塌了,勇智也没有管。有一年,父亲想让姊妹们凑钱,把老房子修一下,被勇智一拖再拖给拖黄了。

书记燃上一根烟,隔着烟雾对勇智说:"咱们的地也要征,你不知道吧?"

这还真不知道。

"拆迁可以等,但是地必须马上征。有一家大型汽车加工厂要落户到咱们镇,已经谈一年了,年前好不容易才定下来,咱们必须马上把地给落实了。"

"那好事啊。建工厂,是不是梁庄的农民优先上工?"

"那倒不一定,到时公开招聘,也得有技术才行。"

书记犹豫了一下,盯着勇智,语气放缓放沉,说:"你知不知道,你老父亲和村里签的是十年租地合同?"

事情来了。勇智突然闻到了一丝隐约的战争气息。他不知道父亲的租地合同,父亲根本没让他看,他也不想管。至于拆迁,他一直以为只是农民上楼。这事都也叫嚣几年了,也不是什么坏事,最起码,他还能分到两套房,他和儿子,一人一套,他也算高枕无忧了。

书记继续说:"这事情比较急,你父亲那二十亩油菜肯定得毁,还得把十年的租地权再收回来。你得去和他做工作。"

勇智说:"再等两三个月油菜都结籽了,好坏等收成完再说。也不急那三个月。"

"不能等,一天也不能等。再不把地征好,人家就和别的地方签了。"

"那估计不行,我父亲的犟脾气几头牛都拉不回去,他忙了几个月,突然要被毁了,他肯定不愿意。再说,"勇智有些疑问,"村里地都征了,那农民吃啥喝啥?"

"不愿意也得愿意,得服从大局。先不说那么多,现在,大部分都是各家各地,好说,只你父亲手头地比较多。这一季的油菜我们会按市场价赔偿。"书记说着,爽朗地笑了,"说实话,你父亲种下来,卖的钱肯定没有我们给的多。征地也是为大家,你看哪家还真依靠地生活?不都是打工挣钱?"

"还有十年的租金,到时我让村支书直接退给你老父亲。反正，他也刚租，没啥损失。具体事儿由吴正直来办。"镇长在一旁给勇智倒酒，语气轻松、随意。

勇智一口把酒咽了下去，心想，老爹啊，老爹，这可不是我不叫你种，是国家不叫你种。连国家都看不惯你那犟劲儿。

勇智并没有立即告诉父亲，他想等春节过后，父亲回吴镇，形势自然发展到他知道的那一天再说，那时候，父亲就不会把怒火撒到他身上。

又过十几天，快三月中旬了，父亲才又回吴镇。他给小峰打无数个电话，小峰不来，说自己要出门打工。最后，还是蛮子亲自把小峰押过来。蛮子说："你伯是为你种油菜的，你又不是不知道，做人得知恩图报，你天天阴沉着脸，你玉姐他们没嫌弃你，你还不知足啊？再说，你到哪儿打工呆过时间长？你成天连澡都不洗人家谁愿意和你多呆在一起？你住到你勇智哥那儿，好坏也是一人一间房，有啥不好的？"

父亲从穰县回来那天，吴正直就坐在勇智家里喝茶。他在梁庄忙一天了。政府成立了专门的拆迁办，先开大会，再每家每户说政策，到地头量面积。梁庄人分成两派，一派不同意，说一个农民把地卖了，就是一亩地五万，这五万花完后，怎么办？农民卖地，说破天，也是件坏事。持这一观点的多是老人。另一派则多是年轻人，只要价格合理，就卖，有这钱，到镇上买个独家院或在穰县买个房子都行,谁愿意住在这破梁庄?但有一点是共通的,两派都怀疑政府骗他们,这样的新闻多了去了,所以,他们反反复复地打听、问询,生怕这中间有什么猫腻。

吴正直唾沫飞溅地讲政策,讲毁地的紧迫性和必要性,说三月底必须得完成所有的征地,否则,这样一个大投资就会黄掉。

父亲一直没有说话。等吴正直演讲完毕,慢悠悠地说:"你就是说破天,我也非得等我这季油菜割了才行。"

勇智在一旁气得直翻白眼。

第二天,父亲就带着小峰往地里去。油菜已经长到小腿肚上方,开始抽薹了,绿绿的,亭亭的,风一吹,望过去,一片绿色的海洋。父亲头伏在油菜秧上,认真检查叶子。这时候,最怕生虫。必须及早打药预防。

从远处看油菜地里的父亲,就好像是一个一辈子诚实谦逊、辛苦朴素的老农,正在认真检查自己的收成,内心充满着劳作的喜悦。

此时,他抬起头来,郑重地告诉小峰,该打药了。不然,这些小泥虫会把油菜叶啃光。当天下午,父亲就去农机站去买农药,和勇智的同事聊得热火朝天,他买了两个老式打药桶,在农机站的院子里兑好装满,他和小峰相互帮着,扛在背上,往地里去了。

人们看到,梁庄人在热烈地讨论卖地,争吵、计算、做白日梦,他们最聪明最能判断时事的梁二哥和他的瘸腿继儿子却背着古老的打药桶,迎着夕阳,给他那行将不保的二十亩油菜打药。

有人跟着父亲,说:"二哥,你还不知道,咱这儿要征地了啊?"

父亲说:"知道,咋不知道,他征他的,我干我的,咋,总不能他把我这二十亩油菜给犁了?"

人们说:"二哥,你别不当事儿,镇长书记亲自坐镇指挥,怕是马上就要执行。"

勇智到城里办点事情,还没到家,就有人告诉他说父亲到他单位买农药又去地里打药了,就好像这个事情是他和父亲串通好的一样。

勇智说:"你这样大张旗鼓地和政府对着干,让我在镇长书记那儿如何交差?我还要在这镇上混人啊。那点油菜,人家政府一分钱不少你。你可以把这钱拿去给小峰,给谁都行。"

父亲用两个字轻蔑地回应了勇智的指控:"叛徒!"

父亲指着勇智的鼻子说:"人家请你吃饭,给你送条烟,给你赔点钱就把你收买了?自古以来,拆房卖地,都是天大的事,那书记、镇长一拍脑袋就决定了?他们算老几?!谁问过老百姓了,征求过意见了?他们真为老百姓着想了?他们就知道坑、蒙、骗、吓,你看那电视上,半夜去把人家房顶拆了,人还在里面,推土机都上去轰,那是为老百姓想的?再说了,你让老百姓都上楼了,地也卖了,那万一工厂倒闭了,谁来负责?到时候,书记镇长早拍屁股走人了,谁管你死活?这么大一个庄,几千人,说上楼就上楼了?说征地就征地了?年前还没影呢,过完年可就要开始了?这都不对头,这里面肯定有猫腻。你好坏也算上过大学,你脑子都让狗屎吃了,你都不好好想想?"

勇智低声说:"说得好像这地一直都是老百姓似的,这才收回来几天?"

父亲每天带着小峰去油菜地打药锄地,到村里找村支书村会计了解情况,找大家收集资料,顺带鼓动大家起来反抗。"就是你最终同意征地,想要卖钱,也得让他们知道,你不是好欺负的。"这是父亲的基本口号。村头的梁改建家成了聚集点,中午饭后,梁改建早早烧好茶,准备好茶杯茶叶,等着父亲出场。有时实在等不到父亲,就到槐树下的地头去找。

人家围在父亲周边,崇拜地听父亲谈政策,谈疑问,谈将要成为黄金的几亩地。那些年轻人都会上网,也早就知道拆迁上楼征地引发无数矛盾,只是之前,大家并不往自己的生活上联系,现在,像被父亲开了窍,群情激昂,单等父亲回来,给他汇报,也向大家通报种种情况。在很短时间内,父亲不单摸清了拆迁政策,也顺便摸清了,其实,很久以来,梁庄有几十亩地并没有分给大家,它们一直作为集体用地,只为村干部几个人服务。人们算了一下账，这十几年下来，只这一届村干部，至少从中得到几十万块钱。这一下子，梁庄沸腾了。

勇智看到，父亲已经摆好姿势，像一只公鸡，昂着头，鸡冠竖立着，准备迎接期待已久的战斗。虽然这只公鸡脖子上的那圈毛已经稀疏，看起来有点衰败和孱弱，但他眼里散发的光却足能凿穿日月。那是来自山顶洞人时代的光，古老、神秘，带着超强的聚合力，穿越漫长的黑暗时代，带着人类从蒙昧走向光明，走向食物链的最顶端。父亲被这光芒照耀着，好像获得了启示和指引，手持长矛，向人间的风车刺去。

以父亲为中心的"谈判小组"开始和征地组谈判，集中以下几点：一，为什么不是租地，而是卖地？如果租地，土地所有权还属于农民，如果卖地，就是一次性交割，以后工厂倒闭，地还会继续卖给别人，但与梁庄人没有关系；二，农民的地到底卖给谁了，是卖给政府了，还是卖给厂家了？卖给政府，还是国家的，卖给厂家，就是私人的了，他要是改变用途，盖成商品房再卖，那就是一本万利。这中间的损失谁来负责？三，一亩地15000块的依据从何而来？四，梁庄人能否优先上工？五，万一形成重污染怎么办？六，能否公开账目？七，能否把历年村干部贪污的事情调查清楚？

父亲坐在镇长面前，目光炯炯，带着点得意的嘲弄，仿佛一个真理在握的正义使者，他看镇长的眼神，就好像在看一个弱智儿童。态度傲慢的镇长本来想糊弄村民，连蒙带吓，顺利征地，没想到来了个较真的硬茬儿。并且，他发现父亲带着梁庄的群众，开始往穰县跑，想往信访局递告状信。镇长赶紧给书记汇报，书记立马让秘书给勇智打电话，严肃地通知勇智，这段时间先不用上班了，在家认真做老父亲工作，如果不把老父亲工作做通，也就不用来上班了。

勇智本来就在生父亲的气。他看不惯父亲那股子兴奋劲儿，那股子捋着袖子要大干一场的战斗热情，就好像重又获得了生命力一样。他告诉父亲，现在时代不一样了，抗拆迁抗征地是严重违犯国家政策，到最后吃亏的还是农民自己。

父亲不屑一顾，"啪啪"地往地上吐着浓痰，说："咋了，你看我们这些，哪一条不在理上？哪些是错说了？"他指着勇智说，"别以为你在政府那儿弄个小差事，就可以为所欲为了，都没几个好东西。"

勇智说："还不是你当年哭着喊着逼我再去上学，说'上学是我们唯一的出路'，这会儿你又说不好了？我多想当这个破官儿，这算是个啥官儿？我不就想着咱们家不再叫人家看不起，不再叫人家欺负？我从小到大，叫人家打怕了，欺负怕了，我也穷怕了。爹，就算我求你，你就消停消停，为了你儿子，为了咱这个家。"

父亲说:"我不信都没有王法了,要是理说不通,我就上北京。"

勇智说:"去吧,去吧。你去坚持正义,你儿子在家喝西北风,你孙子走在街上就让人家捣脊梁骨吧。反正人家也不让我上班了,我给你孙子办个退学,你就尽情闹吧。"

父亲说:"他凭什么不让你上班,他有什么权力不让你上班,你是国家干部,他不让你上你就不能上了?都啥时代了,还搞连坐?"

勇智说:"什么连坐?我连自己父亲都管不好,有什么脸去上班?"

父亲说:"那还有没有地方说理啊?老百姓的地,凭什么你说收走就收走,你说为我好,可我没觉得好啊?"

勇智说:"你就别再那儿瞎吵吵了,你是从外国来的?你有这地才几年?地是国家的,给你你高兴,不给你你也别说啥。"

父亲捣着勇智的头,一副恨铁不成钢痛心疾首的样子,说:"真不知道你那书都念哪儿了!"

勇智朝父亲喊道:"我现在知道我妈是咋死的了。我知道冬雪为啥恨你了。"

父亲把茶杯摔到地上,说:"滚一边去,你知道个啥啊。"

父亲哼着小曲唱着戏,生活过得极为充实。他周身的光环越来越大,膨胀到目中无人的地步。他看不见勇智斜视他的眼睛,看不见雪丽重重放碗的神情,即使冬雪,也没办法像往日一样用自己的愤怒和他形成对抗。他眼中只有小峰和他目前正在奋斗的事业。

冬雪盯着父亲,整个身体都在发抖,她对父亲又一次把家庭拖入到漩涡之中感到不可思议,新仇旧恨到达了顶点,说:"爹,你就别折腾了,行不行?你折腾一辈子你看自己吃了多少苦受了多少罪我妈受了多少苦从我懂事起你就在与人战斗我一个姑娘家天天拿着砖头走到哪儿都被欺负我和冬竹在学校头都抬不起来我妈成天提心吊胆怕你一身血回来我妈病倒了不在了家也散了你还没折腾完现在勇智好不容易……"

这话已经是第一千遍说了,在某些时刻,它们可以形成一种力量去压制父亲,但某些时刻,它们毫无作用,反而会激发更大的愤怒。譬如这一时刻。

父亲怒视冬雪,"好不容易咋了?好不容易当个小官就该欺压百姓,就该说假话办假事?那算个啥官?!我被批斗,你说都是我的错了?我不该偷东西让你们吃?我不该给你妈治病?不该让你们上学?不该说实话?这个社会都坏透气了,都不说,那大家活着还好干啥?"

冬雪说:"是,你是坚持正义。你再不说你把所有人都得罪光了,你能不被批斗?那些年你到处收集资料,鼓动大家反抗,在公开大会上揭发村会计村支书，要把他们赶下台。人家没下台，你倒成了'反革命分子'。梁正义快把你恨死了，能不治你？你成天把自己打扮得像个烈士一样，大义凛然视死如归，你成天说当年连上高中初中的年轻人都推你打你拿书砸你拿树枝抽你，还一路上喊着'打倒梁光正'的口号，说那些都是没人性的坏东西，你从来不说你把人家父母得罪多苦。至于我妈有多苦，有多害怕，你可从来不想。是啊，你坚持正义，何错之有？你可坚持得好，把我妈早早给坚持病倒了，把一家人坚持到赤贫了，把我们姊妹坚持到没一个人理了，你还在坚持。"

父亲说："最坏的就是那些年轻人，分不清是非，跟着乱打乱斗，我就是得让他们明白，我说的是对的，做的是对的。"

冬雪对面的父亲，眼睛里燃烧着熊熊烈火。古老的光在焕发新生，它隔绝了父亲对现实的感知能力，让他成为一个孤绝的骄傲的战士。冬雪一时无法突破那烈火，无法抵触父亲的内心，更无法和他产生真正的对话，不由得咬着牙，狠狠地说："你都事烦儿一辈子，老了老了，也该受下了。"

这次，冬雪说到点子上了。勇智心想，"事烦儿"的另一层含义就是，别人受得了的事情，他受不了，别人能咽下去的事情，他咽不下去。他不能过风平浪静的日子，不能忍受相安无事，更不能忍受"好好过日子"这样的话，他眼里容不下丝毫灰尘。他不是在反抗专制、反抗权威，他不懂这些，他只是天然地对它们没有免疫力。他一生都因为这一天性而备受打击，但他依然如此。因为从根本上讲，他没有意识到这是他的问题。

"你们别拿勇智说事儿，那都是唬人的。他没有这个权利，我都被吓唬一辈子了，我怕谁了？再说，勇智，我也是为你。咱们家还有五六亩地，有一个大院子，你都不想着多要点补偿？说不定，会多套房，多一些面积，是不是？这也不是没有好处？"

"那也不需要你挑头啊？你都老了，村里有那么多年轻人，让他们去闹，去争，你一个老头子，不懂形势，他们这可是指派憨狗去咬狼啊。"

"哈，你看谁有这本事？还年轻人？年轻人都只想着拿钱走人，到城里买房子，谁愿意认真想想？"

"就是啊，那你在这儿想啥？你这一想不打紧，你儿子的工作也没了。"

"凭啥？！跟勇智啥相干？叫他们来找我。"

一说到勇智的工作，父亲就把头别了过去，坚决不面对这件事情。

他是不相信勇智真有可能被停职在家，还是不被吓倒？勇智也搞不清楚。难道他忘了当初他是如何带着冬雪奔波求情才为勇智找来这个工作的？那羞辱的场景，勇智终生难忘。

就这样，我们眼看着父亲一意孤行，昂着头，朝着他一生期待的、为之激动的方向扑棱棱飞过去，根本不管前面是风车、悬崖，还是险滩和泥泞。

书记镇长不再往勇智家跑了，以礼相待的阶段已经过去，开始进入到威逼利诱的阶段。勇智被请进了学习班，每天学习政策，要写学习报告，要背纲领，要向领导汇报。另一方面，他被告知，他在单位的账目也要开始清查。勇智虽然当的只是一个清闲单位的小官，但是，要说没有揩过公家的油，没有假公济私请过客虚报过差旅费私加个油，任谁也不相信。

勇智家里的空气带着张力，就像弓越拉越满，一直保持着将射未射的姿态。勇智不和父亲说话，不理小峰，回到家就钻到卧室里，看电视，睡大觉，或坐在昏暗的客厅里写字。父亲也昂着头，示威似的，仍然每天往村庄跑。

春天干旱，油菜地要浇水，父亲越发忙了，雇机器找人，让小峰住在地头，他自己也整宿不睡，检查浇灌情况。勇智没有去帮忙，冬雪也没有回来，大家都等着他受不了那天，自己投降收兵。没有人注意到父亲夜间那震天般的咳嗽和轻微的抽搐。

小峰白天跟着父亲去油菜地干活，回来就钻到自己的房间看手机。隔几天，会向勇智要一点钱，自自然然的，好像勇智应该给他。勇智每次也自自然然的，掏钱给他，有时还会多给他一些。

拿着钱，小峰会消失两天。他从不和父亲顶嘴，从不高声说话，下地的时候，他不让父亲干重活，到村庄的时候，他顶着大家审视的眼光，坦坦然然地站在父亲后面，坦坦然然地拄着拐杖。他好像什么也没想，什么也不关心，但又好像有自己的主见。

勇智和小峰很少对话，甚至，很少碰见。前院后院，十几间房，想不见面也挺容易。他不知道该和他说些什么，一肚子话想问，但又好像什么也没有。他掠过他时的眼神心事重重，有点伤感，也许还有些愧疚，但他把它们藏得很深。

有一天，父亲到在家喝闷酒的勇智面前说："我得等油菜收了之后再说。我辛辛苦苦出力流汗，小峰也花那么大功夫，不能半途而废。"

"别说小峰，小峰早就不想干了，你没看出来，都看出来了。你把小峰拴到这儿有什么作用？他都三十多的人了，你能管住他，你能改掉他的坏习惯？你不知道，你每天睡觉后小峰都出去，到两三点才回来。"

"你胡说！"父亲浑身发抖。

"你去把小峰叫来问问。"勇智说。

"我不信，你别在那儿胡编排，你就是不让他在你这儿，"父亲指着勇智说，"小峰怎么说也是你兄弟，你当年无情，现在还这样无情？"

"爹，不是我无情，你才是真无情，"勇智的声音很冷静，"你把他遛来遛去，让所有人看笑话，让所有人想起当年的事情，想起他的伤，他会高兴？你知道他心里是咋想的？"

"我就是要让所有人看看，小峰就是瘸了，残废了，他也活得像个人样。他就是藏到大兴安岭小兴安岭，他也不能把自己藏一辈子啊。要不是咱们……"父亲说了一半，停住了，回屋去了。

"'要不是咱们'怎么了，你说完啊，说完啊。"勇智一脚踢翻院子角落的大丽花，那花盆骨碌碌滚到父亲的面前，花秧出来了，刚开的橙红色花骨朵也折断了。

从屋里传出了哭声。那哭声很奇怪，带着唱腔，悲悲切切，婉转悠扬，时而夹杂着讲述，有故事，有内容。勇智侧耳听了一会儿，发现内容混杂，一会儿叫妈的名字，一会儿又哭诉自己命太苦，一会儿又喊着牛儿，他那个生下来就饿死的头生子。

勇智坐在昏暗的客厅里，只感到愤怒。这愤怒积聚在他心里，越来越强，还夹杂着说不清的憎恶。他拿起桌子上的笔记本，重重地写下一行字：我不会再相信他。那几年勇智给父亲写了多少封信？他都忘了。出去打工的时候，上中专的时候，回来工作的时候，到结婚以前，他都在写。他不知道什么时候养成给他写信的习惯和记日记的习惯。他一有空就想拿起笔写点什么。白天搬砖的手都肿了，握不住了，他还要写。和雪丽结婚之后，这个毛病才改了。他把日记扔在梁庄的老房子里,他从来不看,也没有想看的愿望。生活变了,一切都变了。他要奋斗,他要做人上人。他相信以他的智慧他可以混到人上人。可是,好像也没有什么用。智商没有用,钱才是真的。想明白这一点,他才又恢复了写字。他抄《金刚经》《唐诗宋词》,抄《史记》《庄子》,时不时地,他的老毛病又犯了,在抄经的中间,夹杂一两句、一两段他想说的话。他没有在意,也没有人在意。他的摘抄本放在茶几上,没有人想起来翻一眼。

早年的事情模糊一团,他写完也就忘了,或者,他写,就是为了忘掉。生活中,他从来没有向父亲倾诉的愿望。在某一瞬间,他对父亲总有微微的厌恶,就像此刻。他不明白冬雪冬竹冬玉三个人成天围着父亲,叽叽喳喳到底在说些什么,他真的不明白。他到城里面看父亲,吃顿饭,被大家奚落一顿,又走了。久之,他也就不愿去了。他和大家之间无话可说。他一见父亲,嘴就封住了。其实,他一见冬雪,嘴也封住了。他在外面,幽默得不行,朋友们都喜欢他。可是,在这儿,那些幽默、好客、乐于助人都是罪行。不是恨,也不是爱,就是不知道怎么办。他不知道拿冬玉怎么办,不知道拿冬雪怎么办,也不知道怎么和父亲张开嘴。

吵吵闹闹中,早已进入四月。

油菜疯长。二十亩油菜花金灿灿地开满田野。金黄金黄的，像一个黄金国。早晨，太阳照耀，那金色在阳光中发散出一股股旋流，起伏飘摇，让人头晕目眩。有遥远的养蜂人就循着味道来了，住在地头，搭个帐篷，摆出几十只木箱子，蜜蜂就要忙碌了。那些开车、骑车或走路经过的人，就拿着手机过来拍照，发给朋友。就有吴镇、穰县的人在周末过来，在油菜地里摆各种姿势。一时间，父亲的油菜地像一个旅游胜地，人声喧闹，笑声飞扬。父亲就像一个皇帝，守着他的黄金国，骄傲尊严又得意洋洋地迎接四方来客。

奇怪的是，前一段时间还火烧火燎、对勇智威逼利诱的镇长书记突然不去梁庄了，在村庄晃了两个多月的拆迁组成员也悄无声息地走了，吴正直也不再在梁庄的田间地头念念有词了。父亲本来策划着要去北京上访，正在募款，选人，制作横幅，炮制告状信，理由却突然不充分了。募款变得很不顺利，那些准备赴京的人也推三阻四，大家仍然好茶好烟招待父亲，却都打着哈哈，不探讨实质性问题。父亲愤愤不平，却也无可奈何。回到家里，又不能和勇智聊这件事，只好坐在房间里长吁短叹。

一段时间以后，勇智才听说，那个大型汽车加工厂并没有完全答应在这儿落户，只是书记着急引资，想着先把地腾出来，以吸引人家做最后决定。后来又听说，加工厂只是个幌子，是吴正直想开发房地产，看中了梁庄那片地，离镇子近，又在河边。他给镇长书记送了不少礼，也许诺了不少好处。父亲闹腾一阵，书记镇长看梁庄村民反应如此巨大，害怕万一出事，谁也没有好处，就慢慢放下了。

然而，这一切，父亲都没有看到，也不知道了。他躺到了床上，再也没有起来。

那个"爱情毒瘤"不只是升温，还暴动了。它产生了癌变。父亲的宏伟蓝图又一次失败了。他一生都在规划蓝图，可是，这些蓝图都是水中之月，镜中之花，无论怎么努力，父亲都没办法摸到它们。

呓语

"你们这些奸臣,坏蛋,你们想害死我啊。"

"滚,快滚出去,啥味儿?"父亲伸着鼻子使劲嗅着,鼻子的纱布也跟着颤动,像一条狗在闻从遥远处飘来的猎物气味,灵敏无比。

"谁吃蒜了?多难闻啊,难闻死了,谁吃了,赶快滚,别往我面前站,快滚,滚啊,你们想熏死我,想害死我。我死了,你们就省心了。"

"赶紧出去,冬雪,你就是不听话,你还吃蒜,还吃,你要熏死我啊，你恨我，想我死。"

"冬玉啊，别吃了行不行，你还吃饺子，难闻，难闻死了，比屎还难闻。奸臣！坏蛋！大奸臣！大坏蛋！"

"你们都想我死。我不死。走，都走，都快走！"

父亲处于深度昏迷中。冬玉听医生说，这叫"谵妄"，是一种疾病综合征：患者会出现意识混乱和记忆障碍，注意力不集中，神志恍惚，对周围的事物没有分辨能力，容易出现错觉和幻觉，昼轻夜重，白天还言语清晰，晚上可能就不知身处何方。这些，冬玉都能背过来了。

不只是夜晚，白天夜晚，父亲都在幻觉中。他闭着眼睛，一会儿头突然抖动，一会儿伸着手，激烈挥舞着，像要赶走什么人，他挥舞和拨动的姿势不像是在赶一个人，而是在赶很多人，那些人一拨拨一层层向他压过来，他的胳膊越来越沉，直到完全被压倒。他骂我们每个人，也骂那些无来由的人。不骂人的时候，他的上嘴唇紧咬着下嘴唇，嘴往左下方歪斜，咬出一排带血的牙印。勇智拿手去掰，用勺子撬，都无法使他张开。

父亲要死了。在这之前，这件事从来没有和"梁光正"这个人产生真正的联系，虽然他得过癌症，但他又活蹦乱跳这么多年，冬玉以为一直会这样。他思维还那么敏捷，讽刺起人来仍然毫不留情，他战斗力如此旺盛，和子女斗，和认识不认识的人斗，和干部斗，战斗不止生命不息，他热爱生活，充满感情，他拖着我们到处寻亲救人，看见自己热爱的女人还会脸红羞涩，他热衷于斗地主，每一把牌都认真研究，不赢钱不罢休。这样的人，怎么可能会死？

他闻到的其实是自己的味道，他鼻子上那颗痣散发着腐败恶臭的气息。即使这样，自从发现父亲对气味敏感以后，我们就都不吃蒜不吃韭菜不吃任何带气味的食物。可是，父亲总能闻到味道。他能闻到勇智身上的汗味、红旗的脚臭、冬雪的头油、走廊里飘过的尿臊味、换药时的血腥味，每一种味都在加重他的痛苦。冬玉能感受到那轻飘飘的气味落在父亲身上的重量，它们像一层层薄膜，把他紧紧包裹在里面，使他窒息。他张着嘴巴，急促地哈着气，手不断搓自己的手臂，扯鼻子上的纱布，他想把那层薄膜撕开，呼吸到空气。

冬玉扶他起来，摇起病床，让他半坐着。他睁开眼睛，看见冬竹坐在对面，就指着冬竹骂："你这奸臣，坏蛋，你想让我死，是吧？就是你让我死。你快滚蛋。你啥事儿也干不成，学你不好好上，就知道问我要钱，你把我往死里逼啊。"

冬竹的眼泪哗哗流着，她不敢出声，她知道父亲糊涂了，可她仍然伤心。父亲从来没有那么怨恨过，没有那么凶狠过。他骂谁都行，骂她她有点伤心。她最崇拜他，她不愿意谁说父亲一点儿坏话。冬雪大发雷霆的时候,她比父亲还害怕,勇智对父亲冷淡,她和冬玉讲,很气愤,常常说着说着眼泪就流出来。她不愿意大家说父亲,不愿意冬雪吵我们,她害怕大家吵架。

"奸臣,奸臣!快让她走,别让我看见她。"父亲骂着,又去拉勇智的袖子,可怜巴巴地,让他把眼前这个奸臣赶出去。

冬竹说:"我啊,爹,是我。冬竹。"

父亲咬着嘴唇,脸歪着,狰狞可怕,说:"说的就是你,你叫冬竹,快滚,滚啊。"

冬竹哭着出去了。

冬玉赶紧跟出去。冬竹靠在墙角,捂着嘴哭,她说:"他都认出我了他还赶我走。"

冬玉说:"他其实不认得你了。医生都说了,他大部分时候都神志不清。"

冬竹说:"那他咋不赶你,也不赶勇智,只赶我走。他心里不亲我。他糊涂着说的才是实话。"

冬玉说:"你这样说可也糊涂了啊。爹生病了,你还和他计较。"

冬竹说:"可他为啥只骂我啊?他从来不亲我。他太偏心。"

冬玉说:"你要是怪这,那可有得你怪了。父亲偏心勇智,谁都知道。你还想和他争宠,门儿都没有。连冬雪都不行。更别说你了。"

冬竹说:"我不是说他偏心勇智。"她的眼睛里又涌满泪,好像想到了更大的委屈和更大的心酸之事。

冬竹爱哭。本来冬玉是爱哭的人,这些年却因为她爱哭冬玉变得不爱哭了。她把冬玉的哭抢走了,连带着把冬玉的角色也抢走了。她什么事都退到后面,从不表达完整的意见总是欲言又止事后又马后炮,冬雪说她眼睛里躲躲闪闪的,好像藏着什么东西,总忍不住讽刺她。冬玉倒不这样想,她觉得冬竹只是太懦弱太善良了。

父亲在房间里叫着:"脱,脱,脱了。"他又要脱衣服了。

冬玉对冬竹说:"你看,他难受啊。"

冬竹擦擦眼泪,跟冬玉回病房。父亲正撕着身上的睡衣,他的手已经不能完全握住衣服,只是试图抓住点东西,朝虚空方向撕扯。勇智在一旁站着,皱着眉。冬玉始终搞不清楚他这表情是不耐烦,还是发愁。自从父亲住院,尤其是这样来回折腾时,他总是这样皱着眉。

冬玉帮父亲把睡衣的袖子褪掉,来回搓他的胳膊,希望减轻他皮肤上的重量感。父亲的皮肤快松掉下去,一摸,就被推出去很远,在不到一个月内,他瘦了又将近三十斤。他像一个纸片人,一个骷髅,整个人完全瘦脱形了,只有骨架和皮,没有肉的填充,那双眼睛突得很远,燃烧着可怕的火焰。

夜晚是父亲最烦躁的时候。每隔不到两分钟,他就要起来,要脱衣服,然后,又要躺下,隔两分钟,又要起来,又要脱。勇智在一旁发出均匀的鼾声。冬玉快要发狂了。她的头沉得厉害,支撑不起身体。她的偏头疼又犯了,左太阳穴上方的头皮像被什么东西扯起来,扯到和肉分开,又像锤子一下下地敲,均匀地敲,敲碎头骨的节奏,不慌不忙,撕心裂肺。冬玉的胳膊也疼得厉害,没办法完成一系列动作:摇起病床,垫上枕头,褪掉睡衣的袖子,扯起父亲的皮肤,然后,再穿上,躺下,放平,再起来。冬玉走出病房,她必须得透口气。

她看见了月亮。上弦月,冷冷地,不,平静地,不带任何感情地,看着冬玉,清白冷淡。它照着这个世界,却没有意图与这个世界发生关系。它只是照着冬玉,就像照着任何人,它不爱冬玉,也不爱任何人。

它不爱任何人。它只是在那儿而已。孤零零的感觉突然涌上来,要把冬玉吞掉,是因为父亲快要去了?还是生而为人的孤独,一个人终究要面对死亡的孤独?父亲的痛苦,谁能代替?即使儿女再好,又有何用?谁能帮他脱去那让他窒息的薄膜?谁能帮他把空气运送到他的胸腔?

如果有一天我得了绝症,一定在还能自主之前自我了断。冬玉不由打了个寒颤,在还有意识的时候想这件事情,让人浑身发冷。冬玉听到病房里父亲的叫声,那声音充满恐惧。冬玉匆忙奔到门口,父亲正张着双手,睁大眼睛,朝向空中不断地喊:"来,来,来啊。"勇智站在病床前,流着泪,他试图抓住父亲的胳膊,让他放下来,可那胳膊僵直着,根本弯不下来,他去握父亲的手,他的手也僵直着,弯不下来。

"几点了?几点了?我四点就走。我四点就走。"父亲的眼睛直直盯着上方,声音中带着如临深渊般的颤抖。父亲好像看见了什么,他的声音像是在抗拒,又像是在召唤。像是在威胁,又像是在等待。是死神吗?他是在呼唤它,让它快来,是在向它挑战,还是在哀求它,让它等等,他想等到四点再走?

一阵强烈的痛从腹腔涌上来,绞着胃,又冲到眼睛里,冬玉眼前一片模糊。父亲,可怜的父亲啊。

那一刻,是半夜两点钟。父亲是怎样为自己计算时间呢?为什么是四点?他为什么多要两个小时,而不是三个小时,四个小时,或更长时间?

冬雪不甘心,拿着父亲的资料一遍遍地去找医生。去第三次之后,勇智不去了,说:"人家已经确诊了,医生都说了,像他这样的,能坚持到现在已经不错了。"

冬雪说:"就你这句话,我恨你。"

勇智说:"你就是不愿意接受事实。"

冬雪哭着说:"你心里根本就没他。都是爹把你稀罕坏了,稀罕成个没情没义的东西,早年不说,你结婚,爹在河里拼死拼活装沙,给你修房,你买新房,爹叫大家凑钱;你做生意欠人家钱了,爹哭着挨家跑,叫大家凑钱;你要跑官,爹又跑着让我们筹钱,爹有一分钱,都偷偷攒着给你。爹还没有生个病,你可说爹不行了?你良心叫狗吃了。"

勇智说:"是,只有你心里有他,我们都坏,都坏良心,行了吧?"他和冬雪一样,一说到什么事情,就不说"我",说"我们",把大家都带上。

冬雪说:"就是,你是啥人你最清楚。自私自利无情无义好吃懒做吸血鬼应声虫大话精。"

勇智说:"我连屎都不如。"

他们站在医生办公室的外面,一来一去,低声吵着。说是低声,其实声音很大。冬玉在走廊这边,听得清清楚楚。冬雪就是要让我们听到。

冬雪说——她的语速又快了:"你心里谁都没有。我成年舍不得吃舍不得穿我有点钱就想着你们你们倒好自己成一家了关起门过小日子了我到现在出去都舍不得买瓶水喝你们倒好一会儿可乐一会儿冰红茶这还不行还要买什么鲜果饮爹有病了你们的钱在哪儿?"

勇智说:"你那是心理变态。你现在买不起一瓶水?"

冬雪说:"我是变态。我变态。我活该。谁叫我好操心。"

冬雪拧着鼻涕,她沉浸于她的奉献和得不到回报的痛苦中,沉浸对她弟弟不孝的控诉中。

冬玉本来迈迈腿,想走过去,嘴还张几张,想插几句话,她想说勇智没这么坏,他只是怕父亲受罪。她的话还没出来,一听冬雪把话锋转到了"你们",就踮着脚,悄悄往远处走。

只有冬雪还抱着幻想。她让父亲接受各种各样的检查,又要抽血又要进管,手扎不进去扎胳膊,胳膊扎不进去扎腿,腿扎不进去扎脚。父亲本来输液次数太多,手几乎已经被扎烂了,再找不到合适地方了。鼻进管胃进管,每检查一次,都要受一次罪。冬雪不听,谁说她就骂谁。先是在穰县检查,又到地区医院,又到省城医院。父亲的病已经确诊无数次了。

医生说:"肺气肿,心脏衰竭,肾衰竭,晚期,癌变,晚期。到哪儿都是这结果。"

冬雪说:"不会啊,不会啊,我们经常来医院检查。"

医生说:"你们也太粗心了,你看他那个脸都水肿成什么样了?都发展成这样了,也没有想着做个切片?"

冬雪说:"不会啊,不会啊,我还以为是他胖了呢。"

冬雪像犯了错的小孩，无力地辩解着。冬玉看着冬雪，发现冬雪身上的力量突然不见了，她虽然瘦，但她有一股子精神在撑着，和父亲一样，她充满活力和战斗精神。可父亲一倒下，她也失去了战斗对象，瞬间就老了。她的脸整个垮了下去，松垮的皮肤堆在脸颊下方，垂过下巴，她的眼睛迷蒙凄凉，白头发在头顶齐刷刷排着，像一个一心想找到爹娘的、可怜的失散老人。

冬雪坐在父亲面前，一刻不停地说，语气温柔得让人起腻。她一会儿给他商量着去其他医院看病，一会儿商量着做肾透析，一会儿又问他当年梅菊的情况，她千方百计地吸引父亲的注意力，让他说话。

父亲勉强睁着眼睛，有时应一句，有时一句不说。

勇智把冬雪从病床前拖起来，说："爹需要休息，你不停地说他太累了。"

冬雪说："必须得跟他说话，不然怕醒不过来。"

勇智说："你不要给他说肾透析是什么，你给他说得越多，他越害怕。"

冬雪说："你知道个啥？我先给他讲讲，他知道了，就有心理准备了。"

话虽这样，冬雪仍然离父亲远了一些，坐在房间另一头的椅子上，眼睛一眨不眨地、渴望地盯着父亲，一旦父亲稍微动一下，她就冲过去。

偶然的情况下，父亲突然睁开眼睛，好像从睡梦中醒来。其实，更像从地狱中回转过来。他吃惊地看着四周，不知道身在何处。他堕入那个世界太深太久，眼神里还带着黑暗世界的映像，在那里，人们经受着火的灼烤水的淹没风的狂暴雷电的击打，冰雪肆虐寒意凛然，没有一丝活气。或者，那里就是纯黑，没有一丝光一丝声音一丝风，什么也没有，就是无边无际的黑。

他在清醒和昏迷之间交替，就好像两方在撕扯他，一会儿光明占了上风，他在人间待一会儿，感受着空气阳光和亲情，一会儿黑暗又以压倒之势攀爬到他身上，他又迷在蒙昧之地，浑浑噩噩，不知身在何处。

清醒的时候，他喊每一个人到他面前，他不管什么时间，他要我们坐在他旁边，他一个个看过去，像是看陌生人。他叫着每个人的名字，焦虑地辨认着，好像怕忘了大家。我们含着泪，让父亲看着，辨认着。

在浅昏迷状态，他会经常哭，哭着喊人，喊妈，喊我们没听说过的人名，说一些我们不知道的事情："融芝啊，你回来了。你哭啥哩，我还没死。别看我身上有血，没事，我能哩很，他们打我，我腰弓着，他们踢不住，你看，我浑身好好的，就是抓破皮了，你别哭。娃们都睡着了，别吵醒了。"

父亲闭着眼睛，头颤抖着，他不断喊妈的名字。

融芝，妈的名字。冬玉在很小时候就听过，冬玉听到的只是说出来的，不是喊出来的，冬玉没机会听到父亲喊妈时的声音。这从昏迷中喊出来的声音，带着点亲密，安慰，还有些忏悔的意味。冬玉无法想象妈，冬玉只记得她躺在床上的样子，一动不动。

"融芝融芝，黄豆藏好了没？藏好了没？他们要来了啊，你赶紧，赶紧藏，他们来了，来了。地上还有，还有啊，快捡快捡，他们来了，冬雪，你快点，他们来了，来了。"

父亲一声比一声急。冬玉能想象出那个场景：父亲站在门口，一边看是否有人跟过来，一边焦急地催促妈和冬雪捡黄豆。夜晚沉沉黑，四面安静，不知哪里的狗突然发出凶狠的叫声。妈和冬雪跪在地上，捡那一颗颗黄金般的黄豆，她们害怕极了，手发抖心打颤，那滑溜溜的黄豆四处跑，怎么也捏不起来。冬玉想象妈的头一轰一轰，眼前发晕，心通通狂跳，她的高血压肯定犯了。那时候谁也不知道她有高血压，那时候没有药，也没钱买药。父亲和冬雪都说妈的两边太阳穴长年有两个血色的星星，那是民间偏方，挤太阳穴和眉心正中，直到挤出血痕来。

这件事情的结果我们听父亲和冬梅说过无数遍了。黄豆不是到家才撒的，装黄豆的袋子不知什么时候被老鼠咬了一个洞，满满一袋的黄豆顺着这个洞，一路奔跑着，撒过去，准确地撒到我们家门口。梁正义打着手电筒，跟着黄豆铺就的路，轻轻松松地就找到了小偷。是惯偷。父亲又被抓走了，他明白这顿打他跑不了，他只是没想到他被打那么久，那么狠。

"融芝融芝，牛儿没了，牛儿没了，我也伤心啊，你别怨，我知道你心里怨我，我伤心啊。"

"你们别打我，别打我，我家里还有四个孩子，还有孩子妈，躺在床上不会动，我得回去，我得回去啊，你们打死我，他们也都得死，别打了，别打了。"

"妈啊，妈哎，疼啊，疼啊，让我死了吧。"

"爹，你醒醒，醒醒，你糊涂了，我妈在哪儿啊？"冬雪摇晃着父亲。

"你们这些奸臣，坏蛋，"父亲睁开眼睛，指着冬雪的鼻子，咬牙切齿地骂着，"你们家里也有小孩子，你们太毒了，太坏了。"

父亲迷失在哪个年代？在昏迷的时候，他经常突然抽搐，然后，就是求饶，手抱着头，连声喊着"别打我"，声嘶力竭，非常害怕，中间夹杂着他安慰妈的话。"黄豆事件"他至少提了四五次，他不停喊妈的名字，可以看出这件事对他的刺激。冬雪说，因为这件事，父亲被批斗被关押他又逃跑又被抓，足足折腾了快两年，在这期间，妈生病了，第一次生大病，整整在床上躺半年。妈不说话，也不埋怨父亲，她只是那么看着父亲。冬雪记得妈的样子，很绝望很厌世，就好像她巴不得早点离开这人世。

在父亲的呼喊中，我们逐渐拼凑、套取出父亲更多的历史。这是冬竹热衷的活儿。她的眼睛游移不定，热切地看着大家，一个人躲在暗处，套取家里每个人的秘密。在漫长的一生中，父亲无数次给我们讲过这些故事，但却常常任意加工增删，每一次都根据主题需要产生不同的结果和倾向。譬如父亲给我们讲的少年寻亲事件，真相是他小舅把他带去的那卷布偷偷卖掉，吞掉钱款，并把他赶离郧阳。譬如1960年，父亲去陶岔挖水渠，路上遇到爬在地上的人，伸着手向他求救，等他第二天回来的时候，那个人还在那个地方，但是脸上的肉、腿上的肉都不见了。父亲给我们讲的只是那人死了，身上的肉被剜走了。他从来没有提那个人向他求救的事情。

父亲没有提巧艳她妈，没有提梅菊，没有提蛮子和小峰，他记得的全是妈还在时的事情。他在迷失中喊的全是我们这一家人。我们都有点受宠若惊，莫名地还有点开心，大家都相互攀比着，看谁更卖力照顾父亲。

小峰回到了汉中。蛮子打过来电话要看父亲，巧艳她妈要来，巧艳们要来，梅菊也要来。我们一致拒绝了她们。

父亲坐着轮椅，满面笑容，被从重症监护室推出来，看见在门外等他的我们,高声骂着:"我是说死也不再进这个ICU了,就是个地狱。不让你动,只让躺着,等死。不管啥病,稍微严重点,就把你往ICU送,门一关,就算进了鬼门关了,想再出来,门儿都没有!反正钱赚到手了,谁管你死活。你想见个亲人都不行,说是怕影响病情。放屁!病人都快死了,只想见见亲人,怕啥打扰,是他们想省心。"

冬雪对父亲示意,让他注意后面推车的护士,父亲不但不管,声音越发高了。他就是要让她们听见。回到病房,还没有在病床上躺好,父亲迫不及待地继续他的言论。他一边对我们讲,一边拿眼神看着病房里另外两个病人,那两个人有气无力,面容悲切,根本没有心思理会父亲的演讲。不过,父亲是不会放过他们的。

父亲说:"这些没人性的。"父亲朝右边紧挨他的人望去,期待着他的反应,那人眼睛半闭着,但能感受到父亲那灼人的眼光,只好勉强睁开眼睛,朝父亲点了点头。父亲又朝着稍远处的那个人看过去,那家的家属正专心一意地听父亲讲,看到父亲停顿,并朝这边张望,赶紧推了推反应迟钝的病人,病人受宠若惊,努力向父亲争出个笑容。

父亲接着讲:"这些没人性的,不让你动,屎尿都在床上,我是个人,我还有意识,稍微扶我一下,我就能下去,凭什么让我拉床上尿床上？极不人道！为啥是病不是病都让你进ICU？你想啊，进到这地方说明你病情严重，你既然病情严重，那你死了我就没责任了。医院没有后顾之忧，医生护士也省心了，不用担心受累，不用被呼来唤去，家属更省事了，巴不得赶紧送到ICU，老不死的死快点儿，谁想在这儿人不人鬼不鬼地伺候啊？"

父亲的嘴巴仍然向左歪着，嘴上的肌肉控制得并不好，每每吐字，肌肉都要拉扯一番，很费力，再加上突然的噫气和咳嗽，很影响他说话的流畅，但这并不影响他演讲的热情。他朗声大笑，得意地逡巡着他的听众——形形色色的病人和众家属们。这一群人脸上红白相间，交替运行，强自笑着。

冬雪说："爹你可不能这么说，能往医院送就说明家属心里还是有。"

父亲"哈"了一声，说："那倒是，直接送到ICU，几天就死了，在家里说不定还得熬几个月。我算是看透着这人了。人活到最后，就是个零。你活你图个自己高兴，你不活，没人当回事。想当年……"

冬雪说："才轻点就又'想当年'了。"

父亲扭过脸去，"想当年，咱们韩家，韩立挺，那多大一家，信主的，还是啥长老，临到病了，哪个儿子来了？早早划清界限，到死都不认。那都是些畜牲。"

冬雪说:"都是特殊年代。谁也没办法。"

父亲提高声音,说:"特殊年代就不认自己爹妈了?自己爹妈都不认了,还配是个人?你说说看,哪朝哪代,不认爹妈的那个人会是个好人?"父亲压低了声音,说,"也不是没有报应。现在,他们再回村里,谁搭理他们?别看他们是啥美籍,啥大老板,都看不起他们。"

冬雪说:"那是你顽固不化,村里多少人请他们吃饭,巴结他们,你又不是不知道。"

这父女俩,一唱一和,一反一正,像是在唱双簧,说相声,看似在反驳,其实是帮腔。实在是花团锦簇,热闹无比。

父亲眉眼乱飞,话语尖刻,奇思妙想,又句句关涉现实,病房很快就成为他的表演场所,病床就是他的舞台,所有人都面朝他,被他牵动。从ICU出来,父亲又在病房里住了将近一个月。在这期间,父亲教两个老人和不孝子女斗争,调解三起家庭矛盾,批评了四五个晚辈粗心,为前后住进来的六七个病人打气。除了睡觉、昏迷和极为痛苦的时刻,他都在忙着为大家操心。他的听众越来越少,家属们避之唯恐不及,不敢对病人高声大气,不敢离开,也不敢翻手机,一脸死相地坐着。那些病人想要休息,又被父亲缠着,只好斜侧着脸,假装听的样子。

其实,父亲的浮肿越来越厉害了,心脏衰竭,肾几乎丧失功能,只能靠药物利尿,且剂量越来越大。他鼻子上的黑痣癌变也在不断扩散,已经上行到大脑,前段时间的昏迷也是由此引起。到下一阶段,就必须要进行肾透析。

父亲对我们说:"走,咱们回家。与其在这儿等死,何如回家等死?我还能听个小曲儿吃碗面条喝口热汤躺在自己床上。也算死得其所。"

下雪了。已经连续下好多天了,不急不缓,好像要下到永远。这在穰县并不常见。太阳藏得远远的,不出来也不落下,整个天空是灰白色的,夜晚也是,一点点暗,又夹着雪的白光,微微亮,刚好能照亮一切,但又略微朦胧。人就像做梦一样,就像那雪,没来由的在空中飘啊飘。空气好得不得了。一点不冷,只是清凉。雪层层堆积,歌德咖啡馆前面的一排树成一个个白色伞冠,蘑菇般的,厚实浑圆,大团大团的雪一点点脱离整体,整团整团地掉下,砸在地上,很有重量。病房却是两重天。由于空气不流动,家属们从外面买回来的各种饭菜味儿在走廊里久久不散,也是层层堆积,堆出一股子粪堆的发酵味儿,空气清新器吹出的也是尿骚味,它们和着外面浓重的雪的湿度,几乎让人窒息。父亲的头在病床上来回摇摆,手撕着身上的睡衣,抠脖子里的气管,他说他这不是病死,而是被憋死。于是,隔两天下午,我们就把他裹得严严实实,推到咖啡馆,吸一下新鲜空气。

我们坐到咖啡馆最里面靠窗的那个包厢。夏天最热的一个月和冬天最冷的两个月,这个位置几乎被我们家给承包了。空调温度适宜,视线开阔,桌子也大,足够容纳这庞大家族的十余口人。我们把一个活动小桌卡到轮椅的两边,放上父亲心爱的茶杯和扑克牌。大家笑着,准备开始斗地主。父亲已经几个月没战斗了,得让他好好赢钱。父亲穿着厚厚的花红棉睡衣(冬雪坚持要的颜色,说吉利),鼻子上裹着纱布,伸出枯瘦的手去摸牌。他的手显得小了,可怜巴巴的,短了一大截,怎么拿也拿不住牌。他的长指甲被剪了。他的指甲一直很长,冬雪说比慈禧太后的还要长。从前,他拿牌是用指甲拿的,他抠鼻子是用指甲抠的,他挖耳屎也是用指甲挖的,他端碗吃饭指甲会浸进去一大半,那指甲前半部快弯成一个尖锥,把里面的灰、脏物全部扣进去,到最后,指甲后半部全变成黑颜色,那种陈年老垢层层叠叠的黑,隔着指甲盖都能看出那黑污的厚度和年龄。冬雪曾经发狠说啥时候趁他睡觉把那恶心的长指甲给剪了。可谁也不敢。医生二话不说,就把他的指甲给剪了。

大家不做声,专心看他的手,看他艰难摸牌,没有人敢去帮他。冬雪儿子说:"爷我帮你玩,我技术高,把我妈我姨我舅的钱都赢过来给你。"父亲笑笑,顺从地把牌给了自己最宠爱的外孙。

冬竹领着几个孩子下去玩,在马路对面,河岸边的小树林里,堆雪人,红色的小人儿,跳来跳去,像一团火。再往远处,是湍水,结了冰,像一条蛇的僵尸,保持着最后爬行的姿态,被冻在那里。那座断桥还在,两只翅膀仍然扎在水里,翅膀上裹着厚厚的雪,任谁走过去,站到断翅中央,也没办法让它活跃起来了,看着还真有点伤心。冬竹不断朝我们这边挥舞胳膊,手指着雪人,让我们看。我们把玻璃窗上的水雾擦干,把父亲挪到窗户的地方。他睡着了。张着嘴,腮帮陷到骨头里,脖子上的管子随着呼吸声一起一伏。一个月前,他的脖子就被切开,开始肾透析了。每次透析都是一次地狱间的往返。他的反应很大,身体缩成一团,浑身颤抖,像打摆子似的,又冷又热。看着他,冬玉突然想起很小时候不知在哪儿看过的一张照片。是张黑白照片,那个人平躺在床上,眼睛紧闭,颧骨高高突着,腮帮子往里陷,颧骨的轮廓都露了出来,嘴巴半张着,像是在往外吐最后一口气。冬玉觉得自己看见了一个魂魄,有着骷髅的形状,像空气一样轻,从那张脸上悄悄飞走。在看到那个照片时冬玉就知道,这个人要死了。或者,已经死了。

现在,在父亲脸上,冬玉又看见了那具骷髅,正竭力抽走父亲身上的东西,父亲连抵抗的力气都没有。

"我油菜咋样了？"父亲盯着勇智，眼神里突然带着从噩梦中回过神来的清醒。

油菜？大家一阵慌乱。想不到父亲会问这个事情。几个月过去了，大家以为父亲早忘了。或者，早就放弃了。他还想着他的油菜？油菜杆子早都变为猪饲料又作为猪粪排出来，不知道沤在哪里做肥料呢，他这才想起来问他的油菜。

勇智张着嘴，不知道该怎么回答。正在专心洗牌的冬雪嘿嘿笑着接了一句："地都没了，还油菜呢。"

冬玉看到父亲的脸全变了，变成青灰色，死灰色。

"地征走了？"

"没有。"

"那我油菜呢？"

勇智梗着头，不看父亲。

父亲的嘴唇紧咬着下巴，他看着勇智，大概明白了他宝贝油菜的动向，他的表情好像一个热爱土地的农民突然失去了他心爱的土地，一下子失去了精神支撑，眼神空荡，孤苦伶仃。

"小峰呢？"父亲朝四周望了望。

冬雪又接一句："都啥时候了还在问小峰？"她抬头看一眼父亲，才发现父亲眼睛发直，好像才听到一个惊雷般的消息。他扭动脖子，想往四处看，可他插满管子的脖子撑不住他的头，他用了很大劲，只挣了一下，动了一点点的距离。

"你们把他赶走了？"

"谁把他赶走了？"勇智声音提高了一些。

"爹你是真不知道你已经生病几个月了？你不能想起谁是谁。你真不知道小峰早都走了？我不信。"冬雪说。

冬玉差点笑出声。其实冬玉也不信。

父亲"啊啊"叫着，手点着勇智，又点冬雪，又点向冬玉，伤心欲绝中夹带着试图激发人同情他的可怜相。我们都看着他。西照太阳从玻璃上返出光来，正好照在他半边脸上，还带着些冷的雾气。他的脸被罩在这带着毛边的金光中，颧骨高耸，嘴巴半张，两眼放射出灼人的光，像受难的耶稣。

父亲的头努力离开沙发的靠背，一边脖子上的筋绷得很高，另一边纱布里的管子也别出来很远，嘴唇紧紧咬着，下陷的脸颊向左扭曲，狰狞到可怕。他以这样的姿态盯着大家，眼睛里的时间运行缓慢，以把绝望和谴责拉长到最大限度，他又问了一遍，

"我油菜呢？"

勇智踌躇着，说："油菜收了，卖了。"

父亲盯着勇智，勇智眼神移了下，没有躲开父亲的盯视。

"别人收了。卖了。不过，地没有征，工厂没谈妥，又放那儿了。"勇智咧了咧嘴，想用笑来掩饰自己的心虚，可是，他没

有咧开。父亲的上嘴唇紧咬着下嘴唇,不停抖着,两行眼泪从眼角流出来,和他眼睛里的时间一样慢。他看着勇智,就像是在看一个败类,卖国求荣的败类,愤怒,蔑视,恨铁不成钢。

勇智停顿了一下,又低声说:"小峰自己要回去的。"

父亲盯着勇智。他不相信他。他就是不相信他。

冬玉能感觉到勇智的情绪正慢慢积聚,越积越厚,越压越重,要爆炸。冬玉又想往他身边靠,冬玉害怕他们两人之间的爆炸,小时候害怕,现在还怕。父亲从来不相信勇智。他相信别人,任何一个人,就是不信他自己的儿子。就像当年,他相信蛮子,却不相信自己的儿子。

"我要回家。"父亲转过头,对冬雪说。

"哪个家?"冬雪问。

"你说哪个?"父亲瞪着她。

"我哪儿知道哪个?"冬雪说。

父亲瞪着她。

"你要是回梁庄,我可不带你。可都在骂你呢。明明把地征走,能换几套房子,多好,你四处鼓动人家告状,不让人家撒手。现在可好,地不征了,楼房也没有了,大家还住在破烂堆里。"冬雪说。

"你懂啥啊?"父亲咬着牙。

"都啥时候了?你那套斗争经验不起作用了。"

"咋不起作用？当年能把家斗败斗散，现在再把儿子工作给斗没，把自己的命也斗没，作用可大了。"勇智阴阳怪气加一句。

冬玉拽了拽勇智的衣服，勇智用胳膊把冬玉的手挡开，震得冬玉手一阵痛麻。他忘了他天天举哑铃，胳膊像铁块一样结实。你只看他的肥肚子，什么也看不出来。

父亲伸出手，用手指轻轻把移动小桌往外推，小桌"哐当"一声，倒在了轮椅下面，桌面上的牌撒了一地，茶杯顺着他的腿，骨碌碌滚下去，滚到一半的时候，杯盖开了，赤酱浓烈的茶洒到他的大红睡衣上。冬雪大叫着，手忙脚乱地拿纸擦拭。父亲闭上眼睛，谁也不看。

冬竹还在树林里又蹦又跳，拼命向这边招手，她执着地让大家看她堆的雪人，一会儿指着雪人的鼻子，那是胡萝卜做的，一会儿又比画着圆圆的嘴巴，她抠了一块埋在雪下的土塞了进去。她把雪人的脸做到我们这边。其实，从歌德咖啡馆往外看，那个雪人几乎陷到地平线下面，非常非常小，啥也看不清。她以为大家在看。

太阳很远很低，像一个新生婴儿，好奇、娇嫩、浑身带着光，金黄、淡紫、微红各种颜色夹杂在一起，发出一束束光辉，洒在田野上、房顶上和高高低低的枯树上。风起了，打着旋儿，把堆在土堆旁、树根处的极细的雪粉扬起来，让它们在一束束光柱中轻舞。村庄还没有从夜晚的梦中完全醒来，安静中带着混沌。老公路破破烂烂，却让人舒服。几十年过去，深色的沥青路淡白平整，一层层石子妥帖地嵌在里面，和周边的沙土浑然一体。

冬玉又想起那个秋天。她看见这条路就想起那个秋天。父亲变卖了所有的粮食说是去打工，冬玉和勇智伤心地送他走，不知道他此去有多艰难，也不知道父亲走后日子怎么过，结果，他却是去寻蛮子。这么多年过去，她忘了很多，可这条破旧的沥青路却长到了心里，连着沥青路一起的，是父亲滑稽可怜的红绿头发，还有勇智倔强的脊背。

每次回家，父亲总是在村口的自留地下车，慢慢溜达回去。这次，他是坐着轮椅了。每一家自留地都有几座坟，或旧或新，有的很矮很小，几乎与地面齐平，那些都是无名坟，或是村庄哪一户隔几代的亲人，没人关心，自留地的主人一年年悄悄从坟边削土，直到完全消失。有的高门大户，围坟砌一圈青砖，栽几株柳树松树，一年年过去，枝繁叶茂，遮蔽坟头，成一片阴森的所在。自留地头的那个小屋终于被植物爬满里面的空间，变成了一个四方的绿荫。只有久在梁庄的人才知道，那个曾经的小屋，发生过一起凶杀案。

人们走出家门，伸着懒腰，刚准备把第一个哈欠打完，就看见我们了。父亲坐在轮椅上，保暖秋衣外面穿着件白衬衫，白衬衫外面套着保暖毛衣羽绒夹袄加厚羽绒棉袄，腿上还搭一个花花绿绿的小棉被。风贴在脸上，一点儿也不冷。霞光照在父亲的脸上，给父亲的蜡黄瘦脸补了点亮色和喜庆的味道。勇智推着轮椅，冬玉和冬雪冬竹跟在后面，沿途和村里人打招呼，父亲努力龇着牙，露出笑容，牙齿金灿灿的。我们这一行人，几乎有点衣锦还乡的意思了。

越来越矮的桂花奶奶用胳膊使劲圈着冬雪，她不让她往前走，她给冬雪诉说她的病情，边说边掉眼泪。入冬以来，她因为腰疼、脊椎疼已经进三次医院了。三次都是她躺在家里，大声喊着，看谁经过路边，能听见，去把她住在村后面的儿子喊过来。最后一次，她喊了一天，嗓子都喊哑了，愣是没一个人听见，没一个人进她家门。她只好往床边挪，努力把自己摔下床，爬到院门边，才算得救。她撩开衣服，让冬雪看她摔伤的地方。冬雪厚实的胳膊搭在桂花奶奶肩膀上，轻轻揉着，听她讲，又把她眼泪擦去，笑着说，下次你给我打电话。我来接你，我再把我几个叔骂一顿。桂花奶奶笑着骂她，等你来？等你到这儿你桂花奶早死几个来回了。她拉着冬雪说，雪，雪啊，我早晚要瘫啊，还不如死了算了，我不想遭罪啊，你看你妈遭多大罪啊。冬雪说，不会的不会的，再说我四个叔也挺孝顺。桂花奶奶撇撇嘴,现在还没躺倒就这样了,到时还不知啥样呢。她振了振被冬雪揉压的肩膀,笑着说,活一时算一时,到时药一喝,腿一伸,死个干净。她指着院子角落的一个地方说,你看,药我都装好了。冬雪说,不会的,我桂花奶奶干净整洁爱面子,不会的,我最喜欢我桂花奶奶了。只有冬雪有本事哄村庄的这些老人开心。

从村口坑塘左边的院子里传来建忠伯的声音,哀哭般地,一声高过一声。谁啊,谁啊,是冬雪吧?雪啊,进来,进来啊,和我说说话。建忠伯家就在路边,他瘫在床上两年了,每天的任务就是辨认路上的说话声,然后,扯着嗓子喊那人的名字,他喊完这个喊那个,试每个人的名字,一个早晨能把村里所有人的名字叫一遍。没有人进去。他已经喊两年了。以为他早喊累了,该走了,可他的声音却越来越高,中气也越来越足。冬雪在外面高声应着,是我啊,建忠伯,你好不好啊?建忠伯不期然得到回应,声音突然拔高许多,凄厉无比,我好啊,我好得很啊,雪啊,好闺女,你进来啊,进来啊。大家笑着,继续往前走。

振国袖着双手,站在人群外,远远看着,脸上的表情很奇怪,看着大家,却又拒人于千里之外。他又胖了一圈,个子更显低了,脸上的灰被冷风吹得冻起来,又黑又亮,好像一层层刷上去的。他的脖子缩到肩里面,身体重心越来越往卜移,你能感觉他在努力和地心引力博弈,可是眼看他就要败了,要被吸回到地下了。他的大儿子在云南被车撞死了,刚刚拿到巨额赔偿。他那一副死人样,好像在告诉大家:谁也别想从我这儿借走一分钱。

金光闪耀中,振华的平房上站着一个人。冬玉用手遮了下光,这不正是振华吗?振华看见我们,高声叫着,"唉呀,二爷回来了啊?"

振华去年从广东中山回来。他儿子清明在吴镇高中读书,旷课逃跑,偷窃打人,振华妈哭着给振华打电话说,再不回来,他们老俩也要被孙子打死了。振华夫妇俩只好离开中山,他们在那里的一家服装厂打了将近三十年的工。振华活跃,回来后四处串门联系,把梁庄在外打工的人都摸查一遍,记上电话,很快成了村里的联络员和万事通。往穰县去办事时,也总是给冬雪打电话,大家请他到小饭馆吃一顿,听他说说村里的情况。他策划在吴镇开一家太阳能店,说是已经"考察"好市场了,太阳能是未来趋势,多年打工攒的钱足够他租门面装修进货,他可以一边做生意一边看着儿子。他天真无邪信心百倍,好像成功就在眼前,我们也不好泼他冷水。吴镇这几年的经济形势越来越差,打工的人都在往回走,回来也不是回村里住,都要在镇上落脚,都要找个生意做。可吴镇并没有那么大的空间。再说,他们离家三十年,每年回来不到一个月,故乡早也已经是异乡,对家里的实际情况他们并不了解。

勇智给振华递了一支烟,说:"大清早的,站在房顶装神弄鬼啊。"

振华咧开大嘴笑着说:"看机器呢。"他的嘴唇被冻得红肿,越发厚了,像极香港电影里面的夸张香肠嘴。

冬玉往他的房顶望去,发现房顶上排着六七个太阳能,"你一家需要用这么多?"

"不是,我就是想看看咱这儿冬天到底能不能使?"他的嘴咧得更大了,手挠着后脑勺,抓着他紧贴在脑壳上的头发,说,"嘿嘿,都拉回来了。"

他转过身,蹲到父亲的轮椅旁,使劲握着父亲的手说:"二爷,你可回来了,今儿中午别走,咱爷俩好好喝一杯。"他转过身,欢快地看着我们,"大姑二姑三姑,都不准走啊,我一会儿就去赶集买菜,再叫上德贤他们,上午喝一场。"

父亲开心地笑着,任由振华握他的手。他喜欢振华,他喜欢活跃的、离经叛道的、有各种想法的人,父亲喜欢和他们在一起愤世嫉俗,骂骂权威,嘲笑嘲笑老实人,呸几声那些见风使舵的人。春天父亲鼓动大家告状时,振华是中坚力量。他负责联系梁庄在外的打工者,游说大家反对征地,又花钱打印复印告状信,快递到全国各地的梁庄人,收集签名。他使用的名词也比父亲更时髦更新鲜，什么公民啦、法制啦、地权啦。他兴致勃勃，一张大嘴到处奔洒唾沫，劲头比父亲还足。也难怪他太阳能生意做不成。

勇智说："店关了？我就说不行，咱这儿人不适应用这玩意儿。一个机器一两千，谁舍得买？再说，谁没事干了天天洗澡啊？"

振华说："关了算了，过完年我还走。反正清明那臭小子也不想上学，到时和我们一起走。哎叔，你说晌午吃饭还叫谁？德贤肯定在，我再给建军建党打个电话。"说着，他就掏出电话，要拨号码。

勇智拦住他，朝轮椅示意了一下。振华看了看父亲，咋呼的声音小了下来。

秀玉和秀清远远看见这群人，想往回走，又躲不开，只好打着哈哈过来。他们俩曾经是父亲坚持告状时的积极分子，但却中途"叛变"，被镇长收买，反过来充当说客，在村里游说大家早点签合同早点交地。

父亲一直半闭着的眼睛突然睁开，锥子似地盯着他们俩，脸上现出轻蔑的微笑，说："咋，怕你二叔了？你二叔都快死了还不过来打个招呼？"

秀玉秀清赔着笑，嘟嘟囔囔说："哪是啊？"

"地征不成了，钱可也拿不到手了啊。"父亲说话声音虽然中气不足，却一点不妨碍传达出讽刺的意味。

"谁给钱啊？二叔可别乱说啊。"秀清的眼睛骨碌碌四下转几圈，压低声音，几乎哀求似的看着父亲说。

"谁给你钱你娃子自己清楚。"父亲大声说。

周围人都在热烈攀谈，没有人认真听父亲说话。

"二叔，这地是早晚要征啊。"秀清说。

"就是征，也不能拱手相送。日你妈，地是自己的，你才有吃有喝有退路，等没地了，你娃子们哭都来不及了。"说完，父亲闭上眼，脸上露出厌恶的表情，不再看他们一眼。

秀玉和秀清尴尬地笑着。一会儿，他们就和勇智、冬雪聊上了。

太阳升起来一些，照在坑塘的冰面上，反射出耀眼的光。坑塘边的人越来越多，大家热情地给轮椅上的父亲打招呼，没有得到回应，只好和我们聊起来。一辆三轮车突突着开过来，停到大家面前。开车的是一年轻女人，三轮车的小车厢里坐着几个中年妇女，穿着红绿厚羽绒服裹着红绿厚头巾，浑身带着野外的寒意和乡下人拘促的朴素。她们下了车，朝大家笑着，谦卑又悲悯，这笑容和她们艳俗的衣服寒酸的表情形成鲜明对比，看着有说不出的可怜相。她们分头走向一个个人，站住，朝那人鞠躬，再把手里的传单递给眼前的人。那眼前人无可奈何，很不想要的样子，但又被深深一躬给躬住了，只好伸手接了那传单。

冬玉看了看手中的传单,是耶稣受难图,上面写着"耶稣最慈悲","信了上帝,不会生病,幸福每一天","神爱世人,将他的独生子赐给你们,叫一切信他的,不至灭亡,反得永生","复活在我,生命也在我"等等之类的字眼。领头的女人站定,仍然带着怜悯的微笑,腰挺得笔直,咳嗽了一声,另外三个女人站在她后面,也把腰挺直。那女人咏叹一声,"我主啊",然后四个人张大嘴巴唱:

这世上,有个千年不变道理
那就是,耶稣爱你
这世上,没有任何的逼迫患难
能使冬玉们与神的爱隔绝
你是否愿意同为神的儿女
一生让耶稣爱你

大家也张大嘴巴,呆呆听她们唱。四个人唱完,又朝大家深深鞠一躬。领头的女人四下逡巡一番,看见藏在人群中间的轮椅,如秃鹰看见猎物,气势如虹,大步往轮椅方向迈,离她近的秀清不自觉往后退了一步,旁边的人自觉闪开一条道路,父亲和他的轮椅就这样赤裸裸地被暴露在她面前了。

那女人蹲下去，轻轻唤叫："老先生——老先生好啊——"

父亲眼睛闭着，一动不动，只眉毛抖了一下。

那女人推了推父亲，她以为他睡着了，"老先生醒醒，"她端详父亲的鼻子和插着管子的脖子，又用手摸着父亲满是黑色针孔和青色瘀血的手，眼泪流了出来，她回头看看围观的这群人，大声喊着，"信耶稣吧，信了就脱离苦海了！"她的声音里带着狂热，是那种眼看着光明大道不走却在黑暗小道拥挤的愤怒和着急，她的眼睛里喷着火，把她那张端正的脸给烧得面目全非。她把传单举到父亲的眼前，假定他能看见，她像上帝的使者，带着怜惜，又带着传道者的权威和恐吓，说：

"老先生受苦了。耶稣爱世人，你信耶稣，就不会受苦了。"

父亲一动不动，他的牙关紧咬着，右脸又快扭曲到左脸上了。他在忍受。这时，一直在左侧扶着轮椅的冬竹轻轻推他一下，叫着："爹，爹啊，你睁开眼，人家在看你呢。"

父亲突然睁开眼，他的脸因为扭曲和用劲，微微左仰，刚好对住了冬竹的眼睛，他朝冬竹吼了一声："滚，滚一边儿去！"

所有人都听出了他的言外之意。那女人停顿片刻，坚持将传单放到父亲的怀里，站起来，朝大家微笑，说：

"信耶稣，得永生。"

她镇定无比，又信心十足。父亲的腿轻轻抖了一下，那张传单掉到了地上。冬竹弯腰,把传单捡了起来,攥在手里。她们坐回那敞开式的三轮车厢里,裹好围巾,踏下脚板,准备奔赴下一个战场。那开车的年轻女人扶着方向盘,打着火,又抬头朝我们喊道:"一定要信啊,灵得很。"

桂花奶奶说:"成天瞎跑哩啥,闲哩没事把娃好好带带也比这强。"

振华打趣说:"老桂花奶奶,你要信啊,你信了病就好了,腰可就不疼了。"

桂花奶奶撇撇嘴:"那开车的是王营王兴朝家闺女,她恁信,她父亲不还是肝癌疼死的。"

振华说:"等再过来了,问问她,看她咋说。"

"要是我老婆那样,我把她腿打断,看她还跑不跑!"振华刚说完,发现自己老婆在旁边站着,调皮地吐吐舌头,说,"这都信成营生了,一天到晚不歇气地跑,哪还能顾上家呢。人家可有纪律了,固定路线固定时间,各跑各的点儿,各发展各的会员。"

勇智说:"照这说法,快和传销差不多了。"

振华说:"比传销可厉害多了。传销是变着法儿向你要钱,只要你不信不上他当,他门儿也没有。这不得了,见天三四趟,不要钱不要粮,只讲奉献,站你面前就唱,唱完就讲,让你爱人,爱耶稣。你能说你不爱?"

大家一阵哄笑。

父亲突然幽幽加上一句:"它要是说信主了人可以不死,我就信。"

笑声更高了。冬玉偷偷看了眼冬竹。冬竹头低着,手紧紧握着轮椅的把手。

太阳升起来了。早晨的霞光消失,蒙在事物表面的一层面纱被揭开,什么都变得近了,真切了。坑塘里的污泥悄无声息,冷凝成安静的表面,但嵌在其中的各样垃圾却泄露着底下肮脏的秘密。陈旧的麦秸堆下卧着几条野狗,站起来抖抖身上的秸秆,能看到它们身上一块块鲜红的癞皮疮,他们迅速跑到建忠伯家的后墙角,吧唧吧唧开始舔吃发硬的粪便。建忠伯的声音又一次从屋里断续传出来,像是驱赶不走的噪音,桂花奶奶腰又弯了些,她嘴里有股子味道,冲得人眼睛睁不开,振华的笑容有些勉强,他老婆在他身侧敷衍地假笑着,不时朝振华凶狠地瞪过去。

我们站在老房子前。野蒿蔓生,枯黄坚硬的杆子占据了院子的角角落落。房顶上的洞又大了,里面的椽子木梁全露出来了,东屋西屋里面的破烂物什上顶着薄薄的雪,污色,显得格外凄凉。有人在院子的中间开一条小路,勇智试着踩上去,大叫一声收回脚,那野蒿苲子差点把他的鞋底戳破。其实,也不用进去了,山墙已经倒了,站在外面,里面看得清清楚楚。经过我们一次次的翻捡、流浪汉、好奇孩子的窜入,屋里早已没什么东西了。

这是父亲在这个世界上奋斗过的唯一物证。他一生最大的骄傲就是他盖的这座房。父亲睁开眼,看了一下,又闭上了。

春天灿烂花开的二十亩油菜地荒着,油菜根翻在外面,一层层的,被雪啊霜啊打着,垂头丧气。父亲看都没看,提也不提。

那是父亲最后一次回梁庄。

爱情

梅菊正一心一意照顾床上的父亲,她手里拿着湿纱布,不停往父亲的嘴唇上蘸水。父亲嘴唇干裂起皮,大家只是拿勺子喂他水,谁也没想起来这招。梅菊来一看,默默地到门口药店买了一盒纱布和矿泉水,服务起来。父亲已经瘦得完全脱形了,脸上只剩下一个高高的颧骨,腮帮子凹陷下去,嘴巴往外突着,他的眼睛是黄浊色,身上有股子怪味,他鼻子上捂着纱布,流着脓。他躺在那里,像一架只会呼吸的四处漏风的机器。可人家梅菊坐在那儿,崇拜地看着他,好像他还是当年那个朗声大笑、风趣潇洒的梁二哥。

  姑姑来看父亲,一看见梅菊坐在父亲的病床前,连招呼都不打,就站到门外去了。冬竹赶紧跟过去,说,姑你不认识她了?那是梅菊啊。姑姑说,烧成灰都认识,你爹啊,一辈子就这方面毛病大。冬竹你还记得吗?你妈不在那年冬天,你爹说他要出个门,叫我来照顾你们。走之前你爹磨磨蹭蹭想和我说啥,我说,你不是要找梅菊吗?你去找,结婚也行,但你们还得回来,不然你这一群娃们咋办?可梅菊咋能回来?她在咱村里那名声都坏成啥了。要是真和你爹在一块儿了,人们不骂死他们?他那个事儿,起头就弄不成。不知道你爹和梅菊是咋商量的,反正到了年根儿,你父亲又回来了。他也狠不下这个心。没成想,他是和蛮子好上了。

  冬竹想起前年去寻梅菊时,梅菊说的话:"有次你妈发烧昏死过去,你爹半夜去敲我家门,哭得不行,说你妈快不行了。那时候你姐在郑州上学,你们太小。我那时看着你爹,真是心疼。哪个男人有他作的难多?哪个男人有他恁好?光照顾一个病人就够他受了,还得养活你们姊妹几个,还拼了命挣钱让你们上学。"也许,在梅菊眼里,父亲是一个可靠忠实的、她一辈子崇拜向往的男人呢。

  父亲不让梅菊伺候,脸憋得通红,他想小便,可是他不让梅菊把便壶伸进被子里。他喊勇智，他最亲爱的儿子，喊冬玉老公红旗，他唯一看上眼的女婿，喊巧艳哥哥，喊小峰。都不在。梅菊试了几次，都被他挡了回来。

父亲从郑州回来快半年了，时好时坏，不过，昏迷时已经不像以前那么骂人了。好的时候，我们拉着他去歌德咖啡馆呆着，天气暖和时，冬雪就开着车，装上小凳子茶水点心野餐垫，装上轮椅，带着父亲，开到护城河边、中心公园、河坡上或哪一片干净小树林里。父亲的花白头发梳得整整齐齐，干净的白衬衫穿着，再加上他开朗明亮的笑容，又是一个潇洒体面的老头儿。勇智推着父亲，冬雪冬竹和冬玉在后面跟着，浩浩荡荡，边说边笑，回头率还挺高的。父亲当然不放过这机会，回看着那些张望我们的人们，满脸不情愿地对人家说："我都不想出来，这娃们非要我出来。"

可是，还没过几天清爽日子呢，老头儿就又魔怔了，非嚷嚷着回家住。春节前他刚回过梁庄，病情刚控制一点，就又要回去，真是费事啊。可冬雪说不让他再回梁庄时，他也没反驳。

"那是哪一个？"冬雪很疑惑，"是回你和巧艳妈现在住的那个屋？那是租的，不是你家，再说，那巧艳她妈是伺候人的人？你能指望她？"

父亲别着头，一脸生气的样子。

冬雪说:"那你是想回哪儿?难不成是想到冬玉的百货店里?那地方可不行,不适合病人住。"冬雪边说边摇头笑,觉得那不可能。

父亲扭过头说:"咋就不适合病人住了?"

冬雪说:"那不行,你现在的病情不适合。"她去摸父亲的胳膊,父亲"啪"的一下把她胳膊打过去。冬雪又去拉他胳膊,父亲又把她挡了回去。

冬雪笑了,"还怪有劲的,精神得很呢。"

冬雪攥住父亲的胳膊,使劲往下按,说:"你问问医生护士看人家让你回不回,人家让你回,你就回。"

护士过来了,打扮得干干净净,朝冬雪使了个眼色,坐到父亲面前,甜蜜蜜地喊一声"梁叔",父亲本来牙咬着脸垮着,一扭头,给护士一个谄媚巴结的笑。

护士说:"梁叔,你再坚持两天,等你身上水少了,不肿了,咱就回家。"

父亲听话地点着头,"行,行,你说咋样就咋样。多好的闺女啊,都有赖你了啊。"他扭过头,举着胳膊,啧啧夸着,"就小杏针扎得最好,不疼,也不多扎。"

小杏又甜蜜蜜地说:"梁叔,那是你配合得好啊,配合好了,咱们就可以早出院了。"

父亲说:"好,好,配合,我最听话了。"

小杏扭着身体出去了,冬雪说:"你看,人家一句话,你就没脾气了,我们咋说也不行呢。"

父亲气哼哼地说:"别以为我不知道。你们早串通好了。"

那也不必要笑成那样子啊。他脑子还清醒着呢。对护士医生笑容灿烂,扭过头就骂。笑是真的,骂也是来真的。

父亲和我们闹了几天,只有一个主题:他要回家。回冬玉店里的那个小屋。

病房也确实很杂乱。早早晚晚都是一屋人,来了就不走,站在病床前,门口,阳台上,走廊里,压着嗓子,说些陈毛烂死气的闲话,叽叽喳喳,乌烟瘴气的。他们一来,父亲就闭上眼,一脸受罪不耐烦的样子。不识趣的人还要坐在他身边,一边喊着"二哥二叔二舅"什么的,滴几滴泪,一边帮着整理被子倒点水,看到父亲黑乎乎的、被针快扎烂的胳膊,就一惊一乍地叫着。到中午,勇智一招呼,他们就去吃饭喝酒了。父亲是说不动话了,要是还能说,一张嘴就把他们给刺回去了,哪能到他们表演眼泪的步骤啊?

几次透析过后,父亲的脸明显小了,原来明晃晃的一按就是一个大窝子的腿也缩皮了,皮肤搭在上面,松垮垮的,医生很高兴,说是明显轻了,要是早点透析老爷子就少受罪了。父亲咧咧嘴,用尽力气给医生一个讨好的笑。

关于透析，大家吵了无数次。冬雪坚决反对，在郑州时，每天贴身坐着给父亲讲道理，问医生，我们要是谁说做了好，她就大怒，说我们不稀罕老父亲。冬竹说医生说了，现在透析已经是个常规治疗，像父亲这样，坚持透析，能坚持一年两年没问题。冬雪搗着冬竹说，你这样说我都恨你。冬竹听见她对勇智也这样说过。谁只要说到父亲的期限她就恨谁。她就是不愿意面对现实。她一心觉得老头儿没事，对父亲的病情视而不见。她值夜班时，看父亲的痛苦和翻来覆去的折腾，她也难受得哭，可一到白天看父亲还怪安静她就又不让透析了。冬竹知道她为什么要拉父亲去广场去公园去人群里，她是害怕父亲就这样再出不来了，她要让所有人看看她父亲还是一个健康的父亲，虽然根本没有人关心她父亲是谁。她不让我们说，其实她自己害怕。

父亲能坐起来了。他让勇智扶他，在床边站着，让我们出去，他自己脱裤子，自己坐在便凳上，舒服地大便了一次。他早就屈服了。以前，我们伺候他小便时，他拼死拉着裤子，不让我们往下拉，大便更是非要等着勇智，或者他的红旗女婿来。后来动不了了，也坚持不住那么长时间了，也就屈服了。他便血，医生要求随时报告便血量和时间。我们都不放心勇智做的记录。我们扶他起来给他脱裤子，看他大便的情况，给他擦拭，父亲光着身子，弯着已经瘦得变形的腿,试图用上衣遮他的私处,可是怎么也遮不住。他闭着眼睛,任我们折腾。从里到外,他再也没有什么可坚持的了。他失去羞耻了。

冬竹总想起妈躺在床上的样子。妈光裸着身体躺了多少年?一想起妈的身体,冬竹的眼泪就想往下掉。

谁有机会了都是暴君。哪管你羞耻。冬雪对父亲是百分百专制,她只按她心里所想。她把持着全部事情。她不让巧艳妈来,就是来了,最多让她待一个小时,就赶她走,她不接蛮子电话,不让我们去做生意,不让自己有丝毫空闲。本来说好的她值夜班,到了早晨,她就是不走。她不知道她也在制造混乱。

冬竹看见勇智在父亲反复起来又躺下时的不耐烦,都不耐烦啊,实在是累,可大家不像勇智那样表现出来。他要脱,要穿,要起,要躺,两分钟一个来回,半夜里实在是乏,大家动作都慢了好几拍。但是,冬竹看到,巧艳哥哥都比勇智有耐心,红旗也比勇智耐心。也许巧艳哥哥只是在报恩,所以能忍耐。但是,爱不正是恒久忍耐吗?勇智仗着亲,那么不耐烦,那么理所当然,是爱吗?

因为爱,勇智对冬玉、父亲成了暴君,也是这爱,无论勇智做了什么,父亲做了什么,你永远都恨不起来。上帝的爱是不是也这样没有道理?他为什么就看上了亚伯的供物而看不上该隐的供物?无论长老牧师怎么解释,冬竹都想不通。

还没精神两天，父亲就又成暴君了。他拔掉管子，拒绝输液，也不去透析，他要回家。不是回他和巧艳她妈的家，他就要回冬玉店里那间房。医生说这几次透析状态都不错，尤其是最近一次，从病理上看，恢复得很快，可以回去两天，但是，还得住到一个通风透气的地方。

冬雪说："你不想住医院里，不想回勇智那儿，行，就回巧艳妈那儿。我们去把那儿收拾好，那边卧室大，能放下氧气瓶吊架和各样东西，还有客厅，外面还有院子，谁来了就可以待在外面，不去烦你。"

父亲不去，他就要去冬玉那儿。谁也别想弄明白他的心思。

像以前一样，吵闹一番后，又都遂了他的意。再说，他那几天也精神得不像话，像换了一个人。看着真要好起来。

冬雪亲自监工，把小屋重又收拾出来，买了能摇的病床，拉回氧气瓶，挂上雾化器，添置各样病人用物。冬竹回到巧艳妈那儿，拿来他的白衬衫白袜子，他最喜欢的那件黑呢薄短外套，又把他的头发洗洗，整整齐齐，清清爽爽。父亲准备回家了。勇智推着轮椅，父亲和经常照顾他的小杏护士打招呼，和偶尔给他打针的其他护士小姑娘打招呼，让冬雪把收到的礼，牛奶奶粉苹果饼干挂面各种营养品，都送给她们。他那样子就好像他病好了，出院了，再也不回来了。父亲又到透析室那边去，和透析室的女医生告别。

那女医生蹲下来,把父亲的胳膊腿摸一番,说,真不错,真不错。你看,前一阵子脚趾都被水撑破了,水汪汪的,现在,下去了,皮肤都皱起来。她看着父亲的脸,说,老先生,你恢复得快啊,要说,过段时间就真能出院了。

父亲的脸涨红着,连连点头,左斜的下巴努力向上,他在努力给她一个赞美的笑。我们也被这送别的气氛感染了,冬雪拉着医生的手,眼泪汪汪,说没有她,就没有父亲现在。那医生立马庄重起来,连声说应该的,应该的。

轰轰烈烈地,父亲出院了。

要说也怪了,回冬玉小屋的第一个晚上,父亲睡得很好。冬竹和勇智值班。父亲从十二点左右睡着,到早晨五点,整整五个小时,中间没有醒过来。这可是三个多月以来,父亲唯一一次连续睡着这么长时间。

早晨六点钟,冬玉把鸡蛋面水送来了。屋子太小,做饭的油烟太呛,就由家最近的冬玉做饭往这边送。她看见父亲精神神睁着眼,白衬衫穿着,头发梳得利利落落,一个劲儿咋呼,说,咋了咋了,这是咋了?父亲喝了快一碗鸡蛋面水,又吃了几口炒萝卜丝。冬玉高兴得眼泪快出来了,得意地看着冬竹,意思是:"咋样?爹还是喜欢我做的饭。"

回县城后,冬竹就把父亲的一日三餐承包了。早晨玉米糁鸡蛋面水小米粥，炒青菜炒萝卜丝凉拌青椒豆芽，中午鱼汤豆腐汤鸡汤青菜面糊涂面鸡蛋面，什么汤什么面都做过，父亲几乎不吃，至多喝三五口汤，就赶紧让端走。他见不得各种味道。即使这样，冬竹还是每顿做每顿送，万一他想吃了呢。没成想，冬竹做了那么长时间，父亲还没有冬玉这一顿吃的多。冬竹瞪了冬玉一眼，冬玉更加得意了。

冬雪来了，父亲的女婿们来了，每天来站岗的姨家表嫂也来了，屋里屋外又站满了人，把冬玉的百货店衬得热闹无比。

大概是中午一点左右吧，对，最多一点钟，父亲精神了一上午，有些累了，眼睛又闭上了，红旗刚去接孩子放学没多久，西照太阳刚刚进到店门口的柜台上，冬玉在店前面收拾货，喊冬竹去给她抬酒箱子，冬雪说都别走，中午她请大家吃饭，庆祝父亲好转。

冬竹突然看到门口出现一片阴影。一高一中一低，一长一中一短。她一抬头，蛮子和小峰站在店门口。小峰拄着拐杖，脸更黑了。

蛮子看着冬竹，还是那张苦瓜似的小脸，辩解似地说："你爹给我打电话，说叫我今儿过来。"

怪啊，父亲什么时候给蛮子打的电话？父亲那可是二十四小时贴身监控啊，值班表是冬雪排的，她自己手机上存一份，每天分别打电话询问催促，必须交接到位。从来没给父亲留有一个人待的时间啊。他的手机也早被没收了,一开始,他清醒时还嚷着要找手机,冬雪不给他,说他没啥重要电话。父亲还发了一通脾气。后来,手机没电了,也没人帮他充,再后来,那破手机不知被扔哪儿去了,也没人想着去找。父亲也不提这茬了。

小峰像个粗笨乖傻的残废宝宝,跟在蛮子后面。冬竹朝他张了张嘴,他也朝冬竹张了张嘴,两个人都没有说出话。看见小峰,冬竹的嘴就像被绑住了,无论如何也说不出话。他在冬玉店里住的时候,冬竹尽量少去,她不知道和他说什么好。他那身整整齐齐的衣服像个铠甲,包着他,也把大家隔了出去。冬雪冬玉勇智说小峰有赌瘾,经常向他们要钱赌牌,但他从来没向冬竹要过。

蛮子往里面走,冬竹赶紧跟过去。一屋子说话声突然停了。

蛮子背对着冬竹,冬雪侧过脸瞪了冬竹一眼,好像在怪她把蛮子带进去。冬雪的脸色难堪,眉梢还残存着刚才的笑。

冬竹听见蛮子怯生生地又说一遍:"你爹给我打电话,叫我今儿过来。"

老实的蛮子哟,她越解释越坏事。她不解释,冬雪还以为是她自己来的,她一解释,就把父亲给出卖了。

冬雪脱口而出:"不可能。"

她扭头看躺在病床上的老头儿,老头儿的眼还闭着,牙紧紧咬着。

冬雪说:"不可能,他连电话都没有了。"

蛮子像没听出冬雪话里的火药味儿,她走到病床边,俯下身子,看父亲的脸,又看父亲的脖子,父亲的胳膊,摸着父亲乌黑发紫的胳膊,捂着嘴哭起来。离那么远,冬竹好像还能看到上面一个个针眼,每个针眼都往外扩出一个大紫瘢,一朵一朵的,像带着邪气的花一样。

冬雪喊着:"爹,你看谁来了?"声音里带着点儿惯常的嘲笑和打趣。大家都哄笑起来。她顾不得生气,既然蛮子已经来了,让父亲高兴高兴也不错。

父亲没有睁开眼,他的上嘴唇下嘴唇咬得紧紧的,快浸出血来了。冬雪摇晃了几下,父亲没有反应。大家停了笑声,都盯着父亲。

"爹,爹啊!"冬雪使劲摇晃着,声音岔了腔,她用手揉父亲的右脸,让父亲的脸部放松。父亲突然睁开眼,眼睛里满是红黄色丝线,他转动眼球,极慢极慢地一个个看过去,看起来很累很累,好像刚刚经历了漫长的跋涉,从很远很远的地方走过来。

冬雪长出了一口气,手在父亲头上来回划拉,又哭又笑。

父亲盯着蛮子,死死盯着。蛮子被父亲盯得不好意思,笑了笑,又抬手拢拢头发,父亲也笑了。他抿着嘴笑,下巴左斜,笑里带色,色里带着光,那色和光从浑浊的眼球中发散出来,扩散在那张瘦得脱了形的老头脸上,几乎有点猥琐了。他眼睛里的光锁在蛮子身上,越锁越紧,像要吃了蛮子似的。

过一会儿,父亲突然"扑哧"发出笑声,四处望望,斜起身子去拉蛮子的手,急急地催蛮子,说:"快,赶快,一会儿他们就回来了。"他开始扯自己的白衬衫,他的手在扣眼处摸索,想把衬衫的扣子解开。

蛮子呆在那里。

"快点,快点啊。这会儿就咱俩。"父亲眼睛扬着,朝蛮子挤挤眼,努力挤出笑。大家都呆住了。

"快点快点,你不想啊?"父亲又去拉着蛮子的手,声音甜得起腻,那急切的样子,活生生一个老色鬼,"一会儿勇智冬玉就放学了,小峰子也该回来了,咱们快点。"

这下大家反应过来了。一个个脸都红了。那些女婿们赶紧到外面去,顺便把觍着脸看的亲戚们拉走。

"爹你糊涂了,"冬雪喊着,去挡父亲的手,"小峰他妈,是小峰他妈来看你了。"

父亲的右手闪电般进到蛮子的胸脯里,扯起衣服,抓住她的乳房,拽出来,嘴巴努着,使劲往乳房那里凑。那乳房软塌塌的,满是皱纹,乳头像个畸形的黑瘤子。蛮子只来得及抓住衣服的外襟,她拿这外襟往上扬着,想挡住乳房和父亲的脸。

"爹啊，"冬雪急得快哭了，又去掰父亲的手，"人都在这儿，你干啥啊？"

父亲攥着蛮子的乳房，新长出的指甲掐进乳房，死死抠着，往自己嘴边拉，他脖子上的插管被挤歪，从外面能看到那个大动脉也被使劲拉扯，脱离自己的位置。他听不见冬雪喊，看不见我们，他眼睛里只有蛮子。他想要蛮子。蛮子的身体被父亲拽得往前倾着，乳房被扯得很长。蛮子疼得发出嗞嗞的吸气声，她双臂张着，脖子使劲往后仰，她的乳房更长了，像个松松垮垮陈旧肮脏的长布袋。她避免碰到父亲，她也不敢去碰父亲。冬竹紧张极了，她很怕蛮子呼天抢地，恼羞成怒。这样僵持了好一会儿，一分钟，两分钟，还是七八分钟，冬竹说不清楚，父亲的手一直没有松开的意思。在僵持之中，蛮子的身体放松下去，顿了顿，接着（她谁也不看），弯下腰，抱住父亲的头，把胸脯埋在父亲的头上。她紧紧贴着他，让父亲能够着她的乳房。

冬竹听见父亲用力吸的声音，"啪嗒啪嗒"，"啪嗒啪嗒"，像一个小婴儿吸到满满的乳汁，香甜可口，心满意足。一屋子人都听见了，连站在外面店里的那些女婿亲戚们都听见了。大家都静悄悄地听着。

那声音太响了。父亲像个小孩子，像个总算找到妈的弃儿，扑到那想得心都疼的乳房上，不顾一切吸起来。他把我们都忘了。

那总是掩着门的东屋,父亲和蛮子在里面搞很大的动静。冬竹知道他们在干什么,她什么都知道,那时她已经十六岁了。他们一吃完午饭就回到东屋,父亲让冬竹去买盐,去给谁还锄头,去找秀菊复习功课,他想尽各种办法把我们都支出去。冬玉啥也不懂,高高兴兴就带着小峰下河玩去了。勇智不知道去了哪儿,他每天怒气冲冲的,没人敢惹他。冬竹总是很快就把任务完成,飞跑着把盐买回来,到秀菊家打个转就走,冬竹隔着门喊父亲,盐买回来了,锄头还了,秀菊不在家。她拿着课本,坐在老枣树下的石凳上复习功课。

枣树上那个最粗的枝杈,弯着腰,满枝的青叶盖住大半个院子,荫凉荫凉,一丁点光都透不进来。风吹过来,树上的小青枣相互碰着,发出细小欢乐的声音,微黄淡青的枣花往下飘啊飘的,一会儿就落满一身。妈在的时候,我们会把她抬出来,放在她的专用竹椅上。妈死了后,过一年,竹椅彻底朽坏了。冬竹偷偷哭过,为这张竹椅。她知道没法留,那竹椅的底部,早被妈的汗渍尿液浸得发黑,轻轻一碰,竹片就碎掉了。她侧着耳朵听屋里的声音。静悄悄,静悄悄。她一回来,就静下来了,好像里面的人睡熟了,整座房屋都睡着了,蝉虫叫,枣叶动,时间很慢,很安静。冬竹好像听到轻轻的叹息声,听到汗滑落到席上的声音,听到蛮子绵软的嘟囔声,听到父亲小心翼翼的,又开心又惧怕外面有人的压抑的声音,她还学会辨认树叶落下的声音,枣叶落下的声音是椭圆形,苦楝树落下是长条形,椿树叶落下是绵厚的锤形,槐树叶子是细小细小的针形,还带着淡白色的梦,槐花清香的梦。他们一直没有动静。冬竹不知道那时候自己是什么心情,她只觉得那中午太过漫长,她想让它早点结束,永远不再来。

冬雪的脸通红,头低着,像做错事一样。勇智旋风般跑出去,差点把店门给撞掉。小峰悄无声息地站在旁边,他的腰弯着,重量全压在拐杖上,显得很虚弱。自从他和勇智一起把父亲送到医院,悄无声息走了以后,就悄无声息了。他就像大家心里的几道伤痕,随着晴天阴雨疼几疼,提示大家他还在。日常情况下,大家还是把他忘了。

西照太阳无遮无拦地照进百货店,又射到后面小屋的毛玻璃上,试图穿过那积压在上面的陈年灰尘,去窥探室内的场景。但是,那强光遇到坑坑洼洼的小突起,被反射到四面八方,七零八落,落到屋内的,只是虚弱的、淡淡的暖红色,正好罩在蛮子和父亲的身上。

父亲的头埋在蛮子怀里,嘴里发出满足的甜滋滋的声音,蛮子轻轻拍着父亲的胳膊,嘴里哼着歌。她的声音很好听,山里的清脆单纯,如小女孩撒娇,只有音节没有词语,带着点长长的尾音,又像母亲给快要睡着的孩子哼摇篮曲,声音轻到软到快化了。

冬竹看不见蛮子的表情，只感觉父亲的身体放松了，软了下去，好像终于脱下铠甲，回到最初的样子，天然又脆弱。蛮子弯腰把父亲的头轻轻往下放。父亲的左手还抓着蛮子的右乳房，嘴叼着蛮子的左乳头。黑黑的糖一样的乳头。蛮子越往下放，他的手抓得越紧，嘴也咬得更紧。

蛮子说："好了，好了，都好了。"她想直起身来，父亲的嘴巴不放，她的乳头被扯得很长，把她乳房的皱褶都拉开了，像一个干枯的丝瓜皮。父亲的嘴还一动一动的，他一直在吸。

蛮子说："好了好了，都好了，别熬煎了。都长大了。都成家了。你操心啥。你该享福了。"她和父亲轻轻说着话，聊着家常。她的山里话带着拐弯的尾音，碰着空气，来回转。

一屋子人都不说话。冬竹看见冬玉的眼泪扑扑嗒嗒往下流，冬雪的五官都挪了位，想哭，又使劲忍住，她不愿意向人展示她的软弱。

父亲的嘴终于松开，头歪了下去。他闭着眼睛，很平静，很满足的样子，像一个任性闹脾气的孩子终于吃够了母亲的乳汁。蛮子把他放平到枕头上，把自己的衣服放下来，整理好，她往床后面稍微移了移，移出父亲的手伸出来够不着的距离。

还来不及说话呢，父亲的眼睛又睁开了。看看大家，又合上，又努力睁开。他吃惊地看着周围的人，像来到一个全然陌生的世界,他谁也不认识,也不知道身在何方。他嘴巴大张着,呼吸越来越急促,肺里火车样的声音越来越响。

过了一会儿,他又一次睁开眼。从他眼神里能看出来,他又回到人间了。

他吃惊地看着蛮子,说:"你来了啊。啥时候到的?小峰来了没?"

大家互相望了望。

"来有一会儿了。"冬雪说。

"你们都过来。"他朝向四周看,却好像谁也没看到。

"小峰呢?勇智呢?"

"冬竹呢?冬玉呢?"

父亲在召集人呢。

冬雪说:"有啥话我们给勇智说,我们都在这儿。"

父亲说:"叫勇智来啊。"

冬雪说:"有啥话等回头再说。"

父亲说:"叫勇智来啊。"他用力拍打着床,他的呼吸短促,每个字都是牙咬出来的,很用力。

勇智不接电话。谁打,他都不接。

冬雪发短信说:"你快回来,爹有话要说。"

冬竹偷偷给他发短信:"爹估计危险了,你赶紧回来吧。"

过一会儿，又发一条，"再不回来怕来不及了。"

勇智还是不回。他就是这样，他就是要破坏一切。他才不管别人呢。以前他这样，现在他还这样。他以为是父亲影响了他，他以为他和杜鹃恋爱不成都是因为我们。他追不上杜鹃，回来就发疯撒野，他把气撒到蛮子身上，撒到父亲身上，撒到所有人身上。

冬雪说："爹你想说啥？你就说，我给勇智说。"

父亲又摸索着把手伸向蛮子，大家以为他又要怎样，赶紧去拦。父亲一把拽住蛮子的手，又看着小峰，冬雪把小峰推过去。他的眼睛还在四下找。

他看见我了。冬竹四下里张望一下，她不确信父亲是在找自己。冬雪把冬竹推到父亲面前。父亲努力咧开嘴，想朝冬竹笑，他的下巴更歪了，左脸扭曲得更厉害了。眼泪顺着冬竹的眼睛线一样地往下流，她张大嘴巴，心一抽一抽，像有万千根针密密麻麻地不停扎着。

父亲的嘴还努力张着，想说出话，他的眼睛还在找人。他在找勇智。他向冬竹伸出手，冬竹接住他的手。紫黑瘀青的手，皮挂在他手上，不像皮了，像一团破烂皱布。他使劲握住，朝他的另一只手拉过去。那只手里有蛮子的和小峰的手。冬竹挣了挣，没有挣脱。父亲的手抠住冬竹的手背，很有力。他不松手。

他想干啥？冬竹猜不出来。想让我们大家的手都握在一起，来一个大和解大团圆？这符合父亲的风格。他喜欢煽情也擅长煽情，他喜欢让大家看到他的伤心，只要能让我们跟着他哭，能让我们心怀内疚，他什么举动都可以做出来。

可是，为什么父亲只把她的手拉过去，为什么只把她的手和蛮子、小峰的手放在一起？冬竹不由得打了一个寒颤。他什么都知道，他一直都知道啊。冬竹的胸口像被重物猛烈地撞击，有一股力量沿着脊柱飞走，她的整个身体散架了，哗啦啦，散到了地上，无数个小零件朝四面八方滚动。她倒在旁边的冬雪身上，滔滔的眼泪遮住了她涨红的羞愧的脸。

父亲高举着双臂，他还在把手中的手往一起拉。他的嘴巴往外努着，用力张开，他想要说话，想要发声，他死死盯着冬竹，又去看小峰和蛮子，他似乎想要把他们三个人的目光粘在一起，让他们互相融合，互为一体。他的双手突然垂下来，头一下子歪了过去。

葬礼

梁光正躺在前院客厅的地上。

椅子桌子凳子都挪走了,藏青色的水泥地上撒一层麦秸秆,麦秸秆上铺一床被子,梁光正就躺在上面,蒙一层白布,脸上盖一张黄纸。他身上穿着黑绸缎寿衣,双腿被用草绳绑住,紧紧并着,两只脚朝上,双手被捋直紧贴在大腿处,头被下凹的枕头固定着。这样中规中矩的姿势,活着的梁光正肯定要跳起来,会破口大骂,他这一辈子最恨被别人摆布,他连做做样子都不肯。现在,竟也妥帖。他顺从地任人摆布,却又因那毫无感情的沉默而怡然自得,甚而，有点嘲讽的意味。

梁勇智家的客厅连着通往后院的过道，帮忙的人们来来往往。麦秸秆被踢得到处飞，东一撮西一堆，有的就飞到梁光正的脸上，那张薄薄的黄纸就被弄歪了。梁光正露着蜡黄的半张脸，紧闭双眼，对从他身边走过的人和这乱糟糟的局面无动于衷，漠不关心。从上方往下看，梁光正像一条黑色的阴影，不管阳光如何移动，人们如何忙乱，他都在那里，轻飘飘，没有重量，又不可撼动。

还刚出二月，从外地回来过年的人基本上都走了，吴镇少了春节那声嘶力竭的欢喜劲儿和浮夸虚假的热情劲儿，安静了许多。时间又慢了下来，那围着大桌子放在正屋中央的椅子又被搬出来，回归本位，不慌不忙地晒着太阳。阳光东一道西一道地乱照，空气就轻起来了，风也懒洋洋地，不认真往人身上贴，荡来荡去，一点也不实在。救护车一路尖叫着把梁光正拉回来，好像他还存着一口气，要赶到自己家里咽下。

梁勇智木着脸，一会儿被人高声喊到这里，问请谁去挖墓，一会儿被人叫到那里，问还要通知哪些亲戚朋友，一会儿又被人拽过去，看棺材的图片。他匆匆忙忙，前院后院来回跑，不停地经过梁光正，却根本没想起来看一眼。

巧艳妈抄着手，坐在后院的正屋。来帮忙的梁庄人给巧艳妈打个招呼,就匆忙往里间找雪丽讨主意,巧艳妈咧开的嘴还没来得及说出一个字,人就走了,只剩下她尴尬地呆在那里。早前,蛮子想给巧艳妈打招呼,却被巧艳妈拧过身拒绝了。眼看人越来越多,蛮子只好躲回到小峰的房间,也抄着手,默默流泪。

当巧艳妈再一次试图往前院走时,梁勇智拦住她,说让她看管屋子里要分发出去的各样物品。巧艳妈只好讪讪地停住脚步,回到那堆山一样的白布、鞋子、纸和馒头旁边。

梁勇智烦到极点。他心里像塞了一块砖头。这两个女人坐在他家里,呆着两张悲痛欲绝的脸,她们的表情那么足,好像离开梁光正就活不了的样子。他坚决拒绝她们给父亲穿丧衣,他自己也不知道为什么,他一想到巧艳她妈在父亲身上摸来摸去他就受不了。他也不想看见巧艳姊妹趴在父亲旁边。她们的眼泪源远流长,面容沉痛无比,任谁看见都会感动。梁勇智能够想象到那些围观人群的议论和他们迫不及待地和别人分享的表情。

梁冬雪不断到大门口迎接客人,把他们带到梁光正面前,让他们瞻仰梁光正的遗容,自己照例跪到梁光正面前哭几声,客人照例揉揉眼睛叹息一声,把梁冬雪拉起来,梁冬雪照例很不情愿地起来,然后,把大家带到后院坐下,倒茶,应付大家的询问和感叹,千百遍讲述梁光正的病情。她枯柴一样的身体摇摇晃晃,双脚越来越迟缓,气喘吁吁,声音嘶哑,眼睛下涩,哭不出声来,以至于后来围观的人觉得梁冬雪流于表面,不够真诚。

梁冬雪不相信梁光正已经死了,不相信他就这样闭上他尖酸刻薄的嘴。这样的场合,正是他大展身手的好时机,他是不会放过死人和那些亲属的,他会把他们所有的陈年旧事翻出来,让大家看他们的腌臜往事,背信弃义,自私自利,巴结讨好。可他却一直保持沉默。梁冬雪摇晃着梁光正的身体,摸索到梁光正的手,她大叫着,温的,还是温的。她对一旁闭着眼睛哭的梁冬玉说,你摸摸,摸摸,还温着呢。她狠狠摇晃着,想把梁光正摇醒,她要和他大吵一架,让他看看他制造的慌乱,看看他给他们带来的痛苦和负担,让他承认他的糊涂和犯下的错误。

梁光正的杀手锏就是不管了。凭着本能的性格,到处惹事,事情一旦出来,他又不管不顾,让老婆和子女们承受后果。这一次,他是一劳永逸地不管了。梁冬雪想起妈去世时,父亲在老枣树下,后背撞着树干,扑天抢地,闭着眼睛,不管不顾地哭喊,"融芝啊,麦女儿啊,你走了,我可咋办啊",任谁也不理。他无休无止地喊,梁冬雪只好收起悲伤,打发各个来讨主意的、帮忙的邻居。现在,他把蛮子的不幸、小峰的困顿留给他们,把崔振道的失独、宋天成的哀嚎、远房表妹家永远无法解决的难题,和那远远近近、有关无关的人生,都带到他们面前,让他们永远不得安宁。然后,他又撒手不管了。

梁冬雪感到自己遭到了背叛。犹如一个一起在沙漠跋跋的伙伴，彼此相互争吵，但也相互依赖，现在，他不管不顾，中途退出，留下她一个人艰难行走。梁冬雪的哭声带着怨气和怒气，带着陈年的不甘和不舍，那是失去之后才意识到躺在那里的人是至爱的哭声。

灵棚搭起来，梁光正要入棺了。梁光正的所有子女孙辈都跪在棺材前，八个子女，梁冬雪梁冬竹梁勇智梁冬玉杨小峰胡巧东胡巧艳胡巧菊，再加上两个儿媳五个女婿，十三个孙子女和外孙子女，跪了三层，哭声震天。"落棺了——落棺了——"四个人抬起梁光正的遗体，慢慢往棺材里放，梁光正最小的外孙女突然发出尖脆的哭声，"不，我不——"那稚嫩的声音从低沉的众声中拔出，像冲到天上去，展示着最深的痛苦。棺材盖抬起来，要盖上了。梁冬雪突然拦住大家，她匆匆跑向后院，从里面拿出两件白衬衫两条黑裤子黑短裤四双白袜子两双黑色千层底布鞋两副扑克牌，把它们放在梁光正的身侧，哭着说，爹呀，在那儿你还要穿得好一点，玩得开心点。

大家又放声哭起来。

大门左边的戏台也竖了起来，一个鲜红的、巨大的半圆气球围在戏台前面，硕大的电子显示器上显示着"×××外甥、×××侄女侄子沉痛哀悼舅舅、叔叔千古"之类的字行。右边专业承包红白喜事宴席的也把各样器具摆了起来，被保鲜膜包好的鸡鱼炸豆腐炸丸子，一袋袋洗好的青菜，一盘盘切好的芹菜萝卜藕片，一碗碗调好的汁料，一字摆开，或层层垒放。它们是一条固定的工业流水线，单等哪里有死亡指令，就开往哪里，随时开工。

太阳西下，黄昏已至。鼓吹响起，大戏开始了。几个穿着古装的人在戏台上蹦来跳去，扩音器发出不明所以的鼓点、唱腔。小峰、巧艳哥哥跪在灵棚左边，垂着头一动不动，梁光正的孙子外孙子们跪在右边，互相推搡着，不停发出低低的笑声。人们围在灵棚前，听报丧人高声喊"×××家的客"，"奠酒"，然后，客人到灵棚的遗像前，鞠躬，跪下，叩头，跪在灵棚前的孝子们以哭回应，再深磕几个头。女客们到屋子里寻找孝女们，孝女们听到喊声，不顾刚才声嘶力竭地哭过，又马上打起精神，进入状态，趋向前，跪伏在地，高声哭喊，直到来的女客把孝女们拉起来。

"罗楼的客""汉中的客""夏集的客""五湖的客"，这些客不知道从哪些阴暗角落出来，即使梁冬雪也没听说过。那些白发苍苍的老人被年轻的子孙辈搀着，恭恭敬敬、满脸悲戚地在梁光正的遗像前鞠躬、磕头，进到里面，扶着梁光正的棺材，浑浊的眼睛里流出泪水，嘴里叫着，兄弟，兄弟啊，没成想你先走一步。他们拉着梁冬雪的手，张望着她，你是冬雪啊？又分辨着跪在地上的孝女,你是冬竹吧?冬玉呢?勇智呢?梁冬雪把他们让到后院,泡上茶,他们讲起了梁光正。蛮子搀着的那个脏老头就是中义叔。他摸索着拉住梁冬雪的手,眼泪从他瞎红赤白的眼睛里流出,流到他的脏胡须里,又流进嘴里,他张着没牙的嘴,咀嚼着,好像在品尝泪水的滋味,说,雪啊,你爹说你这闺女好啊。

几个操持外乡口音的老人神色肃穆,像是失去了亲密的革命战友,像是一个突然被砍掉一个缺口的整体,眼神里藏着很深的疼痛。没有人知道他们从哪里来。有人悄悄叫来梁勇智,梁勇智也从来没有见过他们。他走上去握住其中一位老人的手,说,来了啊。那人衣着整齐,用佶屈聱牙的声音告诉他,他们是梁光正最好的朋友。这不说也看得出来,他们唯我悲伤的样子简直就是摆给大家看的。说是1968年"二月黑风"时认识梁光正的,作为外逃的"现行反革命暴乱分子",他们在异乡认识,隐名埋姓,在湖北山里的一个村庄呆有半年时间。他们七嘴八舌,神情激动,彼此还在争论,不断纠正对方的错误。梁勇智来不及问个究竟,就又被叫走了。

一个穿绸衣的白胖老头儿和一个穿白衣的黑瘦老头手拉手坐在一起,他们和梁光正是1970年代的"跑友",在搞"投机倒把"的路上认识,从此以后,经常互通有无,结伴贩卖东西。另一位矮胖老人来自武昌,他和梁光正是在某年做药材生意时认识的,他拿来当年他们在武汉的照片,梁光正和几个中年男性站在黄鹤楼前,叉腰看着前方,梁光正眼睛明亮,面颊光滑,棱角分明(从那棱角能看出他的倔强和不合时宜),脸上洋溢着勃勃生气。相片的左上角写着:1982.9于黄鹤楼。彼时,梁冬雪的母亲已经躺在床上四年。

1972年,梁光正拉着一车烟叶到山里换粮食(山里人极喜欢平原的烟叶,平原地少人多粮食匮乏,于是,就有小商小贩两地奔走互惠互利),路上被"打办室"的人追,眼看一车烟叶就要被作为"资本主义尾巴"没收,那个长着一张弥勒佛笑脸的老人把他藏到一个山洞里,躲过了追捕。梁光正在那个村庄住了半个月,弥勒佛老人把他的烟叶全部换成粮食,又带他走一条小道出山,经过每座山,他都介绍新的伙伴给梁光正,告诉他再来山里可以去找他们,他们可以送他出去,也可以帮他换粮食。弥勒佛老人指着旁边几位老人说,这都是。"我黑明搭夜往家赶,想着你们娘们可算有吃的了,快到穰县边时,窜出来打办室的人,把粮食没收了,又打我一顿,我两手空空,哭着回来了。"梁光正无数次给梁冬雪姊妹讲过故事的结局,这故事是他无数次搞"投机倒把"的故事之一,梁冬雪他们都听得耳朵起茧子了,觉得遥远无比,并没有多少真实感。没成想,故事中的人却出现在他们面前。那传说中的老人，在危难之际，冒着被抓捕批斗的危险，出手相救，桃园结义，长路相送……梁冬雪无法想象出真实的氛围，就像她无法想象这个家庭以外的父亲是什么样子。以后的很多年，梁光正每隔一年都要去那个山村里住几天，带着山里没有的烟叶、肥皂和小麦，换回平原需要的玉米、高粱和一些红红的山里果，每次他都专门给他的恩人们准备几把上等的黄金烟叶，或几件绸布外衣，或一些点心糖果。他们在一起聊些什么？他们是怎样的心情，什么样的神态，也像和国合大爷那样，整夜整夜默坐，无话可说，又好像在说了无数的话？

　　弥勒佛老人在后院坐着，不停吧嗒嘴，叹息着，他习惯性的笑脸上因为悲痛而显得有点滑稽。他四处望着，突然吃惊地站起来，看着梁勇智带进来的几位老人，激动地大叫道："是你们啊？"他张大嘴巴，露出黄黑缺角的牙，眼泪顺着脸颊哗哗流，他咿呀不清地嚷着，"还都没死啊，没死啊！"那几个老人辨认着这尊失去气度和镇定的弥勒佛，也突然醒悟过来，"啊呀，是老先生啊！""呀，三十多年吧？"他们张大嘴巴，却叫不出对方的名字，就回头对梁冬雪说，那年你父亲约我们一起到你们家来，摆了几天龙门阵。龙门阵，聊大天，喝大酒，纵横天下，指点江山，五湖四海皆兄弟，天下丈夫是一家。这是梁光正的风格。要不是他背后有这么多漏洞，这么多不堪的尾巴和拖累，梁光正的人生该是何等辉煌啊。

又有一些年老的妇人流着眼泪一路哭过来,她们趴在梁光正的棺材上放声大哭,那气势如虹的劲头一下子就把梁冬玉这些孝女们的哭声压了下去。从哭声中,梁冬玉辨认出其中一个是那个找父亲打官司的姐姐,她看起来比父亲还老,她的头不停抖着,左胳膊夯在左腰部,手紧攥着,右脚踮着。她中风了。那年的官司失败后,梁冬玉再也没有见过这个姐姐,以后偶尔想起的时候,梁冬玉觉得那个女人如果不神经,也一定会发疯,她肯定恨父亲,他夸下那么大的海口,他给她们全家以希望,让她们孤注一掷,和村庄的最高权威作对,最后害得他们几家家破人亡。但从她的哭声中,梁冬玉没有听出愤怒的成分,她听到的是伤心欲绝,是后悔没有早来看看这个人的悔恨,是多年不见已经淡了下去但又因其死亡而勾起的一些亲密感情。村庄里面的一些年老妇女结伴而来,有些是梁光正打抱不平揍过人家丈夫的,有些是梁光正批评过人家不孝敬公婆的,也有些是梁光正老婆的朋友当年嫌梁光正好跑好惹是生非害了自己朋友的,梁光正活着的时候她们很少和他说话,现在梁光正躺在棺材里再也不能说些闲话管些闲事再也不能跑了,她们突然觉得寂寞且释怀了,就结伴来哭梁光正了。

梁光正的世界,梁光正的儿女们知道得并不多。

梁冬玉的眼睛闭着，跪在梁光正旁边，有气无力地哭着。一拨拨一群群的人，都要到棺材前站站，都需要她们以哭声迎接，谁也挨不住这没完没了的仪式。过一会儿，好像积蓄了一点力量，梁冬玉的声音突然拔高，再次扑到梁光正棺材前，唱着"你没有享一天福啊，你说走就走了啊，你叫我们可咋办啊，我的爹啊，我不想叫你走啊"。人们一边啧啧赞叹着，一边跟着梁冬玉抹眼泪。从梁光正张着黑洞般的嘴，只有出气没有进气的那一时刻起，梁冬玉就开始哭，一直到梁光正断气，装上救护车往吴镇送，再放到地上，再有各种仪式，将近两天时间，她的眼睛就没有睁开过，哭声也没有停过。她似乎要把她憋了半辈子的眼泪都哭出来。

梁冬竹跪在棺材左前方，头低垂着，不哭，也不看任何人。她不理会那些劝她节哀的人，不看那些熟人投过来的同情与怜悯的眼神，她最烦有人抱住她胳膊抽泣，向她表达同样的悲伤。她假装低头趴地，以把那蛇一样缠着她的胳膊甩开。她不喜欢梁冬雪不断摸父亲正在丧失温度的手，觉得那是不敬。也许，不是不敬，而是禁忌。在父亲停止呼吸的刹那，她看到父亲痛苦扭曲的脸突然放松，甚至可以说是幸福的神态，好像找到了最后的归宿。在那一刹那，梁冬竹意识到，父亲不再是父亲了，她不愿再触摸那具躯体，那是一个陌生的肉体，和父亲已经没有关系——那个她无限崇拜的、充满英雄气概的父亲。梁冬竹只想躲在角落,安静一会儿,她要扒开糊在她脑子里的杂乱东西,想清楚"父亲死了"这件事。想清楚,她非得把事情想清楚不可。

她想安静地悄悄地诉说,而不是撕裂着嗓子嚎啕,她要一种尊严的哭泣,啜泣,是压抑着的颤抖的忏悔。忏悔。她想到了这个词。她觉得她终于说出了这个词。她要忏悔。向仁慈的上帝忏悔。她毁了父亲的爱。她一生中唯一清晰的决定。她那时刻是那么明确她要做什么,她从来没有那么明确过。但是,她从来没有想到有什么后果。上帝作证,她真的不知道。她藏着这恨有多久了,她不知道。她最爱他们这个家啊,她最爱,甚至超过冬雪。勇智、冬玉,他俩是叛徒,叛徒。她看到过勇智写给冬雪的一封信。他在信里责备冬雪对蛮子不客气,说冬雪那样的态度伤了父亲的心。虽然勇智后来的愤怒比谁都多,他造成的伤害比谁大,但是,最起码,从信里可以看出他曾经晃动过。他才是真正的叛徒,他那么快,就忘了妈,忘了父亲给予他们的全部的爱。

梁冬竹俯在梁光正的棺材下面,额头碰着支撑棺材的长凳一角,双手合十,一动不动。

午夜过后,帮忙的唱戏的做饭的都走了,梁光正的棺材放在客厅中央,梁冬雪姊妹三个垂着头,坐在棺材前的麦秸上,巧艳靠墙在角落,红肿的眼睛空茫地盯着黑色的棺材,隔一会儿,眼泪就流出来，停在脸颊上，她也不擦，也不动，一会儿，又流出来一行，把刚才那行冲下去。梁冬竹无意间看到巧艳的神情，觉得巧艳要比她们姊妹更悲伤。也许是真的呢。梁光正也抚养他们将近二十年，那时候，巧艳好像还不到十岁。前十年，梁冬竹很少见到父亲，他忙着挣一切能挣的钱，后十年，因为胃癌，梁光正又回到她们的生活中，但也只是下午。上午和晚上，他是和巧艳一家生活呢。在那一家的父亲到底是怎样的形象？梁冬竹他们其实一点也不清楚。巧艳的妹妹也回来了，眼睛闭着，靠在巧艳的肩膀上，眼泪从眼角不断往下流。这个少年时代就和人私奔远离家乡的女孩子，梁冬竹对她没有丝毫印象。虽然父亲有时候会和她们说一嘴，但父亲只是很随意提起，她们也只是应一句，都没有认真去想。要说，梁冬竹姊妹对巧艳一家从来没有探究的愿望。看似熟悉，其实还是陌生人。真是奇怪啊。

天色微明。夜间烧的火盆，甩的鞭炮碎屑，扔的旧衣覆上一层薄极的白霜，带着润湿的寒气，它们结在上面，又无法完全遮蔽，新鲜的火炮纸变为淡白，火盆里的灰烬无法随风扬起，这些都给人平添些破败和瑟缩的感觉。梁光正的棺材也没有昨天晚上看起来那么庞大沉重，有些单薄和呆板了。

梁光正的女儿们横七竖八地躺在棺材前的麦秸堆上，身上搭着肮脏污黑的被子,青色水泥地一整夜都在释放冰冷的湿气,她们蜷缩着身体,梁冬玉抱着梁冬竹的腰,梁冬竹依在梁冬雪的背上,三个人像连体婴儿,脸颊上还残留着泪珠和灰尘的划痕。她们又回到了小时候的姿势。她们三个睡在一张大床上,只有一床薄薄的棉被,冬天的晚上,她们把所有的棉衣棉裤都搭在上面,三个人相互抱着取暖睡觉。

梁光正的棺材放在拖拉机上。那是一个专门用来送葬的拖拉机,上面有固定棺材的架子,有用来吊起棺材的滑轮,这取代了人力的抬棺程序。要说,真想抬棺,还找不到那么多的人手,村里没有劳力,即使有劳力,也没有人愿意干这个重活和脏活。鼓手在前面吹着喇叭,后面是拄着棍子的直系亲属,再后面是亲戚们和沿途逐渐加入的围观人群。送葬的队伍越来越长,除了前面卖力吹打的鼓手,紧跟棺材有气无力哭着的梁勇智姊妹,其他人边走边聊,从吴镇到梁庄的公路,再到通往河坡公墓的那条路,被这稀稀拉拉的送葬队伍占领了。三三两两,早早晚晚,都要走向这条路。

墓坑挖斜了。

梁光正的棺材在空中悬了很长时间,来回挪移,却无法摆正放进去。最后,那长方形的棺材吊在空中,停在那里。本来应该在一阵猛烈的哭声中,下葬,填土,然后,大家收工回家。可这拖延时间太长,大家没办法保持那么久不间断的哭声,只好也停了下来。看棺材往下落,赶紧开始哭,棺材停住,她们也停住。就这样,哭哭停停,很不严肃。

家属们疲倦地跌坐在坟头,木棍拄地,头倚在上面,低垂着,避免让别人看到脸,脖子抽动着,假装抽泣的样子。梁冬竹突然离开队伍,向左跪移过去,左边是母亲的坟,它被梁光正这边挖出的土给盖住了,失去了坟的半圆形状。她趴在粘湿的黄泥土上,双手紧握,叫着:"妈——妈啊——"这是梁冬竹两天来第一次放声哭,相较于梁冬玉和梁冬雪已经嘶哑的嗓音来说,她的声音高亢清脆,带着直冲云霄的悲痛,震得人耳膜一阵阵颤抖。梁冬竹惊恐地发现,父亲一死,母亲似乎离她远了,她无法再激起她的情感。多少年来,她悄悄哭泣,自怨自艾,她认为只有她在悄悄想念母亲,可她突然意识到,从来到这坟上,这是她第一次想到母亲就在旁边。她想借哭声来唤回对母亲的爱,也想让其他人想起母亲。可惜,梁冬雪和梁冬玉好像没有听到她的哭声,没有听清楚她呼唤的名字,没有人回应她。她们早就忘记妈了。就像她一样。多年来,因为害怕自己也不够爱父亲,她拼命做出最爱父亲的样子,让大家以为父亲是她的英雄,可是,她爱的只是自己可怜的形象,她的种种作为无非是想证明自己的可怜,她的忏悔只是在为自己的自私和错误寻找说辞。那悬在空中的冷冰的棺材,以无以安放的愤怒和尴尬,刺痛着她的心。

梁冬雪正愤怒地盯着梁勇智。梁勇智站在墓坑的另一端,指挥开拖拉机的人左右转动滑轮,试图把棺材放进去。梁光正的棺材在空中一会儿上升,一会儿下落,一会儿左一会儿右,中间伴随着铁链"咔嚓嚓"的声音,人们不断发出惊叹声,脖子随着棺材上下左右而伸上缩下,身体前倾后退,潮水一样。梁勇智皱着眉头,一副大事不好拔腿就走的样子。昨晚梁冬雪还问过梁勇智,梁勇智说没事,人已经安排下去,是村里常挖坟的那些人。梁冬雪想说让他去看一下,但看梁勇智不耐烦的样子,话在嘴边又咽了回去。她往墓穴前跪移过去,看到一个四周坑洼洼、底部凹凸不平的不规则长方形。一个人在墓穴里挥着铁锨,左削一点土,右铲一些泥。这哪里是墓穴?分明就是一个敷衍了事的土坑,寒碜、肮脏,一辈子死要面子爱干净的梁光正打死也不会睡在这样一个粗糙丑陋的窝里。

本该早晨八点多钟就完成的仪式,将近十点钟,还没有完成。梁光正的棺材还悬在那里,事不关己地高高挂着。出主意的人越来越多,墓坑越挖越不成样子。在棺材又一次往下落的时候,有人说,不如让勇智下到墓坑里,扶住棺,稳着,慢慢往下,应该可以塞进去。有人反驳说,坑那么小,人不就被棺材压着了吗?众多声音说,不会不会,右边那个不规则大凹洼子刚好可以站个人,人扶正棺材后,可以滑到旁边那个洼子里。梁勇智束手无策地站着,脸上的表情差点就赶上那棺材的表情,呆板丑陋。梁冬雪在坟的另一头喊道:"你这坏蛋,赶紧下去,还在磨蹭啥啊?"梁勇智把外套摔开了去,露出里面深蓝带花纹的秋衣,秋衣紧紧裹着他肥硕壮实的肚子,好像快要被绷开了,他"咚"一声跳入墓坑,没成想没有站稳,摔了个嘴啃泥。

棺材徐徐下降,梁勇智的手在下面张着,脸色带着向大家证明似的郑重,好像要以身殉孝,铁链绞着滑轮,"咣咣咣",如钝刀剁肉,碰到骨头的闷响声。梁勇智的手刚碰到棺材,身体就被带着压了下去,上面指挥的人大叫着:"停,停!"棺材在空中停一下,又往下顿,又停住,轮滑像失控了一样,一会儿下滑,一会儿上行,棺材忽上忽下,最后,直压到梁勇智的头上。梁勇智的头歪着,用肩膀和胳膊撑着棺材底,棺材仍在下沉,再往左移动一点,棺材就能放下去了。可沉重的棺材压着梁勇智,他丝毫也动不了,更没办法把自己挪到旁边外突的凹现处。

一直跪在最边缘处,把自己埋在麻布孝衣里面的小峰突然站起来,扔掉拐杖,掀掉麻布,扯掉外套,他外套里面的衬衫被带起来,扣子嚓嚓地嘣开了,两件衣服被一起脱了下来。露出脊背的一瞬间,人群发出了惊叫。小峰的脊背像一个凝固的泥沼,像月球的表面,有凹陷,有圆的环形山,有喷发到一半就被冷凝的岩浆，那些圆的、长的、水滴状的突出扭结在一起，从脊背朝前腹、肋骨、胸脯的地方延伸，还可以看到当年喷溅的轨迹。人们张着圆形的嘴巴，来不及议论，来不及回忆，被小峰浮雕般的上半身震住了。

小峰并没有意识到人们的惊叫，也没有意识到自己光着上身，他弯下腰，顺着那个凸出来的不规则的洼窝子滑到墓坑里，钻到棺材下面，和梁勇智并排，用肩膀往上顶着棺材。他的右脚叉开，牢牢地附着在地上，他始终弯着的左腿，这时候也附着在地上，他努力顶着棺材，尽可能把力量集中在右腿上。棺材稳稳移动。小峰用标准的穰县话朝上面叫着，再往下，往左，再往下。棺材要齐墓坑边沿的时候，小峰让梁勇智挪到洼窝子那儿，从外面扶着棺材，他在下面稳着，直到棺材完全进到墓坑。梁勇智已经没有力气谦让了，他松下肩膀，棺材一沉，小峰被往下压了一下，左脚外滑，好像要跌倒的样子，他索性弯下腰，双手抓在地上，把脊背放平，稳稳地托住棺材。

梁勇智挪到洼窝子处，探出头，推着棺材的边沿，让棺材呈斜角状以配合墓坑的形状。滑轮"吱吱"响，棺材平稳地往墓坑里面下。梁冬玉突然从梁冬雪后面扑出来，扑到墓坑旁边，用手往下伸着够梁光正的棺材，嘶着干哑的嗓子喊："爹啊，你咋能就这样走了啊？你叫我可咋办啊？咋办啊？"声音里带着受惊吓后的害怕,好像看到了什么不该看的东西,她没有办法解决,只好去找那个把这惊吓带给她的人。墓地上哭声顿起。这声音比以往任何时候都响亮,都凄惨。

小峰仍然在下面托着棺材,他双脚外分,几乎快要趴到地上的时候,才往洼窝子处滚过去,迅速站起来,和梁勇智一起,用手推着棺材,慢慢往下放,直听到"咣"一声,棺材落地了。

围观的人松了一口气。帮忙的人马上动起来,解铁链,找铁锹,进行没有完的葬礼仪式。第一锹土扔了下去,打在棺材上,"哗啦啦",所有的亲戚,只要戴着孝布的,都又跪下,开始哭起来。梁冬竹哇哇哭着,叫着,往前冲。梁冬雪瘫坐在那里,头下垂着。她已经没有一点力气了。

执事在一旁高声嚷着:"拉人的赶紧拉人啊,都在干啥啊?"一边催那些填土隆坟的人,"快点,快点,一会儿就乱了。"

一把把铁锹扬起来,土扑扑往墓坑里掉。跪在前面的梁勇智眼看着梁光正的棺材被盖住了,两边的窄缝也被填满了,那棺材的形状渐渐不见了,突然悲从中来,扑倒在父亲正在隆起的坟前,叫着:"爹啊,爹啊!"他压住那填土的铁锹,把土堆往后扒着,又擂着拳头,声嘶力竭地哭起来。梁冬玉跪着挪过来,怯生生地挨着勇智,头着地,嘶哑的喉咙拼命扯着,发出断断续续的声音。小峰仍然光着上身,纵横交错的脊背上沾满泥巴和细碎的小枯枝,他双手撑着墓坑的边沿，双腿提起，跳到地面上，"咚"地跪在梁勇智和梁冬玉中间，粗壮的胳膊紧紧搭在勇智和冬玉肩上，头碰着新鲜冰冷的黄土，"啪啪"地磕着。他们三个，并排跪着，头起来，再磕下，像三个亲亲的兄妹。

梁勇智摆摆肩膀，想把小峰的胳膊抖下来，他不想让别人觉得他们在一起，可小峰的胳膊非常有力，像一个粗大结实的铁环，紧紧箍着他，他一动不能动。在这强力的带动下，他跟着磕头，起身，再磕头……他听到人群中隐约的赞叹声，"光正也算值了"，"你看这娃们哭多伤心，连那些娃儿都哭恁厉害"……他讨厌这种感觉，就像他一直反抗梁光正所做的。他一生都在反抗梁光正的安排。在最后时刻，梁光正还是赢了。躺在棺材里的梁光正，不惜以牺牲自己的永世安稳为代价，迫使他的两个儿子团结一心，彼此认同。为了达到目的，他软硬兼施、花言巧语、装疯卖傻、察言观色、以退为进，死又何足惜？他对人世间和解的兴趣、救人的兴趣要远远大于活着本身。必要的情况下，他可以牺牲后者又成全前者。他成功了。

梁光正生病时，小峰在哪儿？梁勇智是在梁光正住院许久以后才想到这个问题的。梁光正在油菜地里昏倒时，只有小峰在。小峰一只手夹着梁光正，另一只手撑着拐杖，一瘸一拐，身体像狂风中的大芭蕉，来回扇动着往前跑。梁勇智在客厅坐着，听到一声，"哥——"声音凄厉，充满恐惧，然后，是"扑通"一声，好像有什么重物被扔到地上。他跑出去一看，小峰摔倒在地上，拐杖扔得很远，梁光正斜着身子倒在另一边，头歪着。梁勇智看到梁光正潮红的脸和额头上密密麻麻的汗珠，知道梁光正肯定又肺部感染了。小峰爬过去，把梁光正的头扶起来，靠在自己身上，让梁勇智看清楚梁光正的情况。梁勇智记得小峰脸上的泪，记得他颤抖的身体，还有那一直搂着梁光正的手。直到那一刻，他才真正意识到小峰的存在。

他不记得小峰，这真是奇怪。难道他生命中最愤怒的记忆不是与他有关吗？难道他的淡漠、他的逃避和他掩藏很深的感伤不是与他有关吗？他记得小峰那黑亮的、朝他讨笑的眼睛，那双眼睛与现在这个阴郁、不苟言笑的小峰相差很远。

他早就忘记了。他的愤怒早已蔓延至那间黑暗的屋子，整个院子，和院子里的一草一木。在他的日记里，那两年是空白。一个字也没有。一切都纷乱乱，一团糟。他早就把它忘掉了。他以为他忘掉了。

那些已经准备散去的人，又围了过来，再一次看梁光正儿女们的表演。这次，从他们脸上吃惊的表情和眼睛里面快要流出的眼泪可以看出，他们真的满意了。执事高声喊着："拉人的快来，把人拉走。"

梁光正的坟还没有完全隆起来，送葬的队伍就散了。这也是规矩，不必等，也不必再看。到第一个七天到的时候再来就行了。散了。各走各的路了。当天晚上，梁冬雪梁冬竹梁冬玉就回城了。蛮子带着小峰走了。巧艳妈带着巧艳姊妹也回城了。他们彼此礼貌、客气地询问是否需要搭载自己的车，那礼貌和客气来得如此突然，大家心里都吃了一惊。

梁冬玉走在回去的路上，双手紧紧交握，牙关咬着，浑身绷得发疼，心一直悬在嗓子眼的部位，放不下来。她感觉自己走在空旷陌生的地方，她的鞋掉了，脚冻麻了，身上还绑着刺眼的白色孝布，路上坚硬的土块、尖利的石子戳进她的脚底，一个接一个，一片接一片，她像一个下定决心要赎罪的罪人，赤足走在上帝给她铺就的荆棘上，一路滴着血，留下两行鲜红的印记。运石油的大卡车，装蔬菜的两拖大货车，在备受摧残的公路上颠簸行进，他们看见一个裹着白色孝布的女人梦游般地走在路中央，对凄厉的喇叭声毫无反应，在惊慌和愤怒之中，他们扭转方向盘伸出头准备把最恶毒的话送给这个女人，却被这女人脸上失魂落魄的表情给惊住了。那张脸还处在一种震惊之中，像是有什么东西迟迟不愿离开她，那东西附着在她灵魂里，腐蚀着、抽取着、盘剥着，用尽一切办法侵入她，最后占据她的全部。梁冬玉不觉得自己走在现实的街道上，她的手还停留在触摸到小峰时的感觉，软中带硬的，光滑得连一点摩擦力都没有的触感，让人恶心，头皮酥麻，想要炸起来。小峰胳膊搭在她肩上，带着凶狠的蛮力把她往下按，她想对抗，却被这蛮力征服了，由着他带动，一起给父亲磕头。她伸出胳膊，去搂小峰的腰，她摸到的是鱼的鳞甲，是海豚的皮肤，是沉入海底挂满海藻的青蛙，是一切能想象出的滑腻却又有突起的表面。她想看小峰的脊背很久了，她一直想摸一下。可在那一瞬间，她直想吐。说不出是恶心，还是心痛，梁冬玉"哇哇"哭起来，她拼尽最后一丝力气，倒在正在和地面齐平的墓坑上，她的脚蹬着，手扒拉着，刚填上的土被踢得四处溅，她挣着嗓子，努力发出声嘶力竭地哭喊，她要扒出梁光正的棺材，把他摇醒，看着他的脸，让他给她一个办法，给她指条明路。他一生为别人出了那么多点子，可为什么留给自己子女的却是难题。

他们在梁光正的坟前栽下两棵树，摆了石桌石凳，他们希望有人走累了，就坐到这石凳上，聊天说话，让躺在那里的梁光正也能捡个笑话，听个人声，能找到和地下的同伴们吹牛的谈资。他们相约春天的时候，买上吃的喝的，到他坟前打牌，谁再耍赖，他们还可以向梁光正告状。这样说的时候，梁冬玉心里知道，其实，都只是说说。她没有想到，他们比他们想的要更思念梁光正，他们比他们想的要更快适应没有梁光正的生活，虽然她不承认，坚决不承认。就像梁冬雪捣着她的头说的那样,你们谁都不稀罕他。

在最初的一年里,他们只是在梁光正的祭日或谁家生日婚庆的日子才聚在一起,好像没什么理由能把大家合起来。他们开始关注自己的孩子,安排新的家庭计划、出游计划、美容计划或诸如创业计划之类的事情。好像一个东西突然间就散开了,空间进来了,时间多了,阳光也随之照了进来。那个东西就是"家"。父亲在的时候,它是结实的、密不透风的物质存在,每个人都被黏在其中,黏得紧紧的,想跑也跑不了。现在,"家"变成了一个没有归属的名词,只是大家在虚空中提一下的东西。村庄那破烂的老房子,那写有字的墙,那扔有连环画的顶棚,随着拆迁,都烟消云散。也没什么可伤感的。他们过起了他们期待已久的生活,自己的小家庭生活,关心丈夫老婆,关心孩子,关心自己。可是,又总觉得提不起劲儿来,总觉得有什么东西碎了,任什么也黏不上了。

第二年春天,梁冬雪做了一个梦。她在一个集市上买苹果,只有青的、有黑色斑点的苹果,皮是皱的,好像里面包含着遥远的逝去的时间,她拿起它们,又莫名地抬头张望四周。那是一个白色帐篷搭成的临时集市,黑色的碎土地面,人来人往,大家都心事重重又茫然无所依,有人拿起摊位上的东西,向摊主询问价格,却好像只是表演。所有的人都很年轻,有风吹过,衣服鼓起来，随风飘着，里面还有光。梁冬雪还是少女的样子，穿着长裙。突然，她看见梁光正朝着她笑，梁光正嘴角的法令纹像印刻一样，深深的、完美的弧度，向后扩到肌肉里，他的身体向前微倾，那是他很开心的表现。她吃惊地看着他，说："老爹，你也在啊？"梁光正笑着看着她，好像在说："我一直在啊。"他的左脸有点下陷，好像被什么东西压坏了。

"爹，爹呀！"她惊喜地叫着，一声连一声，她像个孩童，朝着熟悉的人无意义地连声呼唤着，她想看他如何消失，她害怕在她停顿的时候他就消失了。在梦里，她知道她在做梦。有人迎面过来，从梁光正的身体中穿过。梁光正实在的身体突然虚化，发出透明的光，向四处散去。梁冬雪还能看清他的脸和他的笑。

她哭醒了。那只长满黑色斑点的青苹果，在梦深处发着光，她记得梁光正左边的脸。梁冬雪给梁勇智打电话，让他去梁光正的坟边看看有什么情况。

梁勇智开着车慌慌张张往墓地去，前段时间，他也梦见梁光正，他的左腿好像有点瘸，走路不很灵便。到了坟上，梁勇智发现，他们去年春天栽的两棵树死了，坟头的四个石凳和石桌也有点下陷，整个儿往坟里面倾斜。梁勇智一下子流了泪。怕是这些石凳压住父亲了。父亲疼啊。他感觉自己的左脸也很疼，那是梁光正的疼。

他把石凳往坟外挪了挪,把两棵树挖走,那树根还没有伸展下去,一层细细的孱弱的白须。梁勇智看着那些根须,想着它们努力往下扎的样子,忽然觉得极其恐怖,浑身像被针刺一样。他蹲下来,使劲揪那些根须,揪坟头上正在旺盛生长的防风草,它们高高低低,开满白色的小花,快把坟头给淹没了。梁勇智"啊啊"哭起来,他感觉第一次和梁光正有了真正的联结。

他突然想到葬礼上的那几位老人。在忙乱之中,竟然忘了问他们是怎么来的,联系方式是什么。其实,也不是"竟然"。他是根本没有想到。他们像几滴水一样,消失于生活之中,带走了梁光正生命中的某些密码——那是梁勇智永远不知道也不理解的密码。他想起梁光正逼他披麻戴孝到许大法家吊孝时的偏激,想起他兴师动众去内蒙寻找方清生时的执拗,他心头的怨气似乎小了一些。

五月的一个下午,他们买些吃的喝的,带着扑克牌,往坟上去了。他们坐在石凳上,把牌洗了洗。刚好四个人。梁光正在的时候,每次都因为要去掉一个人而争吵一番,热闹无比,梁冬雪不想打牌只想观牌,可不行,她不打,大家都感觉没意思。勇智也必须打,他轻易不来,来了不参与,不给大家贡献一点赌资,说不过去。剩下两个位置由冬竹和冬玉争,她们两个都想打。

梁冬雪放下牌。其实谁也不想打。他们只想静静坐下来,有一句没一句说几句。甚至,连话也不想说,就想安静地坐一会儿。

梁冬玉告诉他们,前不久蛮子给她打了一个电话,她说她经常想起父亲,经常哭,她说她这辈子就遇见他这一个好人,她跟他过那几年是她一生中最真心最幸福的几年。这是他们听到的关于父亲的最让人感动的话了。也许,父亲这一生过得比他们更加值得,更加丰富。真让他们羡慕呢。他们都没有提小峰。

阳光照在金黄泛绿的蚂蚁草上,闪着光。伤痛永远在那儿,只是淡远,不会忘记。梁冬玉突然产生一个疑问,小峰真的又来过了吗?也许,她只是太想念小峰了,或者说,只是一种心痛,越来越频繁发作的心痛。小峰就像阵发性疾病,每隔一段时间,就会扑回来,狠狠地抓住她的头,四处碰撞,让她痛不欲生。她所有关于他成年之后的事情,都只是想象。她再也没有见过他,她只有那双黑色闪亮的朝她笑的眼睛和那长长的尖叫。她不知道见他之后她会是什么反应。痛哭?忏悔?还是,一切都变得更加难堪?她该向他道个歉吗?她,和全家,欠小峰一个人生,不是吗?她想象小峰回来之后的样子,实际上,她希望父亲来替她卸掉身上的重负。她想找到依靠,想让那尖叫声远离她,想轻轻松松地生活,哪怕只一天。

鸟在林间鸣叫,村庄遥远,田野平坦,绿色的小麦地铺到天边,麦穗正在上浆,能听到秸节咕咚咕咚往下吞咽的声音。羊在坟头上啃草，一团团的白色，耐心地在每一座坟上停留，从坟尖开始，依次往下，往左往右，把上面随着春天疯长的杂草吃光，还回一个个干干净净的土堆。

右边坡下是一片合欢树林，枝梢伸出地平线，和墓地齐平，能看到藏于树间的合欢花和后面广阔的空间。合欢开着粉红的花，一把把粉红的小扇子，娟细的纹理，连绵一片，在墓地后面起伏，带着莫名的寂寞和湿润，浸到人心里面。再往远处，是缓缓下斜的长长的河坡，河坡上横着高直秀挺的白杨，歪斜粗壮的槐树，低矮的灌木，东一棵西一篷，显着空间的广大和寂寞。绿绒样的田地点缀其中，上面种着麦子花生西瓜之类的农作物。它们依着地形展现出各自的形状，一分半圆地，二分不规则沟边地，三分长形林间地，那是勤恳的开荒人一年年努力开掘出来的，春天时总能给他们一点酬劳。白色的路纵横贯通，通向四面八方，没有单一的方向，也不需要方向，只要沿河而行，就有希望。

安静极了。他们好像听到沙石的声音，万千个细小的声音同时发出却各不相同，他们能感受到每一粒沙子的位移和方向，沙沙，沙沙，一沙一世界。

他们听到了风的声音，空气流动的声音，阳光照射的声音，树叶碰撞的声音，听到了坟里的低语和哭泣。他们看到了那条大河，就好像第一次看见。春天的水刚刚来临，它们从遥远的山涧下来，一点点汇聚，沿着万千年冲刷而成的河道奔腾向前，那浪花在每一个弯角盘旋徘徊，回返往复，像一个顽皮的孩子，一个多情的情人，不愿意舍弃和每一处泥沙亲吻的机会，涌上去，下来，再涌上去，白色的水花溅起，飞腾出一个个水珠。阳光穿透而过，形成一个个五彩团球。每一个彩球里都包含着万千世界，山川、长城、蚂蚁草、合欢树、微尘、巴别塔、金字塔、尸骨、矿物、杜鹃花，以至无穷。

他们重又看见父亲和过去的一切。就好像第一次看见。

后记
白如暗夜

毋庸讳言,写这本书,是因为我的父亲。

在父亲生命后期,我和他才有机会较长时间亲密相处。因为写梁庄,他陪着我,拜访梁庄的每一户人家,又沿着梁庄人打工的足迹,去往二十几个城市,行走于中国最偏僻、最荒凉的土地上。没有任何夸张地说,没有父亲,就没有《中国在梁庄》和《出梁庄记》这两本书。对于我而言,因为父亲,梁庄才得以如此鲜活而广阔地存在。

那是我们的甜蜜时光。但是,我想,我并不真的了解他,虽然父亲特别擅长于叙说,在写梁庄时,我也曾把他作为其中一个人物而做了详细访谈。他身上表现出来的东西太过庞杂,我无法完全明白。

父亲一直是我的疑问。而所有疑问中最大的疑问就是他的白衬衫。

那时候,吴镇通往梁庄的老公路还丰满平整,两旁是挺拔粗大的白杨树,父亲正从吴镇往家赶,我要去镇上上学,我们就在这路上相遇了。他朝我笑着,惊喜地说:"咦,长这么大啦。"在遮天蔽日的绿荫下,父亲的白衬衫干净体面,柔软妥帖,闪闪发光。我被那光闪得睁不开眼。其实,我是被泪水迷糊了双眼。在我心中,父亲和别人太不一样,我既因此崇拜他,又因此充满痛苦。

他的白衬衫从哪儿来?我记得那个时候我们全家连基本的食物都难以保证,那青色的深口面缸总是张着空荡荡的大嘴,等待有人往里面充实内容。父亲是怎么竭力省出一点钱来,去买这样一件颇为昂贵的不实用的奢侈品?他怎么能长年保持白衬衫一尘不染?他是一个农民,他要锄地撒种拔草翻秧,要搬砖扛泥打麦,哪一样植物的汁液都是吸附高手,一旦沾到衣服上,很难洗掉,哪一种劳作都要出汗,都会使白衬衫变黄。他的白衬衫洁净整齐。梁庄的路是泥泞的,梁庄的房屋是泥瓦房,梁庄的风黄沙漫天。他的白衬衫散发着耀眼的光。他带着这道光走过去,不知道遭受了多少嘲笑和鄙夷。

在讲述当年被批斗的细节时,父亲说:"白衬衫上都沾满了血。"在他心中,"白衬衫沾满了血"是一件非常严重的事情,严重到过了几十年之后,在随意的聊天中,他还是很愤怒。对他来讲,那件白衬衫,到底意味着什么?尊严,底线,反抗,或者,仅仅只是可笑的虚荣?

为了破解这件闪光的白衬衫,我花了将近两年时间,一点点拼凑已成碎片的过去,进入并不遥远却已然被遗忘的时代,寻找他及他那一代人所留下的蛛丝马迹。

我赋予他一个名字,梁光正。我给他四个子女,冬雪勇智冬竹冬玉。我重新塑造梁庄,一个广义的村庄。我和他一起下地干活,种麦冬种豆角种油菜,一起逃跑挨打做小偷,一起寻亲报恩找故人。我揣摩他的心理。我想看他如何在荒凉中厮杀出热闹,在颠倒中高举长矛坚持他的道理,看他如何在无限低的生活中,努力抓获他终生渴望的情感。

时间永无尽头,人生的分叉远超出想象。你抽出一个线头,无数个线头纷至沓来,然后,整个世界被团在了一起,不分彼此。也是在不断往返于历史与现实的过程中,我才意识到,一个家庭的破产并不只是一家人的悲剧,一个人的倔强远非只是个人事件,它们所荡起的涟漪,所经过的、到达的地点,所产生的后遗症远远大于我们所能看到的。唯有不断往更深和更远处看,才能看到一点点真相。

小说之事,远非编织故事那么简单。它是与风车作战,在虚拟之中，把散落在野风、街市、坟头或大河之中的人生碎片重新勾连起来，让它们拥有逻辑，并产生新的意义。

然而，梁光正是谁？即使在写了十几万字之后，我还没有完全了解他，甚至，可以说，是更加迷惑了。我只知道，他是我们的父辈。他们的经历也许我们未曾经历，但他们走过的路，做过的事，他们所遭受的痛苦，所昭示的人性，却值得我们思量再三。

这本书，唯有这件白衬衫是纯粹真实、未经虚构的。但是，你也可以说，所有的事情、人和书中出现的物品，又都是真实的。因为那些不可告人的秘密，相互的争吵索取，人性的光辉和晦暗，都由它而衍生出来。它们的真实感都附着在它身上。

我想念父亲。

我想念书中那个十六岁的少年。他正在努力攀爬麦地里的一棵老柳树，那棵老柳树枝叶繁茂，孤独傲立于原野之中。他看着东西南北、无边无际的麦田，大声喊着，麦女儿，麦女儿，我是梁光正，梁庄来的。没有人回应他。但我相信，藏身于麦地的麦女儿肯定看到他了，看到了那个英俊聪明的少年——她未来将要相伴一生的丈夫。

那一刻，金黄的麦浪起伏飘摇，饱满的麦穗锋芒朝天，馨香的气息溢满整个原野。丰收的一年就要到来，梁光正的幸福生活即将开始。